U0537805

戀愛中毒

恋愛中毒

山本文緒 著

黃心寧——譯

目次

序曲

感情會毀了一個人。我在換工作的同時，將這個教訓銘記在心。

毀的不只是人。每次吵架時，連鬧鐘、咖啡杯都遭受波及。我的西裝、襯衫也曾在我外出之際，被撕毀成破布。為了逃離她的魔掌，只好偷偷搬家。這件事引起幾位同事以及上司的不信任，害我無法繼續上班。不過，受害最嚴重的，並不是我的生活，而是她自己吧。她因無故缺勤遭公司解雇、未繳房租而被房東趕出門，最後只好搬回老家去了。而最慘的事（這麼說或許有些傲慢），就是她失去了我。

如果將我和她的故事照實拍成一部連續劇，想必是齣俗不可耐的肥皂劇，所以我不願意告訴任何人。這不過是隨處可見，稍微錯綜複雜、糾纏不清的戀愛遊戲罷了。

換到新公司已經兩個月。我進了一家規模較小的編輯工作室。我從未如此認真、賣命地工作。有不少年紀跟我相仿的女性出入這家公司，也常有機會因為工作的關係，和她們出去小酌幾杯。偶爾有人直接約我或想跟我上床。不過我對女人一律敬而遠之，於是開始有人傳說：「井口是不是同性戀啊？」我不再像以前那樣喝酒到清晨，比誰都早上班，拚命跑業務，坐在位子上的時候，電話接得比歐巴桑職員還要快。

不過，今天我得小心一點。一早開始，我就在辦公室裡走來走去，定不下心。本來今天不想待在公司的，偏偏中午外頭的會議臨時取消，更不巧的是，老闆要求在下午三點這種莫名其妙的時間開公司內部會議。

今天是我第二十五次生日。三個月前我離開了前一家公司，猶如躲債一般從她眼前消失。不管怎麼說服她，她硬是不肯分手，我只好無奈地遠離她，從此她就再也沒有找我了。我換了手機號碼，新的住處也沒有裝電話。不過她如果有心，還是可以查到我上班地點的電話。我總不能叫所有人封口，下令不要說出我的去處。如果她要找我，大概就是今天了吧。我平時如此賣命工作，編造藉口裝病請假並不難，也可以找個地方躲起來。可是這麼做未免太窩囊了。躲來躲去幹什麼？我不願意再為她換工作。

鎮定一點！上班前，我這樣告訴自己。可是一上班，我就是沒有心坐在位子上。我影印一些無關緊要的文件、用咖啡機煮咖啡，甚至刷了茶水間的流理台。這段期間，工作室的電話仍不停地響，每次歐巴桑喊：「井口，電話！」我總會嚇得不知所措。

「今天怎麼都不接電話？」

掛掉印刷廠打來的電話之後，職員之一的水無月小姐很疑惑地問道。

「沒有，啊，嗯，不好意思。」

「我是沒關係啦！」

我欲言又止，她卻一臉不屑地轉回電腦螢幕前，似乎對我失去興趣，繼續忙著敲鍵盤。除了我之外，主要是她專門在接外線電話。正好還沒有人進公司，我有個念頭，想趁這個時候告訴她實情。

「水無月小姐。」

她從掛在鼻頭的眼鏡深處，狠狠地瞪了我一眼。那一瞬間，我很後悔對她開口。就算告訴她：「我的前女友可能會打電話來騷擾我！」這位總是臭著一張臉的歐巴桑，也不可能同情我。

「沒事。對不起，打擾到妳。」

「有幾通打來不吭聲的電話。」

她的語氣平淡，就好像在說：「攝影師打電話來。」我感覺血氣從腦部退去，又一口氣湧向腸胃。我用手按著胃部，差點昏了過去，不過水無月小姐似乎無意關心我，繼續熟練地操作她的滑鼠。

「今天是我的生日。」

我花了好大的力氣才說出口。

「那又怎樣？」

語氣好像我的國小導師。當年那位即將退休的女導師，即使見到學生跌倒受傷了，還是會面不改色地說：「有什麼大不了，自己去保健室啊。」因此每個學生都怕她。女導師說她討厭小孩、討厭動物、討厭老人。我當時還小，不過很納悶，她既然膽敢如此宣示，為什麼還要當老師呢？這位如同製造年分不詳、早已停售的電腦一般的行政人員，和女導師的感覺很類似。她就像布滿了灰塵，不過很會跑的老舊蘋果電腦。

「今天要請妳多多包涵了。」

我拚命想了許多藉口，最後勉強說出這句話。水無月小姐再次從眼鏡底下看了看我。她只會在工作時戴上眼鏡，看來是老花眼鏡吧。鼻頭眼鏡似乎是玳瑁材質，有些重量，不算不時髦，不過郵局窗口也有類似的款式。

「沒問題。」

她回答得很輕鬆，好像瞭若指掌。但是這並沒有讓我放心，反而覺得她是隨便敷衍，讓我更加不安。當我試圖開口時，老鳥同事走進辦公室，我急忙把話吞了回去，猶如吞下青蛙或是什麼東西，留下一種不舒服的感覺。

「水無月小姐大概幾歲啊？」

我和一位來開會的外稿女作家，以及老鳥同事到附近的飯館吃中飯時，若無其事地問他們。

「誰知道啊，從來沒想過。」

「四十五、六左右吧。」

「不會吧，應該更老？」

「那一型的人啊，其實比想像中年輕唷。」

「像妳嗎？」

「討厭，這樣說很沒禮貌耶。」

女作家發出又甜又纏的聲音，老鳥則拿著筷子，露出詭異的微笑。我無力地望著兩人，心想這兩個鐵定有一腿。我一點也不羨慕，老鳥有妻兒，撰稿女作家結婚一年，目前和丈夫分居。真不容易，但跟我一點關係都沒有。

「聽說她和老闆有一腿。」

她盯著我的眼睛說。

「不會吧！老闆特愛美女，而且喜歡年輕的。」

「不過聽說有人在某間酒吧看過他們一起喝酒啊。」

「水無月小姐進公司的時候，老闆說她是舊識，所以雇用她。既然是舊識，一起喝個酒也無妨吧。」

「是嗎？老闆那個人會只因為舊識，就和打雜的歐巴桑喝酒嗎？」

「咦？水無月小姐不是一開始就在這間公司了嗎？」

這時我加入了話題。聽說公司是幾年前老闆自立門戶開的，我總以為水無月小姐打從草創時期就默默地打雜。

「沒有，大概整整兩年了吧。我進公司半年後她才進來的。」

「感覺上好像已經待一百年了。」

「她是單身嗎？」

我沒什麼胃口，一邊用筷子戳著已經冷掉的煎魚，隨口問道。

「你怎麼對水無月小姐這麼感興趣啊？」

女作家虧我。她已經吃光了生薑燒肉定食，開始喝起茶來。

「沒有啊。」

「很詭異喔。聽說井口是同志，原來是喜歡老女人啊。」

這個人總是把事情往這方面想，我就是不喜歡她這一點。我多少能夠理解女人渴望八卦的特質，有時還覺得滿可愛的，可是她的笑容背後隱藏著某種迫切性的飢渴。我心想，這一型的女人千萬碰不得。

「不吃了嗎？」老鳥問我，定食還剩一半我就放下筷子。

「胃有點不舒服。」

「那就走吧。」

「要不要去喝杯咖啡？」女作家問道。

「不好意思，我有事要跟井口談，妳先回去吧。」

老鳥冷淡的語氣反而嚇到我。女作家一臉錯愕，付清自己的帳便氣沖沖地走出店門。我和老鳥走進隔了三家店的吧台咖啡館，坐在窗邊的位子，不約而同地點起菸。

「還好吧？」

雖然不干我的事，不過老鳥實在沉默太久，我只好開口探問。

「沒事啦。不好意思，讓你操心。」

沒有主詞的問句，老鳥還是聽得懂我的話。他苦笑了一下，喝起咖啡。聽說他和我一樣來自大型出版社，是老闆邀他到這家公司來的。

我們公司其實比想像中賺錢，雖然能額外報銷的經費不多，但薪水不比大型出版社少。這家迷你公司只有五個員工和負責行政的水無月小姐，要說不擔心公司未來是騙人的，不過薪資還過得去，休假也算彈性，最可貴的是有個輕鬆自在的工作環境。大概是工作環境的緣故吧，老鳥身上嗅不出生活的疲憊感，看起來比實際年齡年輕許多，穿著品味也不壞，連小他十歲的我都感覺到他的帥氣。他怎麼會惹上那一型的女人呢？想偷吃，何必找整天煩著你、讓你無奈嘆氣的對象，不如找一個可以輕鬆談戀愛的女人啊。

「你最好不要再探聽水無月小姐的事。」

他突然這麼一說，我一時無法理解，張大眼睛眨眨眼。

「什麼？」

「或許她和老闆真有一腿，不過這都不重要。令人起疑的是她的財務問題。」

歲末逼近的街道，不管人車都像是快轉的膠片，馬不停蹄地流過去。一群上班族立起大衣的領子，看似很冷地走著；穿著私立小學制服的小女生小步快跑，從上班族中間穿過，掛在她書包上的聖誕老人左晃右晃的。老鳥瞇著眼睛看著這個景象。

「錢？」

「她不是正式員工，是計時人員。」

「我知道，所以她一週只來四天。」

水無月小姐不處理業務，只管一些總務和會計以及其他雜事。這是老闆告訴我的。

「她拿了公司的版稅，百分之五。」

老鳥繼續看著外面說道。我聽得一頭霧水，搞不懂他要陳述的內容，更不懂他為什麼要跟一個進公司沒多久的菜鳥揭發這個祕密。

「版稅……你是說翻譯書的版稅嗎？」

「大概在你還沒進公司之前吧，設計師打來說裝訂費還沒進帳，那天水無月小姐正好休假，於是我自己查了帳，才知道版稅是匯到水無月小姐的戶頭裡。我覺得奇怪，繼續查下去，原來所有翻譯書百分之五的版稅都進到她的口袋。」

我們公司的主要收入來源是企業的宣傳刊物或廣告傳單，不過也出過幾本老闆親自翻譯的文藝作品。據說老闆會親自找原文書，都是一些大出版社不會出手的冷門作品。他把這份工作當作自己的興趣，不虧損但也不賺錢，其中有幾本曾引起小小的話題。

「這是怎麼一回事？」

「我才想知道呢。」

老鳥取下眼鏡，從口袋拿出手帕擦了擦鏡片。一條燙得平整的亮色手帕。是誰替他燙了這條手帕呢？我恍惚想著無關這個話題的事。

「不是什麼大不了的金額，本來我也想當作沒看到。我想這應該是老闆偷偷塞給她的零用錢吧。」

「你問了老闆，對不對？」

他戴上眼鏡點了頭。

「我總覺得很納悶，要給零用錢不會自掏腰包啊。就算是自己開的公司，公司賺的錢應該歸公司所有啊，怎麼可以拿版稅當零用錢？」

我看著老鳥的側臉，抓了抓太陽穴。我認識老闆的時間不算久，不過在這短短幾個月相處中，心裡已經描繪出老闆待人處世的人物像。我感覺這人物像的角落出現小小的裂痕。

「我不認為老闆是這種人。」

「嗯。我也是這麼想，所以才問他。其實他那個人有時心很軟。」

老闆給人一種溫和、聰慧，但有些狡猾的印象。不過見了幾次面之後你就會發現，他那一流的生意手腕外表下，隱藏著少年般的正義感。越聊越能夠體會他良好的家世以及誠懇的個性，雖然無意炫耀，卻藏不住流利的外語能力以及極為豐富的閱讀量。他辦公桌上的相框裡放了兩個小孩和太太的相片，不忘在每次的家族旅行之後更換相片。

「結果我挨了老闆一拳。」

老鳥早已喝完咖啡，喝起玻璃杯裡的白開水。我一時無法意會他說的話。

「什麼？老闆揍你？」

「我想我問的方式也不對吧，而且兩個人都喝了酒。隔天，老闆跑到我家來道歉呢。」

頭上。

「好像國中生吵架。」

「沒錯，那時他就像個國中生。」

老鳥的臉上總算浮現了笑容。我拿起遺忘的咖啡，早已涼了，只剩甜味黏答答地纏在我的舌頭上。

「最好不要多問水無月小姐的事。」

這句話與其說是說給我聽，倒比較像在說給他自己聽。

「老闆和水無月小姐有某種特殊關係，這是無庸置疑的。或許不是我猜想的那樣，不過能讓老闆那麼敏感發怒的，就我所知只為了水無月小姐那一次。」

我這才知道老鳥是為我好，希望給我一些忠告。如果想要在這家公司好好混下去，就不可以好奇她的事。我誠懇地說：「我知道了。」

「有件事我只告訴你。」

老鳥似乎鬆了一口氣，頭靠過來小聲地說：

「她真的很不尋常，不是蓋的。」

「……是嗎？」

「我看過她開著賓士敞篷車。」

「什麼？賓士？」

匪夷所思的內容讓我不得不反問回去。

「一個人嗎？」

「怎麼可能。不過坐在旁邊的不是老闆，而是別的男人。戴著漆黑的墨鏡，穿著花花的夏威夷衫。會不會是這個啊？」

老鳥用食指在臉上比畫了一刀[1]。我雖然一臉茫然，倒也能漸漸意會老鳥要說的話。她外表雖然樸素，卻有一股令人不寒而慄之氣。

我心中的警戒燈已經好一陣子沒發出警訊了，這時卻一閃一閃亮起來。每當遇到麻煩事，心中的燈總會不停閃爍。

下午的會議是員工的聯絡會議，平常排在禮拜一上午，這個禮拜因為老闆感冒請假，改在今天舉行。加上老闆只有六個人的會議，一如往常順利進行，由資歷最淺的我依序報告工作進度，老闆只簡短問個兩、三句話。他討厭拖拖拉拉開很長的會，如果有要緊的事，他會採取個別面談的方式處理問題。

自己的報告已經結束了，平常我會放鬆心情聆聽老鳥們的工作內容，可是今天每當薄薄的牆壁另一端傳來電話鈴響，我的心臟就差點要停止運作。兩次鈴聲之後，隱約聽到水無月小姐的聲音。除非有什麼重要大事，水無月小姐不會在聯絡會議時轉接電話給員工。要鎮定，要鎮定。我閉上眼睛默念。

「還好嗎？」

有人問起，我驚覺地抬起頭來。原來是中午一起吃飯的老鳥在關心咳個不停的老闆。我鬆了一口氣。

「沒事。只是咳嗽好不了。」

老闆用手遮住嘴說。

「荻原先生，不要太勉強啊。」

最年長的老鳥憂心忡忡地說。

「也對。沒辦法像以前那樣靠意志力治病了。」

「咳得不輕呢，要不要去照個X光啊？」

「我好像被你們當成老頭啦。」

「你工作太忙了。」

我沒有加入上司的話題，應付性地隨便微笑。這中間電話仍舊響了三次，每次鈴聲都只響兩次就斷了。我發現自己不知不覺不再那麼緊張。水無月小姐會替我接電話，這種踏實的感覺讓我放下一百個心。

難得今天會在會議中聊起健康話題。腰痛、每天都很累、不容易睡著卻一早醒來、小發燒不退、關節痛……盡是一些離我很遙遠的內容。

我不知道老闆的年紀。他大概已經年過四十了吧，若是不穿西裝，打扮休閒一點，看起來還像個三十多歲的人。就年紀而言，他和水無月小姐不算不登對，不過很難想像剛才女作家說兩個人坐在酒吧裡喝酒的模樣。我可以每天看到他們兩個人在談公事，卻從來沒看過他們開玩笑、閒聊之類。我怎麼也無法相信他們之間有所謂的曖昧關係。那麼，老鳥說她拿版稅這件事又該怎麼解釋？難道水無月小姐背後有黑道撐腰，威脅老闆嗎？我胡亂猜想了一番，對自己無厘頭的想像力覺得好笑。

1　指黑道人士。

這時，電話又響起。上司們無意理會，但是鈴聲連續響了四、五次，直到第十次的時候，我踢了椅子站起來。大家很疑惑地看著我接起會議室的電話。水無月小姐怎麼了？去上廁所了嗎？我拚命壓抑著焦躁的情緒，按下外線按鍵。

「是我，水無月。」

我愣住了，一時無法回話。電話確實不是內線，而是從外面打進來的。怎麼會是水無月小姐打來的呢？

「我知道你們在開會，不好意思，麻煩請荻原社長接電話。」

她聲音背後傳來車水馬龍的聲音，看來是從外面的公共電話打的。

「發生了什麼事？」

「不要管那麼多，請老闆接電話。」

雖然她的聲音不急不喘，語氣卻很堅決。我只好回頭看老闆。

「老闆，水無月小姐找你。」

我差點脫口說出是從外面打來的，急忙收回話。老闆露出疑惑的表情，說了聲「抱歉」之後走出會議室。沒有人多說什麼，大家以非常不自然的方式，不約而同繼續閒聊下去。或許大家早就多少察覺老闆和水無月小姐之間有某種不尋常的關係。

所以水無月小姐突然外出，又在接近傍晚帶著紅腫的左臉頰回來，也沒人問起。倘若從沒遇過麻煩事，我也不會理她。但很不幸地，我曾有過類似的遭遇。

老闆比我早發現，把水無月小姐叫進會議室。大家忽然抬起頭來相互看了一下，又立刻裝做沒事般繼續工作。我也假裝埋首在桌上的工作。不過五分鐘，桌上的電話響起，是內線。

「井口嗎？」

老闆的聲音，我回答「是」。連我都知道自己的聲音在顫抖。

「我替你慶生。七點方便嗎？」

三個月前寫過的辭呈掠過我腦中。書寫格式還留在自己的電腦裡，這回或許又要派上用場了，我邊想邊放下電話，不經意地大大嘆了一口氣，老鳥們完全沒理會我。沒有任何一個人願意拍一下我的肩膀。

「井口，你也真行啊。」

我準時到約好的海鮮餐廳，沒想到老闆心情還不錯。餐廳角落有個圍爐式的座位，老闆背對著牆坐在水無月小姐的斜對面。我一來，老闆就坐到水無月小姐旁邊。我畏畏縮縮地在他們面前坐下，老闆又說了一次同樣的話。

「井口也真行啊。」

老闆對身旁的水無月小姐說「對吧」，要求她表示同意。她的嘴角微微上揚。啊，笑了，我心想。或許這是我第一次看見水無月小姐笑。

「理香子打來的嗎……？」

除此之外沒有別的可能，因此我這麼問她。

「我沒問她名字，不過她說她姓坂口。」

是理香子沒錯。雖然我早已料到，不過還是全身無力。理香子也曾經鬧到前一家公司，在大家面前哭喊：「我被這男人騙了！我拿掉了這個人的孩子！」公司的人不責怪我對她做的事，反倒怪我怎麼會把一個女人逼到公司來鬧場。女同事露骨地表現出對我的厭惡，不用說，連上司和其他同事的臉上都寫著：沒能力和女人好好分手，就稱不上是一個稱頭的男人。今天理香子一定又來一場同樣的戲碼吧。

「非常抱歉。」

心想只能道歉，我低下頭。

「先別談了，你要啤酒還是清酒？」

老闆爽朗地問我。我害怕他的笑容，不悅的表情反而能讓我心安。

「那麼，我來個生啤酒。」

老闆叫住店員點酒。

「來杯生啤酒。水無月，妳呢？」

「我還不用。」

當時我低著頭，突然覺得奇怪地看了他們兩個。剛才老闆叫水無月小姐時沒有加「小姐」，而她對老闆的口氣也很親暱。這兩人果真有一腿嗎？生啤酒立刻上桌，老闆把冷酒杯拿到眼睛的高度說「生日快樂」。我心想真是殘酷，笑得很無力。

「總之，先解決壞消息吧。」

老闆喝一口酒，盯著我的臉。

「聽說我們開會的時候，那個叫理香子的女孩鬧到公司來，水無月帶她到外面開導。」

「真的很抱歉。」

我找不到其他的話可以說，只好一再謝罪。水無月小姐一臉若無其事，把生魚片送進嘴裡。

「妳的臉是理香子打的吧？」

「不要放在心上啦。」

我是問水無月小姐的，怎麼會由老闆來回答。

「可是……」

「聽說水無月加倍反擊她。」

「什麼？」

我不得不反問回去，老闆不理會我，繼續往下說。

「你以前是不是跟那女孩同居？」

「沒有。不過算是持續了三年半同居狀態。」

「怎麼不能好好分手呢？」

誰知道啊。我開始煩躁起來，是我不對，因為我的過去又給公司添麻煩，這些我都了解。不過我討厭被人碎碎念。

「我明天會遞辭呈。」

「喂，喂。」

老闆這時又咳起來，水無月小姐嘴裡含著筷子看了看他。

「誰叫你辭職啊？這點小事就辭職，公司怎麼辦？水無月好不容易說服了她呢。」

「啊？」

「理香子答應我不會再到公司來了。」

水無月小姐終於開口。

「真的嗎？」

點了頭之後，她喝起檸檬氣泡酒。她的嘴唇上亮著淡淡的米白色。在辦公室時她沒化妝，不曉得什麼時候已經畫上淡妝了。剛才我還無法想像兩人親暱喝酒的模樣，現在真實擺在眼前卻格外順眼。老闆和平時沒兩樣，水無月小姐倒是變成另一個人似的。是不是店裡昏暗橘色燈光的關係，向來嚴肅的她今天像個「溫和的歐巴桑」。

「總之，就是這樣啦、你就、放心吧。」

咳嗽妨礙了老闆要說的話，很不舒服的樣子。

「荻原，要不要回去了？」

水無月小姐對咳不停的老闆說。

「沒事。」

「你說沒事，我們被傳染就有事了。你還發燒呢。」

兩人的對話很自然，不像上司和部下，也不像有男女關係，就像對等的同事。或許他們是學生時代的同學吧。

「可是，我有些話要跟井口說。」

「我會替你說啦。要是你病倒了，遭殃的可是我們呢。」

水無月小姐像在責備小孩。我又想起女導師。我也曾被那人人害怕的女導師用同樣的口吻責備。那年我因為掀了女生的裙子，被女導師拉到大家面前脫下褲子。我覺得丟臉，哭得很悽慘，女導師用異常平靜的語氣告訴我：這就是你做的事。老闆就像當年哭哭啼啼拉起褲子的我，失落地點了頭，站起來說：「那就不好意思，我先走了。」

「井口，你也可以走了啊。」

老闆的身影消失在布簾另一端後，水無月小姐立刻對我說。

「啊？可是……」

「沒什麼特別的事。老闆只是想叮嚀你，不要為了女人的事搞得雞犬不寧。」

原來她是替我擋下老闆的說教。

「謝謝水無月小姐。」

「沒關係。」

她側著臉不屑地說。老闆一走，水無月小姐又回到平常的樣子。

「水無月小姐不回去嗎？」

「我待會兒還有約，在這裡耗時間。」

「那麼，我陪妳。」

水無月小姐拿起酒杯瞄了我一眼。不曉得是厭惡還是高興，我完全無法掌握她的情緒。想想，我從來沒有跟幾乎大上二十歲的女性獨處過，會聊天的大多是同世代的女生，要說和年長的女性促膝長談的經驗，只有我媽和親戚的阿姨吧，而且現在對象還是謠傳中老闆的情婦，剛才還聽說她加倍反擊了理香子。

「理香子她今天怎麼樣？」

沒別的話題。不，或許我是希望問出這件事才會留下來。我終於自覺到自己真正的想法。

「她到公司的時候還算正常，可是一聽到我說井口在開會就抓狂了。」

我什麼也沒說地低下頭。理香子總是如此。前一秒還以為她在微笑，下一秒就像被附身似地大吵大鬧。

「她開始哭說：『不要騙我，叫井口出來。』我覺得不妙，只好拉她到外頭。」

「……給您添麻煩了。」

「沒錯。」

水無月小姐完全不給我面子，不過比起老闆笑裡藏刀要來得好多了。

「她說不會再來是真的嗎？」

「我只是跟她說：妳鬧到公司來，人家反而會更討厭妳。當場她是點頭了啦。」

她所謂的答應不過是這種程度，讓我好失望。過一陣子她一定又會出現。

「該怎麼辦好呢？」

我不是在問水無月小姐，實在是想不出解決的辦法，心裡的話脫口而出。

「誰曉得。」

聽到理所當然的答案，讓我會心一笑。理香子大概也是不知道該如何壓抑自己吧。

水無月小姐不理會我的微笑，向店員點了第二杯氣泡酒。我急忙跟著點了啤酒，順便點了兩樣小菜。她不理會我的態度，反而讓我輕鬆了不少，好像在跟一個不認識的老頭喝酒。我們好一陣子沒開口，默默地喝酒吃小菜。醉意突然來襲，我忽然覺得自己的處境很可笑，心情也開朗起來。我不管三七二十一，對她提出我的疑問。

「水無月小姐是單身嗎？」

她回答是啊。我的提問似乎並沒有造成她的不悅。

「聽說妳和老闆是舊識。」

「我們是大學同學，聽說有傳聞我是他的情婦。」

「妳是他的情婦嗎？」

「怎麼可能。」

她「哼」地笑了一下。我開始醉了，望著一個中年婦女照映在我有些扭曲的視線裡：不起眼的高領黑色毛衣、不起眼的短髮、皮膚粗糙。我看著看著，發現她的手背上有個類似燙傷的小疤痕。老實說，她絕不會是我想上床的對象。不過從她那看似執著堅定的眉間，我嗅出和理香子同類的某種氣息。那是一股熾熱且激烈、百般不願卻又不得不敬畏的東西。又黏又稠，宛如熔岩般的熱情。

我突然體會到其實大家都很怕這個女人。想必老鳥們對她也有某種莫名的恐懼吧。

「水無月小姐，妳為什麼會拿版稅呢？」

哇！完蛋了！連我自己都嚇了一跳。水無月小姐頭一次正眼看我。她這麼一看，我開始感覺自己漸漸冷靜下來。我不滿老鳥們明哲保身的態度，也不滿老闆不把祕密當祕密，好好地隱瞞。

「你早就知道了嗎？」

「沒有，是老鳥看到帳本。」

「沒什麼大不了的，是荻原自己要搞得鬼鬼祟祟。」

她答得很爽快，一點也沒有緊張的樣子，神情自若地把烤魚骨頭夾到盤子上。

「我們偶爾不是會出一些翻譯作品嗎？都是我找來翻譯的。」

「啊？是嗎？」

令人意外的答案，我張大了嘴巴，合不起來。

「我說好這是我的興趣，不想拿錢，可是老闆自作主張硬是要匯給我。」

「等等，等一下！」

我一頭霧水，舉起單手打斷水無月小姐的話。

「為什麼要這麼做？」

「你問為什麼，我也不知道該怎麼說。」

「有什麼不可告人的隱情嗎？對外說是老闆做的，可是實際上是妳的作品啊！」

「嗯，這麼說也沒錯。」

「還是說妳有什麼把柄，被老闆控制？」

水無月小姐露出有些無奈的表情。

「也不算是把柄啦，不過他從年輕時候就替我扛了不少事，還給了我一份像樣的工作。」

「所以妳甘願當代筆譯者？」

「不是這樣，只是我自己不願意拋頭露面罷了。」

我完全無法理解，但開始猶豫該不該問下去。因為水無月小姐的回答逐漸有些遲疑。我有種不祥的預感，自己可能會聽到不該聽的內容。以前的我會任由自己的好奇心驅使，追問他人內情，現在膽子小了，掀女生的裙子沒好事。

「我以前結過婚。」

水無月小姐突然說起。

「是嗎？」

也就是說離過婚，她的樣子的確流露出歷經滄桑的味道。

「所以，我多少能夠體會今天那個女孩的心情。」

話題轉移了，我總算鬆了口氣，但又立刻產生強烈的念頭：「饒了我吧！」她接下來要說的不會是什麼溫馨感人的故事。我才不想聽一個已經放棄當女人的中年婦女，聊起她當女人時的過往。

「為什麼呢？」

我竟然還催促她繼續說下去，真的是醉了。黏稠的熔岩一步步流向我的腳尖，再不逃就無法脫身，可是我的雙腿卻不聽使喚地一動也不動。

水無月小姐開始說故事了。

我辦理離婚手續那天，是梅雨季即將結束的某個平常日子。

區公所位於離車站兩分鐘路途的地方，可是我得跑到區公所的分駐所。我住的那一區範圍較廣，區內設置了幾個分駐所，想想分駐所的存在價值就知道，它不會蓋在交通便利的地方。走路大約需要花上半個小時，白天公車一小時只來一班，而且又剛走了一輛，車站前更沒看到半台計程車。

我有幾種選擇：等一個小時搭下一班公車，或打電話叫計程車，或走三十分鐘的路程，或是決定不去了。

早上開始下起的雨，已經轉成毛毛細雨。我稍微想了想，撐起雨傘開始跨步。沒工作的我不趕時間。我也可以坐在咖啡館等公車，只是我已經無法忍受靜靜等待時間的流逝，特地叫計程車去辦離婚又好像不太對。還有，我也可以不用在那天辦理，但我不打算選擇這一項。這已經是我第二次去辦離婚手續。我可不要再有第三次。希望就在那天結束所有的一切。

我沿著國道的步道走下去，一路上用餘光看著來往車輛濺起泥水。那幾天天氣悶熱，讓人想穿上短袖，下點毛毛雨反而清爽。我一圈又一圈地轉動雨傘。愛逞強，這點我自己也清楚。不過即便是逞強，好心情就是好心情。三十分鐘的路程，我甚至邊走邊哼起歌來。

我站在農會旁的水泥低矮建築前，上個月才來過，心中卻湧起莫大的愁懷。再繼續往下走十五分鐘，就會到我和丈夫住過的公寓。當時我都出入附近方便通往市中心的車站，所以除非有事到區公所，否則幾乎不會造訪這一帶。即便如此，我還是有那麼幾次為了拿住民票[2]或印鑑證明來過這家分駐所。丈夫造訪的次數倒是很清楚：兩次。

我推開鑲著霧玻璃的老舊大門，走進分駐所。平常日子的下午，櫃檯前沒人排隊。我從皮包拿出申請文件，走向辦理戶籍的櫃檯。我還記得這個年約四十的男人，他露出「妳來啦」的表情。他似乎記得我。

因為我和丈夫兩人上個月才來辦過離婚。兩人都沒有離婚經驗，總以為只要在申請書上寫上名字、蓋上印章就大功告成，電影或電視都是這麼演的。

事實上，日本的戶籍制度沒那麼隨便。辦理人員告訴我們，申請書需要附上戶籍謄本，否則無法受理。仔細一看，申請書上的確有這一項。

兩人的關係變調之後，爭吵不休的日子持續了很長一段時間，最後我們都筋疲力盡。即便如此，我們還是拚了最後一口氣，也為了證明並不是單方面的錯，決定兩人一同去辦理離婚。我主張既然結婚證書是兩人一起提出的，解除婚姻也應該是兩人的事。丈夫硬著頭皮向公司請了假，其實心想「要去，妳自己去」，我總算說服他放下一百個不願，好不容易才走到這一步。

滿懷決心的兩人，當場撲了空。我們苦笑得很無力，只好到附近的快餐店靜靜地吃了一頓較晚的午餐，然後分手。

我不再堅持要兩人一起去，忽然覺得一切都很沒意思。當時我的戶籍已經遷到丈夫老家，我從他老家的區公所取回戶籍謄本之後，隻身再度來到這裡。

戶籍辦理人員似乎記得這對少根筋的年輕夫婦，親切地替我辦理手續。他細心地教我年金、健保、遷移證明等搬家之後的手續，或許是我的錯覺，不過我在他身上感覺到某種慰藉。

七年前，兩人來這裡拿結婚證書。當時替我們受理的職員不曉得還在不在……等手續的時候，我恍恍惚惚地想著這些事。通常我會打開書本，但那天卻沒心情看書，只好呆呆地看著小孩預防接種或是交通安全宣導海報。

「水無月小姐。」聽到名字，我站了起來，這是我娘家的姓，我沒有一絲遲疑。相隔七年後，這個姓氏聽來格外順耳，我打從心底感到心安。

手續辦完，我匆忙走向出口。推開厚重的大門，外頭的雨早已停了。天空覆蓋了鈍色的雲朵，隱約透出淡淡的夕陽。

我並沒有想像中感慨，既不寂寞也不悲傷，但也不覺得高興；沒有特別湧上旺盛的活力，也不會無力到自暴自棄。要形容當時的心情，可以說就好比從漫長旅途回到家的感覺，這應該是最貼切的吧。不過我不確定是否如此，因為沒有長途旅行的經驗。

看了看公車站牌的時刻表，下一班公車還要等四十分鐘。卡車和私家車穿梭不停，卻不見計程車經過。

走路對我而言並不辛苦，只是有些後悔那天穿的是高跟鞋。來的時候，濺起的泥水在我絲襪

2 住民票：戶籍資料。

上畫出斑點。應該穿上平時常穿的球鞋才對。

雖然腳尖在高跟鞋裡隱隱作痛，我還是邁步向前走。望著幹道周圍毫不起眼的風景，繼續走下去。

神啊，求求祢。

不，不應該求神拜佛。

我自己，求求妳，求求妳。

往後的人生，不要再太愛對方。

不要因為太愛對方，綁死對方，也綁死自己。

我總把對方的手握得太緊，卻沒察覺到對方在喊疼。所以不要再牽起任何人的手。

決定放棄，就要能夠徹底放棄；決定不再見面的人，就真的不再見面。

希望我不再背叛自己。與其愛別人，不如愛我自己。

想到這裡，我停下腳步。因為雨水又一滴滴落下來。這時才發現我把雨傘忘在分駐所。我獨自會心一笑。

說到這裡，水無月小姐忽然閉口不語。

等了一分鐘、兩分鐘，我覺得奇怪，探出頭看了看她的表情。水無月小姐沒有哭，但她的手放在酒杯上，茫然地注視著桌上的一點。視線上那一點卻只有醬油瓶和空盤子。

第一章

站在我眼前的，是創路功二郎。

我一眼就認出他。他沒有戴上招牌墨鏡，一身運動衫，腳踩著拖鞋，還帶了一隻雜種狗，不過修得非常短的金色染髮，千真萬確是創路功二郎沒有錯。

「您決定了嗎？」

我這麼一問，他懶洋洋地搖了頭。看似大學生的男孩在他之後上門，不耐煩地說：「一份雞塊便當。」男孩對這位呆呆站在便當店前的中年男子毫無興趣，伸手拿了櫃檯上方便客人打發時間的雜誌。

喂！喂！這位同學！你拿的那本雜誌後頭有一篇名人與寵物的專欄，上面有登這個人和這隻狗喔！這些話卡在我的喉嚨裡。男孩卻專心看著刊頭的前偶像女星露毛裸照。

「您決定了嗎？」

我再次問創路功二郎。他低聲呢喃：「有什麼推薦菜嗎？」

聲音比電視裡聽到的更低、更響亮。他的聲音讓雞塊男孩也抬起頭，眼神轉向身邊這位名人。男孩的視線不自在地飄來飄去，試圖假裝沒看見他。

「雞塊便當或是豬排便當可以馬上帶走。」

「炸的好像對胃不太好。」

「韓國烤肉呢？我們用的肉還不錯喔。」

「我昨天才吃了烤肉。」

「麻婆豆腐蓋飯呢？滿受歡迎的。」

「要顧到營養均衡啊。」

「那麼綜合便當呢？」

「我不喜歡那種小家子氣的東西。」

要不是創路功二郎，我早就不理他了。我耐心地繼續說：

「那麼，炒飯配煎餃如何？附上蔬菜湯就可以顧到營養均衡喔。」

創路功二郎本來低著頭搔脖子，這時終於抬起頭來，就像發現了稀有昆蟲，仔仔細細地打量著我。我頭一次看到他沒戴眼鏡，有些下垂的眼睛又細又小，如果沒染頭髮，會讓人以為他不過是隨處可見的老實大叔。

「嗯，不錯喔。」

他沉默了一會兒，一派輕鬆的口吻說。我趁他沒變心，趕緊向後頭廚房點餐。他的狗用繩子牽著躺在主人腳邊，漫無目的地望著遠方，似乎已經習慣等待主人。

我的視線從狗轉回到他身上，這時他還在看我，不小心四目交會。

「小姐，妳滿可愛的。」

這句話也是說得輕鬆自在。哇！我心頭一震，但刻意不回答，只是朝他微笑了一下。我心想，這種場面最好別說「我是您的忠實書迷」之類的話。難得巧遇名人，我可不希望一句彆扭的話破壞了他的心情。

創路功二郎的心情似乎不錯，邊哼歌邊等他的便當。我手裡忙著應付其他客人，腦袋卻想東想西：他住在這附近嗎？以前沒看過，表示最近剛搬來附近的嗎？藝人也會自己外出買便當嗎？

當我把做好的便當交給他的時候，趁廚房的人沒注意，拿了一包醬瓜迅速塞進塑膠袋，小聲地說：「這是送您的。」創路功二郎微笑說：「謝謝妳。」他說我可愛我還沒事，但是這一句「謝謝妳」，卻讓我的臉紅到耳朵。

不知道他是否發現自己讓便當店的店員心頭小鹿亂撞？說聲「下次見！」後，他便開心地拎著塑膠袋，牽著狗走向商店街。我身體挺出櫃檯，依依不捨地看著他的背影，直到身影消失在人群中。

下班後回到房間，我收到難得的傳真信，撕下來一看，原來是編輯荻原。他希望將約定的時間延後一個小時。

我是無所謂。明天沒有班，好久沒到市區了，本來就打算出去逛逛。我通常不會主動回電話，不過難得在這平淡無奇的日子裡發生了一點小插曲，很想找個人抒發情緒，於是拿起話筒撥了電話。他正好坐在位子上，接電話的是他本人。

「怎麼了？時間不妥嗎？」

難得我會找他，他似乎很驚訝。

「時間沒問題。嗯，其實啊……」

「發生什麼事了嗎？」

他的擔心讓我尷尬地苦笑。支支吾吾的語氣害他以為我又闖禍了。

「沒有，沒有啦，沒事。只是今天創路功二郎到我店裡來，我嚇一跳，想找個人說而已。」

「創路功二郎？妳說那個創路功二郎嗎？」

「對啊！我是他的書迷嘛，害我不知道該怎麼辦。」

搞什麼嘛。荻原回答得很無力。

「對喔，創路大師家好像就在那邊。」

荻原稱他「大師」。沒錯，對出版社的人而言，他的確是大師。

「你認識他嗎？」

「不認識，只是在酒會上照過面。妳說到店裡是指那個便當店嗎？」

「對啊。」

荻原發出乾笑聲。

「幹麼笑啊？」

「不好意思，我該出發了，明天再聽妳說。」

還不知道他在不好意思什麼，他就掛了電話。

我一掛上話筒就衝向書櫃，拿了幾本創路功二郎的著作，翻開印有本人照片的一本。照片裡的他，鼻梁上掛著細細的高級鏡框，脖子繫著領帶，非常帥氣，和剛才的邋遢老頭判若兩人。

我看過他所有的著作。據說他曾是電視編劇，因為獨特風格和壯碩外型受到矚目，當我懂事的時候，他就已經是電視節目的常客。從猜謎節目到電影配角，連外行人都覺得他飢不擇食。不過開始在雜誌上寫一些專欄或隨筆之後，他上電視的頻率明顯降低。出版社把他在各處寫的雜記匯整成一本書，擺在書店最醒目的地方，從此他就把重心移往寫作，偶爾會上一些特別節目或是單元劇，但已不再是節目的固定班底。他的著作比一般人想像的多，幾年前更著手寫小說，某些評論家對他的作品讚譽有加，然而多數書店仍將他的書擺在藝人書的架上。

創路功二郎的第二本隨筆著作成了暢銷書，內容是虛實難辨的過往戀愛史。剛出版時，我老家最大的書店舉辦了他的簽書會。當時念高中的我是他的忠實觀眾，按時收看他上的每一個節目，當然也偷偷瞞著父母，跑去要了他的簽名。記得當時同學們笑我說：「搞不懂妳怎麼會喜歡那種色瞇瞇的老頭。」我想找出當年的簽名書，不過似乎不在這個書櫃，好像沒從老家帶來。

我翻了翻這些看過的書，沉浸在今天的邂逅裡，忽然發現肚子餓了，興奮的情緒頓時退去。仔細想想，這也沒什麼大不了。即便是藝人，也不過是住在東京近郊的平凡日本人罷了。出來溜溜狗，買個便當也是天經地義，並不是什麼只會發生在我身上的稀有大事。應該收收心，不要再過度興奮了。

我站起身，把從便當店要來的剩菜加熱，打開電視邊吃邊看新聞。

今天已經沒什麼事情要做。房間收拾乾淨，衣服也洗了。早早洗好用過的碗盤之後，我就賴在床上拿起看了一半的書。我看得很入迷，連澡都忘了洗，一直看到天亮。

隔天睡到中午才起床，我坐上許久沒搭的電車前往市區。

我和荻原約晚上七點。為了打發時間，我看了一部電影犒賞自己，還去逛街。這也想買那也想買煩惱了半天，最後買了兩本新書和一張唱片。

當我準時抵達約定的中菜餐館時，荻原還沒出現。我自己點了啤酒和冷盤，翻開剛買的新書。

「對不起，來晚了。」

我聽到聲音抬起頭時，荻原正氣喘呼呼地在面前坐下來。

「沒關係，我已經開始吃了。」

「妳在看什麼？啊！妳手腳真快耶，那本書不是昨天才剛鋪貨嗎？好不好看？」

「只看了開頭，好像不錯唷。」

我們聊起最近在日本竄紅的這位美國純文學作家。服務生不耐煩地跑來問：「你們要點什麼？」我們急忙打開菜單點餐。

荻原看到我的空杯子替我倒酒，我有些慚愧地說：「不好意思，每次都讓你破費。」

「別客氣啦，不是每次是偶爾，不用客氣，多吃一點。而且這也不用我自掏腰包啊。」

「如果能翻譯這種書的話，我也可以闊氣一些。」

我看著桌上的書笑著說。這本書的原文書並不起眼，不過譯者是現在最年輕、最有人氣的翻譯作家。他不只翻譯，還致力於外國文學的書評以及專欄寫作。記得他的年紀跟我差不多。

「水無月如果肯努力的話，一定也做得到啊，妳就是沒有事業心。」

荻原喝乾了啤酒這麼說。我無話可回，只好伸出筷子夾起剛端上來的菜。

我是剛出道的譯者。翻譯的工作分工非常細，有人專門作電器產品或學術論文的翻譯，而我從事的是最傳統的英美娛樂小說翻譯，具體來說，主要的作品是羅曼史或是電影小說等。這些書籍發行量較多，新人通常得從這些領域著手。

話雖如此，目前肯發稿給我的出版社就只有荻原。他是我的大學同學，我既沒有實力又沒人脈，只有荻原偶爾會發一些工作給我。

「妳單身已經有一段日子了吧，該是專心投入的時候了。」

「也對。」

「妳不會遲交，誤譯也不多，如果再加上一點熱忱一定會更好啊。妳應該更投入一點，我會盡力幫忙，不過如果妳自己不拓展人際關係，工作沒辦法擴大。」

我當然知道荻原說的話並沒有惡意，只能默默點頭。他大概是察覺到我的不悅，再點了一瓶啤酒之後就轉移話題。

「對了，聽說創路大師家在植物園附近。」

「喔？是嗎？」

「昨天剛好遇到他的編輯就順便問一下。聽說他最近不常出現在新宿的辦公室，多半在家裡工作。」

「是嗎？那有可能還會來買便當囉。」

「妳可以跟他要簽名啊。」

荻原笑得有些不屑。他一喝酒，話就越來越諷刺。

「我有啊。」

「什麼啊！已經要啦。不要跟我說他簽在便當盒蓋上喔。」

「才不是。高中的時候，他到我老家附近的書店辦簽書會，那時候要的。」

「是啊！沒想到妳那麼迷他。」

「應該說鄉下地方只要有名人來，什麼人的簽名都會去要啦。」

荻原在山手線內長大[3]，特別愛聽地方小鎮常發生的鄉下人故事。故事沒多好笑，他卻笑得很誇張。

「不過水無月竟然是創路功二郎的忠實讀者呀，真是意外！」

「會嗎？」

「不良中年男子的風格是不差啦，不過內容畢竟是藝人出的書嘛。是不難看啦。」

這是一般人對創路功二郎非常普遍的見解。

「他最近都窩在家裡，表示他已經不太玩女人了嗎？」

「應該不是吧。他現在到底結婚了嗎？」

「不知道，有嗎？」

「妳不是他的忠實讀者嗎？多關心一下他的八卦吧。」

有一次，創路功二郎的情婦關係炒熱了八卦媒體。那是多久以前的事了呢？大概是我剛進大學的時候吧。他的情婦寫了遺書自殺未遂，不知為何這份遺書傳到八卦雜誌的手上，刊出其中的一部分內容。雖然內容相當赤裸裸，但當時我看了也沒什麼感覺，心想這女人一定是把一丁點小事誇大渲染罷了。沒多久，他就離婚了。畢竟不是什麼大明星，而且與自殺未遂事件相隔了一段時間，因此他的離婚沒有造成太大的話題。

「水無月，妳對他有興趣喔？」

「啊？怎麼可能！」

我絲毫沒有這類念頭，這次換我大聲狂笑，他也跟著笑了笑。不能怪他笑，因為坐在眼前的是年過三十，一個不起眼的失婚女子。

「那就好啦，創路大師的人是不壞，不過不好的傳言倒不少，妳還是小心一點。」

「不用擔心，人家不會理我的。」

「也對。」荻原喃喃自語，然後有些無趣地點了菸。

簡單交代完畢事情之後，我和荻原分手，獨自搭上電車。晚間的車廂內滿是下班的上班族，瀰漫著梅雨季初期的潮濕空氣，我帶著沉重的心情緊握著拉環。已經好幾個月沒搭電車了，這讓我身心俱疲。

電車內的人潮左右夾擊，我恍恍惚惚想著今天剛拿到的新工作規畫。工作內容和上次一樣，一本荻原公司出版的羅曼史系列書籍。我自己絕不會看這類夢幻甜蜜的愛情故事，不過能多一本翻譯作品，就又有一筆完整的收入，因此還是很珍惜這份工作。

離截稿日還有一段時間，每天慢慢翻也不會妨礙到便當店的工作。想到這裡，忽然憶起荻原的話：「該是專心投入的時候了。」

妳單身已經有一段日子了，他這麼說。他說的沒錯，這已經是第二個梅雨季了。離婚之後在郊區租房子住已經兩年了，現在很難想像，也很難體會我曾經有過一段婚姻生活。

這兩年來，我盡可能但非刻意地讓自己埋首於日常生活中，不讓風吹四起的水面引起任何漣漪。我不和荻原以外的老朋友見面，也不交新朋友，只是早上起床上工，空閒時看看書聽聽音樂，到了夜晚則停止一切思緒，安靜地入眠。這樣無止盡的反覆生活不但不覺得沉悶，反倒有一

---

3 意指在東京都內土生土長的人。

種落實的心安。

現在我卻像個戒毒患者出現沒藥嗑的狀態，拚命回憶起那段日子。當我擁有婚姻生活的時候，不，早在那之前，我就已經感染了某種病毒。當時的我有問題，我的腦袋有問題。

在郊區租的小公寓小雖小，不過有兩間房間。房屋雖然老舊，但內裝乾淨，還有寬敞的陽台。學生時代住的是沒有衛浴的小公寓，比起當時，這裡既寬敞又乾淨、舒適。從都心到附近的車站，需要搭五十分鐘快速電車，還得從車站走上二十分鐘，因此房租便宜得驚人。我不需要通勤，不在意交通不便。

我每週上班五天的便當店，位在車站前商店街最靠近住宅區的一角。這是離婚時父親的朋友介紹的工作，所以我才會搬到這一區。光靠翻譯沒法糊口，因此雖然只是打工，便當店的工作卻是我目前的主要收入來源。

荻原要我專心投入，無論如何我仍舊力不從心。如果正式進入翻譯公司工作或是轉向產業翻譯，收入應該會增加不少。但若想堅持文藝作品的翻譯，那麼就如荻原說的，有必要花心思多讀原文書或拓展人脈。但我純粹就是沒有資金，向國外購買原文書或與人交際終究需要錢。

況且目前的我，與其默默執行將英文轉換成日文的動作，不如在無需打扮的便當店，專心做便當、賣便當，還可以拿剩菜，這可是我經濟上的一大支柱。比起一整天獨自坐在書桌前，不如動動身體、和店裡的同事或客人閒聊，還可以放鬆心情，適度的疲勞也讓晚上容易入睡。

我想，不光是工作吧，或許我對任何事都無法「專心投入」，只想隨波逐流、平淡度日。我就這樣想著，任由電車搖晃。

明天又要上班。便當店的味道會沾染在衣服上，所以我總會盤起頭髮，穿著破舊T恤，當然不上妝。可是創路功二郎竟然說我可愛。以前我痛恨別人說我可愛。事實上，我的長相並不可愛，這類稱讚連小時候都屈指可數。偶爾有人好心誇我「可愛」，但這總讓我既羞愧又難過，真希望躲起來消失不見。不過這把年紀聽到有人誇妳「可愛」，卻是那麼悅耳，欣喜的程度連我自己都很意外。還有那句「謝謝」。好像自己變成了一隻狗，給人摸摸頭般舒服。

是不是該擦個口紅呢？看到脂粉未施的自己，照在夜晚車廂裡昏暗的玻璃窗上，我這麼想著。

隔天我穿著比較乾淨的T恤，修剪好亂七八糟的眉毛，到便當店上班。我也細心地上了淡妝，但不至於讓店裡同事消遣。

但是過了兩天、三天，過了一個禮拜、十天，創路功二郎還是沒現身。過了兩個禮拜，我開始覺得自己的作為很無趣，於是又穿回以往的破舊T恤和牛仔褲。

當我幾乎失去創路功二郎可能出現的期待，也因此完全鬆懈時，他忽然出現在便當店櫃檯前。

「吃什麼好呢？」創路功二郎喃喃自語。和上回一樣，他不管之後上門的客人紛紛點餐，一直認真地盯著貼在牆上的菜單。

他今天沒帶狗，穿著史蒂芬·史匹柏的恐龍電影T恤和迷彩軍用褲。他的穿著比上回整潔、故裝年輕，但整體看來消瘦了一些。他戴了上電視時常戴的深色墨鏡，其他客人也發現他，顯得有些不自在。但是沒人跟他打招呼，大概是因為害怕吧。超過一百八的身高，加上有些肥胖且相當壯碩的體格，以及他沉默時顯得特別不悅的樣子，如同電視上看到的一樣。

眼。

「決定了嗎？」

我故作輕鬆問他。創路功二郎抬起頭來，猛然一笑。兩、三個客人發現了，在他背後互看一眼。

「妳記得我嗎？」

沒有料想到的一句話，讓我無法好好回答。

「上個月吧。妳不是推薦我吃炒飯嗎？我就是那個遛狗的大叔啊！」

大叔，他指著自己的胸口說。

「是，我記得。」

我勉強回答，他滿意地點了頭。

「今天要吃什麼呢？我想吃點比較清淡的東西。」

「身體不舒服嗎？」

「看得出來嗎？」

「嗯，好像沒什麼精神。」

創路功二郎一副更為滿意的模樣，連點兩次頭。

「沒錯，昨天熬夜啊，我工作到剛剛呢。」

「那要不要早點回去休息呢……？」

「一完工就興奮起來，肚子也餓了，所以我就決定來找便當店的可愛女孩啊！」

我低頭說不出話來。好像從來沒有男人對我說過這類有挑逗意味的話。雖然知道這只是開玩笑，但我不知該如何回應才好。

「吃什麼好呢？炒飯是滿好吃的，不過有點油。」
「要不要來個冷烏龍麵？上週新推出的。」
他張著嘴巴凝視我一會兒，不知為何深深吐了一口氣。
「不錯，就來一份吧。」
「再加個中式沙拉如何？裡頭有滷豬肉，很好吃喔。」
「嗯，不錯。妳真的很不錯，太完美了。」
讚美得這麼誇張，我也就不再害羞了。總之這個人就是喜歡讚美人，把人捧得高高的。
向廚房點了餐，我就開始接受其他客人的點餐。但是創路功二郎不時微笑地看著我的一舉一動，害我掉了免洗筷又找錯錢，頻頻出狀況。
冷烏龍麵做好之後，我把麵放進袋子拿給他。當我收下他遞出的千圓鈔時，他一臉純真無邪地問我：
「妳認識我嗎？」
我收下鈔票，邊打著收銀機邊煩惱：這時候應該回答「其實我是你的忠實讀者！」呢？還是該堅持裝傻說不認識？但又覺得為此煩惱未免太做作了，有什麼好做作的。喜歡就喜歡，老實說出來嘛。
「創路功二郎大師吧。」
「沒錯，沒錯！最近不常上電視，所以啊，六本木的年輕小姐對我都不理不睬，一臉『你是誰啊』那種表情。」
「你寫的劇本我都有，比起看你上電視，我比較喜歡看你寫的書。」

脫口而出的竟是這麼坦誠的告白，連我自己都嚇了一跳。看到他睜大了眼睛，我直覺：完了！萬一他聽了不高興怎麼辦？我反射性地縮回脖子。

「真的嗎？真是榮幸啊！我快要出新書了，到時候拿來送妳。」

下次見囉！微笑之後，他就開開心心甩著便當袋，消失在商店街裡。我呆滯地望著他的背影，這時有人從背後拍了我的肩膀。「哇！」我不經意地叫出聲，回頭一看，原來是老闆站在那兒。

「剛才那不是創路功二郎嗎？」

她微微露出不悅的表情問我。

「嗯，是啊。妳認識他啊？」

「以前滿常來的，我還在想最近怎麼都沒來呢。」

「他家在哪裡啊？」

我只是順著話題隨口問她，她卻冷冷地看我。

「問這幹麼？」

「幹麼……沒幹麼啊。」

「好像在植物園的公車站附近吧。房子很氣派，一眼就認得出來。」

「好像」又「一眼就認得出來」，這兩句話有些矛盾，不過我沒有質疑她。剛好下一個客人上門，我忙著點餐，和眼前的常客阿姨聊聊天氣。老闆站在外面看不到的位置，盤起手從後方盯著我。

「水無月小姐。」

客人一拿了便當回去之後，老闆就叫我的名字。我闖禍了嗎？我邊想邊回頭看她。她說：

「妳要不要當我們的全職員工？」

生活就是如此，它在你不知不覺中不停運轉。那天晚上，我一邊泡澡，一邊誇張地佩服這天經地義的道理。

搬家的時候，我看了幾間房子，最後決定這間離車站很遠的套房，理由不只是租金便宜，關鍵是這間浴室。不久前才重新裝潢的漂亮浴室，有一個可以伸展雙腿的大浴缸，傾斜的天花板下，牆邊更有一個大窗戶。毫無顧忌全開的窗戶外，可以一覽排列在山丘斜坡上的住宅區燈火，以及高懸夜空的皎潔明月。我可以看到別戶人家的燈，表示對方也能看到我。如果有個偷窺狂男子拿著望遠鏡，肯定可以清清楚楚看到我洗澡的模樣。年輕時我還會顧慮這種可能性，絕不會打開窗戶。如今，這都隨便了。我比較關心望著夜景和月光悠哉泡湯的幸福。

選擇。沒錯，開窗戶還是關窗戶。這都是日常生活中的小選擇。自以為戒掉一切欲望，悄悄地過著平靜的生活，還是在不知不覺中做了一些選擇。

我在放了入浴劑的熱水中抬起一隻腳，踢出熱水，像個小孩一樣反覆做同樣的動作。

女老闆是這麼說的。水無月小姐工作很認真，和其他打工的人不一樣，不只是教過的工作，也會自動花些心思，做超出薪水份內的事。如果妳願意，要不要考慮看看。當全職員工就得加班，也得管理進貨或是打工人員，所以薪資和獎金會比妳想像中好很多喔。

打烊之後，我照著老闆的話到一家義大利小餐廳，她在那裡對我說了這類的話。說我認真工作，但我所做的不過是上班不遲到，請假時會事前聯絡之類的事。花心思也不過在櫃檯旁放了倉庫裡蓋滿灰塵的小書櫃，擺上舊雜誌或漫畫書，讓等便當的客人打發時間罷了，這種事也值得誇獎？以前員工的執勤態度有那麼惡劣嗎？

而且妳也離過婚。

女老闆把番茄義大利粥送進嘴裡，附帶加了這句話：「想必妳是希望重新來過才會到我這裡上班，翻譯雖然是個令人嚮往的工作，不過想到將來應該會不安吧。」她說著，試圖遠離我的視線。因為這句話，我才了解原來這才是真正的理由。

雖然只是個便當店，但其實它是一間擁有十家連鎖店的股份有限公司。我上班的這家店就是女老闆在十年前出資開的第一家店。據說這份工作是她離婚之後，為了隻身養活兩個小孩想出的辦法。業績好像不錯，聽說明年可能還會開外送專賣店。一個沒學過經營的家庭主婦，能夠在短期內擴大事業到現在的規模，想必是她與生俱來的才華。除此之外，我總覺得其中還蘊含著她的執念，那已經是某種怨恨或是憎惡。猶如對於男人，以及以男人為中心的社會所展開的報復行動。

員工沒有半個男人就可以印證這件事，店內清一色都是女性員工。不管工讀生或打工人員都是女性。儘管不可能規範到進出店裡的業者，但從總務到會計全都是女的，執行得徹徹底底。不談打工的阿姨和工讀生，其餘所有的女性員工有一個共通點：類型很相似。不管怎麼偏袒這些女人，她們都稱不上是美女。我不是指她們顏面的構造。只看長相，有些人長得還算端正，但完全沒有一絲絲女人味，而且每個人都徹底冷酷。雖然對客人還會和顏悅色，面對內部人員卻絕不輕易露出微笑。而且幾乎所有幹部都有離婚經驗。

她是不是也把我歸類為同一類型？她是不是認定我是同類？雖然我曾循著社會常規結了一次

婚，但目前已看破這場無聊的鬧劇，心想與其讓稱作男人的動物榨乾自己的人生，不如一個人好好活下去……她以為我是這麼想的嗎？不過老實說，她的猜想不完全是錯的。

我把美味無比的海膽扁平麵送進嘴裡，窺視著坐在對面的女老闆。

這位年長的女性，理所當然地拒絕葡萄酒而要了白開水。棉質開襟襯衫配上深藍色天絲棉的褲子。凹瘦的臉龐未施脂粉、感覺乾燥，銀框眼鏡上起了一層淡淡的霧氣。

我也和她一樣，是個沒有光采的女人吧。我並沒有鄙視，也沒有悲傷，只是靜靜地這麼想。也可以說就因為如此，我才會喜歡便當店的工作。

學校一畢業就嫁人的我，也曾為了生活打過各式各樣的工。在一般的公司當過行政，也曾在百貨公司當售貨小姐。不過在這些地方上班，就得花心思在化妝品、衣服、鞋子，還有同事聚餐、午餐、下午茶等等有的沒的花費上。有異性，就多少會在意他們的眼光。有個愛打扮的女生，就會羨慕她身上的流行款式襯衫。與其讓情緒如此搖擺，不如混在脂粉未施的阿姨當中賣炸雞塊，這樣對現在的我而言自在不少。不需要上妝，穿著牛仔褲和圍裙就可以上工。沒有聚餐，也沒有男人可以邂逅，多麼輕鬆自在。

女老闆非常溫柔地微笑說：「妳想想看吧。」並附帶說：「我們計畫秋天新開一家店，到時候我希望妳可以到那邊。」

提拔我當全職員工，又請我吃晚餐，這的確讓我產生感恩之情。但在店門口和老闆分別後，走在回家的路上，我才發現自己一點都快樂不起來。為了轉換心情，我一回家就脫下衣服，放了最愛的入浴劑，泡在熱水許久。我泡太久頭暈，從浴缸起身，甩一甩頭揮掉頭髮上的水珠，走出浴室。我沒擦乾身體就披上浴袍，衝向冰箱，拿出啤酒罐拉開拉環，邊喝邊走向客廳。我家沒有沙發，只好坐在丟在地板上的軟墊上面，懶洋洋地喝著啤酒。窗簾忘了拉上，玻璃窗上照映著自己的模樣。假使我再漂亮一些，這應該會是「慵懶嫵媚的貴妃出浴」，而事實上照在上面的只是個年過三十的邋遢女子。

怎麼辦？我難得站在莫大的岔路前。

當全職員工，這是個不壞的選擇。不只不壞，老闆了解我一切的狀況，還願意提拔我，可說是相當幸運的機會。一家便當店雖然不大，但如果能讓我接管，我有自信可以好好經營到某種程度。我想我也可以和女老闆相處得不錯。其實我並不討厭她，老實說還由衷地感激她。提拔我當全職員工，這不只是她在經營上的規畫，想必還有對我的同情吧。

當全職員工，收入就有著落。我當下不安的情緒多半來自收入問題。不能確定今後翻譯的工作是否還能持續不斷，如果不安就應該照荻原的話好好拿出幹勁，但是偏偏我最缺乏的就是熱忱。

翻譯是我自願開始的工作，我會當譯者也因為這是想做的職業。不過老實說，這並不是我打從心裡喜歡做的事。

我沒有多喜歡翻譯，如果工作只是為了討生活，大可不必執著在翻譯上。做便當、賣便當、思考店面經營也有同樣的功能。工作不過是討生活的手段，應該選擇對自己有利的。除非熱愛這份工作，否則不必做一些需要大費功夫又拿不到多少錢的工作。便當店雖然需要費點功夫，但可以獲得相對的工資，這份工作肯定對我比較有利。

照在玻璃窗上，一個穿著廉價浴袍灌啤酒的女人，已經不年輕了。

我從不嚮往奢華的生活，也早已失去世間所謂平凡的幸福。我並沒有隱藏任何虛榮或企圖。

這麼說來，接下來該走的路，自然明朗。

雖然已經下了結論，但我仍在猶豫。我還想再多喝一罐啤酒，不過早就規定自己一天只能喝一罐，也向來堅守原則。我慢吞吞地起了身，為了丟空罐走向廚房。大垃圾箱裡滿滿都是空啤酒罐。我把啤酒罐抛向垃圾堆最上層，然後站到電話前面，凝視了一會兒，慢慢拿起話筒。手指不由自主地按下記憶中的號碼。電話鈴聲響了一次，我急忙掛上話筒。

隔天早上是個萬里無雲的好天氣。走出陽台，在無庸置疑的夏日陽光下晾著衣服，我發現自己消沉的心情如同晒在陽光下的棉被一般，蓬鬆地膨脹起來。

今天不用去便當店，翻譯也不需要急著做。既沒有約會，也沒有需要告知去處的家人。就算一個人的夜晚是無底沼澤，早晨的心情又會像那清澈的天空一樣輕快。

我隨便解決了早餐，穿上剛洗好的白色休閒衫，再套上舊牛仔褲和Converse球鞋，隨意梳了幾下頭髮不綁上，然後擦上隔離霜和淡淡的口紅。把一萬圓鈔票和少許零錢塞進口袋之後，我沒拿錢包和皮包，空手出了家門。

散步順道前往的目的地，是創路功二郎的家。既然已經打聽到地點，就擋不住油然而生的好奇心。天氣也不錯，先參觀一下名人的住家，再到好久沒造訪的植物園走走吧。

公立植物園位在從家裡爬上十五分鐘上坡路的地方。它是以研究為目的，雖然不華麗，但也因此少了小孩和遊客，安靜又舒服。剛搬來的時候，我還來過幾次，但陡峭的上坡路和入園費成了絆腳石，後來自然不去了。

早上的新聞說，今天是某個海水浴場的開放日。天空蔚藍無比，我走著走著，發覺額頭上冒出汗水。趁四下無人，我獨自莞薾一笑，真的好久沒有為了炎熱的天氣感到欣喜。我想起孩提時代，夏日上午開開心心步行到游泳池的往事。到底從什麼時候開始，覺得夏天除了炎熱就沒別的，只想窩在冷氣房？

微微凸起的小山丘坡道面向南邊，這裡是高級住宅區。我邊爬著坡道，邊望向豪宅裡修剪整齊的草皮及細心照料的盛開花朵。女老闆說他的房子很氣派、很好認，這一帶的房子要是寒酸反倒更醒目，或許不那麼容易找到吧。

抵達山丘頂端的植物園前公車站時，平時沒運動的我已經氣喘如牛。不過難得在大太陽底下流汗，心情也清朗多了。四周沒半個人，索性買了易開罐烏龍茶坐在長椅上喝。

幾條巷道從公車道延伸到住宅區。當我正在猶豫該走哪條路時，看到一名年輕女子從左側坡道緩緩走來。

她一身檸檬黃洋裝，配上帶著復古味的白色洋傘。頭髮短得乾淨俐落，掛在手腕上的包包是連我都能一眼認出的名牌貨。我喝完烏龍茶，心想她那優雅的氣質，應該是這一帶豪宅的大小姐吧？看著她邁著從容的步伐接近公車站，我從長椅上站起來。和她擦身而過的時候，清淡的微甜花香撲鼻而來。

我有一股衝動想回頭看她，但忍住了。她遠看是少女，近看原來是成熟女子。大概二十來歲吧，洋傘的深色黑影落在她白透的細嫩肌膚上，五官宛如模特兒般精緻。

我決定走進那個女子步出的巷道。走一小段微緩下坡，突然眼界大開，山丘下的小城一覽無遺。我不由得發出「哇！」的一聲。住家附近的電車站和鐵軌上的電車都變得那麼渺小。不曉得能不能看到我的公寓。試圖尋找我的住處時，背後突然傳來「嗯嗯」的動物叫聲。

回頭一看，一隻狗隔著圍籬望著我的臉。咖啡色的普通雜種狗，不過我好像在哪裡見過牠。我和狗互看了一會兒，再緩緩抬起頭看了看這戶人家。

這是外國住宅嗎？我只在外國電影裡見過這樣的屋頂和窗戶，一棟大宅邸堂堂坐落在緩斜坡上廣大草皮庭園的最頂端。為數不少的花朵和器皿垂落在屋簷下，庭園樹木種植在絕妙的位置。還有，房子另一端隱約瞧見的東西，應該是游泳池吧，似乎沒有放水，可以看見剛塗上的鮮豔藍色油漆和圓弧曲線的銀色扶手。扶手上方聳立著綠葉茂盛的大樹。

二樓陽台上，有個男人正在晒衣服。無須確認，那確實是創路功二郎。

怎麼辦？要不要趁他沒發現趕緊逃走？雖然已經得知他的房子很氣派，卻萬萬沒想到程度猶如好萊塢的明星豪宅，嚇壞我了。我往後退了一步，這時有個聲音從上方落下。「喂！那邊的那位！」

「妳不是便當店的女孩嗎？」

他身體探出陽台，大聲問道。我無奈投降，從下面點頭回應。宏亮的聲音又落下來。

「妳住在附近嗎？」

「是的。」

「什麼？聽不到。」

「我住在山坡下，正要去植物園。」

我不管三七二十一，也嘶吼著聲音。接著，看到他的表情變成笑容。

「進來吧，玄關開著。」

「啊，可是……」

「什麼？聽不到啦！」

「我知道了。」

雖然內心深處某個地方，暗地裡偷偷幻想過這樣的劇情，卻絲毫沒料到幻想成真如此容易。厚實木門旁裝有看似進口貨的半圓形鋁製信箱，上面用油漆率性寫著ＩＺＵＫＩ[4]的字樣。開門進去的同時，庭園裡的狗興高采烈地奔向我，用力甩著尾巴撲了過來。我手忙腳亂地揮著手，試圖逃開。

「妳沒養過狗嗎？」

有個聲音從背後傳來，回頭一看，創路功二郎正打開玄關門走出來。耐吉的T恤配上寬鬆的短褲，穿得垮垮的，雙手插在口袋裡，就像個混夜店的小伙子。他沒戴墨鏡，頭髮亂七八糟，神情有些呆滯。或許是剛起床吧。

「是的。」

「不用害怕，不會怎樣的。蹲下來摸摸牠的頭吧。」

我依照他的話，身體放低到和狗一樣的視線高度，狗兒的頭鑽進我懷裡。我彆彆扭扭地摸了牠的頭。有狗騷味，不過並不會不舒服。

「牠叫什麼名字？」

「陽子妹妹。」

「什麼？」

「太陽的陽，孩子的子。」

就像在說明自己女兒的名字。說完，他轉身背對著我，走去開門。

「喝杯冷飲再走吧。」

他自顧自地走進房內，我看見「陽子妹妹」以撒嬌的眼神望著我。

「……真的可以嗎？」

問陽子妹妹，牠也只會兩眼水汪汪地拍著尾巴。不過我的好奇心戰勝了客氣，打開半啟的玄關門。

我站在那裡，低頭看了腳邊，沒有地方可以脫鞋。紅磚地板從玄關外頭一直延伸到房子裡面。我畏畏縮縮地走進小走廊，停下腳步，呆呆地張大了嘴。一個大得不像話的客廳突然出現在眼前。他直接穿著球鞋消失在客廳後方。

「隨便坐。」我只聽到這句。但是我真的嚇呆了，只能佇立在原地。

客廳大概有二十個榻榻米大，擺設了三套沙發，粉紅色和綠色的，色彩鮮豔卻不失典雅。沙發組後方有個大餐桌和好幾張充滿設計感的椅子。不管餐桌或家具都是厚重的原木，大花瓶裡插滿了白色花朵。客廳深處還有一個暖爐，左手邊有個直逼天花板的落地窗，窗戶沒有關上，地磚一直延伸到戶外。斜射的陽光照落在房子裡，宛如裝潢雜誌上的作品。我靜悄悄地移動腳步到室內，即使知道這間屋子不需要脫鞋，但就這樣踩著鞋子踏到地板上，總是讓人有點不安。

「怎麼了？坐啊。」

這時創路功二郎回到客廳對我說。我應付性地笑得很彆扭。

「房子太漂亮了，我嚇了一跳。」

4 「創路」的日文羅馬拼音。

「是嗎？前陣子才改建。以前可是個破舊的日式老房子喔。」

「是喔。」

「我去換個衣服。這給妳喝，等我一下。」

他遞上啤酒杯給我。大杯比利時啤酒杯裡冒泡的啤酒，看起來好喝得不得了。遞了酒之後，他又消失在屋裡。遠處傳來上樓梯的腳步聲。我對著陽光高舉比利時啤酒，凝視冒出水珠的玻璃杯和咕咕發出泡泡聲的冰涼啤酒。剛才才拿烏龍茶滋潤的喉嚨早已經乾涸。這樣的好心情，這樣的場景，加上眼前有我最愛的啤酒，而且親自端酒給我的人，竟是那個創路功二郎！一切過度完美，反倒沒有真實感。不過，一般人會在大白天端啤酒給頭一次造訪的客人嗎？

疑慮猜忌到此為止吧，我直接站在窗戶旁喝起啤酒，閉上眼一口氣喝乾。我遲遲不敢睜開眼睛，害怕一張開眼，不論完美的裝潢或是甜美的花香，都將在剎那間猶如一場夢，消失無蹤。但是等我張開眼，眼前什麼也沒消失，獨留右手上的玻璃杯留下些許泡沫，淨空了。

我把玻璃杯放在餐桌上，走到開啟的玻璃門外。令人陶醉的風從面向南邊的斜坡微微吹來。陽子妹妹逕自在草皮上跑來跑去。眼下廣大的土地是我居住的小鎮，看著、看著便找到我的公寓。一棟三層樓的小公寓，一半被高樓大廈遮蔽了。它就像個麻將牌般渺小。

「這是搞什麼啊。」

我忍不住感嘆起來。眼前的景象的確是我居住的小鎮，我住的公寓、我工作的便當店以及那條商店街也在遙遠處。

但就是沒有真實感。這裡就像是南方小島上的別墅。輕柔吹來的風、大白天就可以喝的啤酒，大狗玩耍的綠色庭院中還有座小而美的游泳池。步行才十五分鐘的距離，卻感覺來到了遙遠的地方。

「妳吃過午餐沒？」

他突然從背後這麼一問，我抖了一下。這個人來去無蹤，又喜歡突然開口。

「……沒有。」

「妳不是要去植物園嗎？來散步的嗎？」

「是啊，天氣不錯，想出來走走。」

他換上淡粉紅休閒襯衫和卡其褲，戴上太陽眼鏡，是常在電視上看到的打扮。

「便當店呢？現在才要去嗎？」

「今天休假。」

「啊，是嗎。那我們去吃壽司吧？」

我無法立即作答。這人到底在想什麼？我和他的確是見過兩次面，但那不過是便當店店員和客人的關係。只有這一層交集，怎麼會突然招待到自己家裡喝啤酒，又要帶人去吃壽司呢？我確實說過是他的書迷，但我絕不是美女，也不是細皮嫩肉的年輕女孩。他會不會太沒有防備心了，多少應該防一下吧。對他而言，或許我只是個小丫頭，但是不能確定我是好人啊。

「我知道一家很好吃的壽司店，坐計程車一下就到了。」

「請問，您夫人呢？」

發現自己完全被他牽著鼻子走，我問了這句話以示抵抗。

「夫人剛剛才出門，妳們在外頭應該有碰到吧？」

創路功二郎答得毫不掩飾。我發出「啊！」的一聲。

「穿著黃色洋裝撐洋傘那位嗎？」

「沒錯、沒錯，那就是她。她怕晒黑怕到有點病態呢。」

「不過，她看起來很年輕耶。」

失禮的話脫口而出，我急忙用手摀住嘴巴。但是他似乎不在意地輕輕點了點頭。

「是很年輕啊，她是我的第二任太太。」

「是，是啊……」

「妳多大？」

「您說年紀嗎？嗯，三十二。」

「是喔，那跟我們家太太一樣大啊。」

我已經說不出話，啞口無言。剛才擦身而過的女子怎麼看都不及三十。同年的她，卻是那麼優雅美麗，而且還是創路功二郎的第二任妻子。八卦節目沒報這樁事，他也沒在書中提起。

令人震驚的事實讓我吐不出半句話，創路功二郎卻完全不理會我，拿起電話叫計程車。

小他好幾歲的第二任妻子，以及外國別墅般的豪宅、平常日子的大白天就會搭計程車去吃壽司，這就是他的日常生活。眼前一邊耳朵戴著耳環的不良中年，確實是擁有了一切，我再次打從心底佩服，心想讓他請個壽司應該沒什麼大礙吧。

壽司店的確在搭上計程車不遠的地方。由於計程車在住宅區中穿梭，我不太清楚確切地點，不過似乎在隔壁車站附近。

我擔心如果這家店是高級名店該怎麼辦，早知道就穿漂亮一點。結果原來是菜單還附上價錢、再平凡不過的壽司店，讓我鬆了一口氣。看似店主的男人見到創路功二郎便說：「歡迎。」

中午時分的店裡有些擠。坐在櫃檯最裡面的兩個上班族正好要走，我們索性在那裡坐下。

「啤酒，還有隨便切個小菜。」

他不問我的意見，逕自點起菜。紙巾還沒擦完手，冰涼的啤酒就上桌了。當我伸手要替他倒酒時，創路功二郎以迅雷不及掩耳的速度搶走酒瓶，一口氣把酒倒進我的酒杯。當我慌張地說：「不用、不用、不用。」他已經倒好自己的份了。

「來，乾杯。」

他舉起酒杯猛然一笑，一口氣喝乾。這回非得要換我倒酒了，我迅速抓住酒瓶。可是酒瓶被他搶走，他又自己倒了啤酒。或許他不喜歡別人替他倒酒吧。

「來說說妳吧，妳是所謂的跟蹤狂嗎？」

我打住拿到嘴邊的玻璃杯，靜靜地放在桌上，看了看他的臉。雖然看不清他墨鏡後的表情，但他的語氣並沒有譴責的意味。我不能全然否認他的話，說話開始變得吞吞吐吐。

「那、那個，我聽店裡老闆說大師家在植物園附近，所以散散步順道過來看看……」

「妳說的老闆是佐藤孝子吧？那傢伙是我高中同學。」

「咦？是啊？」

「對啊、對啊。我一出生就住在那邊。不久前那個山丘還是一片荒草，只有一條窄小的坡道，房子也少得數得出來。孝子家在車站另一邊，對了，早期那一邊比較繁榮，那家便當店以前是她老爸開的雨傘店，雨傘店耶。」

話題突然大轉，「喔。」我應答得很呆滯。

「現在已經找不到雨傘專賣店了吧。早些時候雨傘也會好好修理，用很久呢。我小時候，雨傘前端的，那個東西叫什麼哩，大人的雨傘是金屬的，不過小孩子的雨傘前端不是栓著一個塑膠的小套子嘛。有時候那東西會鬆開掉下來。專賣店裡會賣這些東西，還會幫你裝好呢。」

「原來如此。」我勉強微笑，卻感覺到某種暈眩。這位會上電視，又有許多著作，花俏的打扮看不出年近五十的不良中年，大白天就在壽司店喝啤酒，不斷談著「以前，以前……」。原來私底下的他，也只是個平凡的老頭嘛。

「孝子以前就很倔強。結婚三年左右吧，她就把第一任老公踢出家門了。那傢伙住的公寓貸款，一直是她離了婚的老公在付耶，真是可憐。」

他對桌上的壽司完全不動筷，只顧著一口接一口喝啤酒。他似乎對女老闆的私事瞭若指掌，不過記得女老闆的態度表現得只是在電視上看過他罷了。女老闆不是打從一開始就討厭創路功二郎，不然就是因為曾經親近他，如今反倒氣他？我想起女老闆的臉，便覺得如此。

「妳什麼時候開始在那邊工作？」

他一個人滔滔不絕，本來我有些恍神，把他的話當耳邊風，現在突然這麼一問，讓我慌張起來。

「嗯……前年開始。」

「是喔。我已經好一陣子沒去孝子的店，所以沒發現妳。便當店之前在做什麼？學生嗎？」

我剛剛才跟他說過我三十二歲。很少人三十歲還在當學生吧。心想這人一定沒有認真聽人家說話。

「在工作啊。」
「妳結婚了嗎？」
「單身。」
「喔……」喃喃自語之後，他點了冰酒，順便開始和壽司師父聊起來。我感覺暫時獲得解放，偷偷鬆了一口氣。
很累人，我心想。看他上電視或讀他的書就已經可以察覺，他是個性情古怪的人，不過像這樣面對面和他交談，卻有某種神奇的威嚴和壓迫感，不能鬆懈，而且讓人緊張。記得他曾在一個現場轉播的電視節目中，突然大發雷霆，讓主持人和所有來賓亂成一團，因為這個緣故後來遭到製作單位封殺。
但是眼前坐在我身旁的創路功二郎正和壽司師父融洽地閒聊，看起來不過是一個平凡的大叔。聊天氣、聊景氣、聊職棒，性情古怪或許只是先入為主的觀念，也許是我自己無謂的緊張罷了。
「要不要替妳做個壽司？」
生魚片也吃完了，壽司師父看我無所事事，好心問我。
「那隨便來幾盤吧。」
在我回答之前，他就開口了。雖然我心想他不喜歡別人替他服務，不過完全不替他倒酒感覺也有些不對勁，於是拿起冰酒瓶遞向他。
「謝謝。」
他微笑著道謝，然後拿起酒杯。我感覺自己的臉忽然著了火似的，上回也是如此。到了這把年紀才發現，原來我難抵別人直率地道謝。我滿臉通紅地替他倒冷酒，他從我手中拿走酒瓶，催促我也要喝一杯。小玻璃酒杯裡的酒滿到杯緣，我只好喝掉一半。他立刻又倒進滿滿的酒。

創路功二郎和壽司師父繼續閒聊。壽司上桌了，我打算集中精神吃壽司，不過酒杯一旦空了他就會替自己倒酒，順便替我倒，於是我不經意地一杯接著一杯。這樣連續下來，我發覺自己已經開始醉了。雖然自己的酒量還不差，不過大白天就喝這麼多倒是頭一次。

我邊吃壽司、慢慢品酒，邊窺視創路功二郎的側臉。墨鏡下的眼尾，一笑就會出現幾絲皺紋，增添慈愛感。像這樣靠近到手臂都可以碰觸的距離，我才重新發現他的塊頭真大。高大的身軀，加上手腳和腰圍像個摔角選手，體型比普通人大上一號。曾是我丈夫的人在男性中算是瘦小的，或許因為如此，更讓我覺得他是個大壯漢。

「那不是創路功二郎嗎？」

這時背後傳來女人的聲音。我忍不住回頭，他卻不屑一顧地頭也不回。看似家庭主婦的三人組在櫃檯付帳時發現他。

這個人是名人耶，這時我才真正體會到這件事實。我怎麼會坐在這個人身旁，大白天就喝起酒來了呢？我沒有竊喜，反倒開始錯亂。

「真討厭。」

他已經停止和壽司師父交談，沉默不語，只顧著將壽司送進嘴裡，而這時卻忽然冒出了這句話。

「什麼？」

「女人變成那副老太婆的模樣就完蛋了，妳要銘記在心喔。」

主婦們發出少女般的叫聲，不停回頭看我們，然後出了店門。他抬了抬下巴，低聲罵了一句「死老太婆」。

這回我可無法呼應他。被人在背後偷笑的確不舒服，不過這不是身為藝人必然承擔的遭遇嗎？如果不喜歡讓不特定的多數人認識你，不喜歡在街上或店裡引人注目的話，大可不必上電視。

「像妳就不同了。怎麼說呢，妳不卑屈，感覺很自然。」

我不懂他在說什麼，睜大眼睛瞪著他。

「不過婚應該要結啦，一輩子待在便當店太沒意思了吧。」

這句話讓我難以認同，但我更在意的是，櫃檯底下他不知何時放在我大腿上的手。怎麼辦？我緊張得全身僵硬。這隻手到底是什麼意思？沒有任何意思，只是高興撫摸而已嗎？還是意指「讓我上妳」？

「大師您覺得，一輩子在便當店工作是件不幸的事嗎？」

我盡力裝出平靜的樣子問他，但是聲音有些顫抖。創路功二郎露出不清楚自己的左手在做什麼的表情，喝著他的酒。

「我沒說不幸啊，妳高興就好。只是這樣不怎麼光采嘛，我想結個婚會比較好吧。」

「看不出來原來大師您也滿保守的。」

一直看著前方的他緩緩把頭轉向我。我心頭一驚，我是不是惹他生氣了？

「我問妳。」

櫃檯下，他那又大又厚的手掌在我大腿上彈了一下。我被打了嗎？我頓時僵住了身子。

「妳為什麼要叫我大師？」

他悠哉地說，我感覺全身的力道都洩了出去。

「嗯，那是因為對我來說，創路先生與其說是藝人，不如說是作家吧。」

他只是嘴角上揚地轉過頭去，不過這句話好像搔到他的癢處。

「而且負責我的編輯也稱創路先生為大師。」

「編輯？妳是文字工作者之類的嗎？」

雖然不願承認，不過我會說出「負責的編輯」這類話，無非是出自於虛榮心，不甘心被他認定為只是個沒有才華、在便當店打工的單身女子。

「剛出道而已，我在做翻譯。」

「呵……」他張大了嘴。

「目前譯作只有三本。」

「唷……」他發出佩服的聲音。

「翻譯一些懸疑小說嗎？」

「不。我翻譯專門給年輕女性看的羅曼史，剛出道大多是從這類書籍著手。」

「呵呵，是啊，翻譯啊。妳，滿聰明的嘛。」

被誇張地佩服和誇獎，我開始覺得無地自容。早知道就不說了，我後悔地想著。大白天赤裸裸地露出自我的表現欲，讓我感到羞愧。

「也就是說，光靠這個沒法生活，才會到便當店工作是嗎？」

「是的，或許認真做翻譯也可以過日子吧。」

「那就認真做啊。」

他答得如此輕鬆，令我啞口無言。和這個人交談常讓人說不出話來。或許因為我沉默下來，他輕輕地笑一笑，又在我的酒杯裡倒了酒。

「如果知道自己沒才華，就應該趁禍害蔓延之前結束掉比較好吧。知道不行還死抓著不放，不是很痛苦嗎？」

我本來低著頭，這時猛然抬起脖子，創路功二郎的手肘靠在櫃檯上，嘴角露出奸笑凝視著我。深色墨鏡上映照著一個很遜的女人。

知道不行還死抓著不放，這句話點出了重點。當初決定放棄一切，以平靜的心態過日子，但思緒一角仍期待著些什麼，渴望被人依賴，在垃圾桶裡拚命尋找著早已丟棄的東西。

「我在便當店只是打工而已。」

那又怎樣，他一臉無趣地拿起壽司塞進嘴裡。

「不過，昨天佐藤老闆邀我當她們的正式員工。」

「是喔。」

「我在猶豫。」

如果我說不當員工希望繼續打工的話，老闆一定會在我身上烙下印記，認為我是個不長進的女人，而且再也不會提拔我了。怎麼想，升任員工都是個不二選擇。當員工也不需要完全放棄翻譯，努力維持現狀就行了。

我並沒有捨去睡眠時間、用盡一切體力去賣命的動機或目的，話雖如此，我的心中卻獨留著渴望被人肯定的欲念。舉起單腳卻只是靠在牆上不願步出，這不就像在期待出現好心人讓我搭便車嗎？我對自己怠惰軟弱的想法失望透頂。

「剛才大師不是說過，一輩子待在便當店太沒意思了。」
嘴裡嚼著食物的他，饒富興味地望著我，像是玩遊戲即將獲勝的小孩得意的表情。
「其實我也是這麼想，這樣下去太慘了。」
「妳要不要到我那裡幫忙？」
他的語氣輕鬆得彷彿在問我：要不要去麥當勞打工？我聽不懂意思，盯著他的墨鏡瞧。
「妳不是會翻譯，那應該會說英文吧？」
「不，我對會話不太有自信。」
「不過簡單的會話應該沒問題吧？」
雖然我不這麼認為，但還是微微點了頭。
「會不會開車？」
「駕照是有，不過沒開過幾次……」
「還是有駕照吧？」
他說得有些厭煩。「是。」我膽怯地回應。
「在我辦公室工作就好啦，我會付妳便當店雙倍的薪水。」
「你的辦公室？」
「我的公司啦，前陣子我才自立門戶。啊，妳可能不知道，我們公司也有其他藝人。是個偶像，偶像喔，一個叫鈴木千花的女孩，現在演青春痘藥膏的廣告。」
完全不認識。暫且不管這些，我現在是不是在接受職業輔導啊。
「可是，那個，我……」

「現在人手不夠，正想雇個人。不過，妳要是沒意願就算了。」

話說得這麼突然，要我如何是好？這就好比當我無力走路而失神地蹲在地上時，眼前突然出現一輛藍寶堅尼，說要載我一程……沒這麼好的事吧，他一定是喝了酒隨口說說罷了。我用酒醉的腦袋拚命思考該怎麼回答。

「好吧，該走了。」

他突然說道，然後一骨碌站起來，我連回答的機會都沒有。我疑惑地交互看著大步邁向門口的創路功二郎背影和毫不介意的壽司師父。「我會記帳的。」師父微笑地小聲對我說。聽到這句話之後，我急忙追上他，走出店外。我的腳步不太穩，似乎醉得比自己想像中厲害。一出戶外，午後的陽光讓我目眩。他把身體跨出車道，正在招計程車。

「那個……謝謝您招待。」

「好，上車、上車。」

「不，不用，我會自己回去。」

「我叫妳上車啦。」

他推了我的背，把我塞進車裡。創路功二郎隨即坐進車內，對司機說了市中心高樓飯店的名字。

「什麼？啊，我……」

「我有點事得到那邊，一起去吧。」

「一、一起去，我、我要回去。」

「啊，白天喝酒後勁真強啊。」

說完他就閉上眼睛盤起雙手，完全忽視我的話，立刻睡著了。

沒想到，我果然讓他得逞了。「得逞了」的說法或許不夠恰當，又不是讓人強姦之類的。

「哇！怎麼已經超過六點了！」

就像抱一個絨毛娃娃般，創路功二郎隨意把我抱在懷裡呼呼大睡，然後突然睡眼惺忪地看了看時鐘，從床上跳起來。

「七點要開會呢，完蛋了。」

他說著立刻奔向浴室。我聽著蓮蓬頭的水聲，挺起重重的身體，先穿上內衣。

事情已經到了這個地步，我還是沒有真實感，無法相信發生在自己身上的事。創路功二郎怎麼會中意我這種人？即便當作一夜情的對象，我仍舊無法相信他會挑上我。

寬大的雙人房裡冷氣相當舒適，赤腳下燙平的雪白床單滑溜溜的觸感很舒服。我想我就要被趕出房門了吧？得盡快穿上衣服。心裡雖然這麼想著，但腦子裡恍恍惚惚，無法付諸行動。窗外夕陽很美，燈火逐漸點亮的高樓群像海浪一樣綿延到遙遠的那一端。東京鐵塔開始閃爍，宛如一張明信片。

這時聽到他邊叫嚷著「完蛋了、完蛋了」，邊穿著四角褲從浴室出來。他迅速穿上衣服，回頭看我。

「妳啊。」

要我跟他一起出去嗎？不，一定是要我先回去。

「是。」

「這房間我已經訂下來了，妳可以睡在這裡。」
意料之外的答案讓我目瞪口呆。
「我會弄到很晚。肚子餓了吧，妳可以叫客房服務，點個東西吃。」
我無法回答。這是今天第幾次啞口無言呢？
「啊，可是……」
「下禮拜一，有沒有空？」
創路功二郎對著鏡子，用毛巾擦拭著半濕的頭髮對我說。
「……禮拜一嗎？」
「下午，到我辦公室吧。」
「嗯，這是你剛才說的工作那件事嗎？」
「啊！已經六點半了，得打通電話。」
他在半裸失神狀態的我面前，慌慌張張地拿起吧台上的電話。
「啊，是我。今天的會七點開始對吧。抱歉，我可能會晚點到。不會，不會遲到太久。現在馬上過去。什麼？是、是，我知道。我說我知道嘛。好啦、好啦，待會兒再說。」
他不耐煩地說服了對方，然後掛上電話。
「那，我先走囉。」
他說著戴上墨鏡，也不看我一眼，便打開房門走出房間。
好一陣子，我衣服也不穿地呆坐在那裡。沒拉上窗簾的大玻璃窗外夜色漸濃。後來我總算慢吞吞地起來，穿上丟放在椅子上的休閒衫和牛仔褲，拿起剛才他用的梳子梳頭髮。原本只是打算到住家附近散散步的，所以出門時什麼也沒帶。想補個妝，連支口紅也沒有。對著鏡子，我發現休閒衫的肚子部位附近沾著醬油污漬。

我從鏡子移開視線，心想得立刻離開這個地方。卡片鎖已經被他帶走了，也就是說我一旦出了房門，便無法自行回到這個房間。或許就因為這樣，他才會要我叫客房服務。

沾有醬油污漬的休閒衫和穿了好幾年的破牛仔褲，這身打扮讓我寧願從逃生梯之類的地方走出去，但這樣感覺反而顯眼，所以作罷。我只好無奈地搭上電梯，在電梯裡遇到的外國情侶頻頻盯著我看，害我羞愧到極點。出了電梯，我遮著臉快步穿過大廳，逃難似地走出飯店。

穿過排滿黑頭大車和計程車的飯店入口後，我總算走到飯店前的馬路。我環顧四周，尋找地下鐵車站。想詢問路過的人，但大的主要幹道上沒半個人影。我只好又無奈地隨便定個方向往前走，這時發現自己的臉頰濕了。

我為什麼哭呢？我不懂這淚水所由何來。

今天早晨，在充滿期待的藍天下，我夢寐以求的幻想成真了。但是創路功二郎到最後一刻都沒問起我的名字。不過這就夠了。我早就料想到這點了，料想到的事情成真了，有什麼必要哭泣呢？

不過，一切發生得太短暫了。我有點貪心，希望能夠花個半年，體驗從邂逅到分手的過程，怎麼會短短半天就結束了呢？

直到看見地下鐵的標誌為止，我的眼淚直流不停，但是腦中卻格外平靜。我莫名悠哉地想著，除了丈夫的事情之外，我已經好久沒落淚了。

第二章

創路功二郎不但沒問我的名字，要我到他的辦公室，卻連地址、電話也沒說。更何況禮拜一我得上早班，沒有任何理由赴約。

但禮拜一下午一點，我卻出現在創路功二郎辦公室的大廈前。我打電話給出版社，謊稱想寫信給創路功二郎，問到他的辦公室地址。

他的辦公室位在新宿二丁目車站附近步行不遠的地方，那棟建築物老舊幽暗，與其說是大廈，其實比較接近商用大樓。樓梯間陳列的信箱上掛著許多公司的名牌，似乎沒有住家。我步入玩具般的電梯，按下九樓的按鈕。不知為何，只有電梯嶄新得有些不搭調。銀色電梯門從兩旁併攏，在中間合起，門上映照出自己的模樣。

我穿著唯一的夏季洋裝，盤起頭髮，上了妝。本想乾脆穿上次那件沾了醬油污漬的休閒衫和牛仔褲，後來我還是改變主意，打算以正式的裝扮讓那信口開河的老傢伙好好交代薪資與待遇問題，然後跟他說：讓我好好考慮、考慮。

雖然意氣洋洋出了家門，看著自己映在電梯門上扭曲變形的模樣，才發現我多麼緊張。我到底要笨到什麼程度呀。

早上打電話到便當店，打算請一天假。很不幸接起電話的是女老闆，她毫不掩飾不悅的口氣。若有心要當正職員工，現在正是努力表現的時候。如果做不到，起碼裝個病說自己感冒了，事情也不會這麼糟。可是當下，就連這麼簡單的謊我都說不出口。

我到底在想些什麼？竟把創路功二郎酒醉後信口開河的約定當真，傻呼呼地來到他的辦公室。我一定會被掃出門外，一定會有個祕書之類的人出來，冷冷地回絕我說：大師現在外出，我沒聽說過妳的事。我害怕這樣的結果，卻也有一種期待，這麼一來就可以徹徹底底放棄了。

電梯「噹啷」一聲停下，門向左右打開。眼前出現長長的走廊，我深深吸了一口氣，跨出第一步。我邊走邊確認每一張門牌，然後在第五個門前停下腳步。

我很清楚這是幼稚的好奇心作祟。萬一有什麼事，我打算像貓一樣一溜煙落跑。於是，我下定決心按下門鈴。

應門的是一個二十來歲的高大女子，她看著我的臉，疑惑地眨了眨眼。

「啊……我……」

「啊！妳好，妳好。妳是新來的吧。正在等妳呢。」

女子忽然想起似地和藹地對我笑，至少創路功二郎已經把我的事情交代出去了。我沒有被掃出門，這點讓我既安心又不安。

「請進。不好意思，裡頭有點亂。」

她拿拖鞋給我，然後走回辦公室。我畏畏縮縮地聽從她的話。原本想像會是多麼豪華的辦公室，事實上這裡非常狹窄又雜亂，我多少感到意外。右側牆邊擺了兩張辦公桌和一台電腦，中間則大剌剌地擺了一張大圓桌；左手邊的鐵櫃裡滿滿一堆文件和雜物，鐵櫃前方有個小廚房。

「請隨便坐，您要喝冰咖啡還是麥茶？」

「請給我麥茶。」

圓桌周圍擺著各式各樣不同款式的椅子，有靠背的氣派座椅，也有只有四隻腳的圓凳。我在最外面的椅子上坐下，看著女子打開冰箱取出寶特瓶。

當她替我開門時，原以為是因為她站在高處才讓我感覺特別高，不過穿上拖鞋入內後，發現她仍比我高出一個頭。我的身高也不算矮，她起碼有一百七十公分以上吧。

她的身材高䠷，頭卻非常小，燙了流行的旋形燙。雖然她長相平平，不過好身材加上亮眼的穿著品味，彌補了外貌的缺點。膚色晒得恰到好處，包著牛仔褲的長腿大步大步走著，給人一種性格直爽的印象。她氣定神閒地放了一杯麥茶在桌上，然後坐在我斜對面的椅子上。

「嗯……那我簡單說明一下。主要工作講白了就是打雜，不過有的沒的事情一堆，可不輕鬆喔。一開始妳只要幫我的忙就行了，不過如果大師找妳，妳就以他為優先。我們並沒有固定的上班時間，薪資也是面議，妳最好開高一點吧。休假最好跟大師商量之後再決定。如果不事先確定，他才不管妳是週末還是過年，會硬拖妳出去。」

一下子聽了這麼多，我停下原本要拿麥茶的手。

「等一下。」我說。

「是。」

「我還沒決定要不要來這裡工作……」

她聽我說話吞吞吐吐，慢慢露出微笑，一道陰險的影子從眼神中閃過。

「不過，是創路大師叫妳來的，不是嗎？」

妳，她這麼稱呼我，我發現這個人也不打算問我的名字。

「是。」
「所以妳就來了。」
「是。」
「如果沒有意願在這裡上班，不要來不就行了。」
她說話的態度並沒有帶刺，而且語氣相當溫柔，彷彿是在勸自己的妹妹一般。沒錯，不來就沒事，但我卻來了。
「我想，打聽一下工作內容無妨。」
「我剛剛說過啦。」
我和她對看了半晌。她露出淡淡的微笑，我則一點也笑不出來。
「妳是大師的新情人吧？」
她若無其事地問道，我立刻否認。
「不是。」
「沒什麼大不了，大師喜歡公私不分啊。」
「我說我不是嘛！」
「大師那個人沒什麼大腦，只要誰和他上過床，他就會對對方產生依戀。」
「我不是說過我不是！」
這時辦公室的門突然「砰」地一聲打開。我和她嚇了一跳，同時回頭，門口站了一個穿著制服的高中女生。
「妳們在激動什麼？」

女孩一副悠哉的樣子，脫下腳上的學生鞋走進屋內，手裡甩著便利商店的塑膠袋。

「陽子姊，這就是那位新人嗎？」

女孩喜孜孜地問道。陽子，這名字好像在哪裡聽過。對了，那隻狗。我忍不住問陽子本人。

「太陽的陽、孩子的子嗎？」

「對啊。」

「我叫鈴木千花，請多多指教。」

少女插嘴進來，說話有些大舌頭。這名字也在哪兒聽過，對了，創路功二郎說公司有個藝人，就是這個名字。青春痘藥膏的廣告明星。

雖然是藝人，但她沒有花枝招展的打扮，又順又直的長髮過肩，沒有染成最新流行的髮色；制服裙子的長度正常，襪子似乎也是學校指定的繡上校徽的深藍色長襪。不過她身上還是透著不安分的氣息，仔細看，杏仁形狀的眼睛猶如一雙貓眼，上面畫著淡綠色的眼線。

「我買了冰淇淋唷，大家一起吃吧。」

她從便利商店的袋子裡拿出哈根達茲巧克力冰棒。「給妳。」她說著把冰棒遞給我，我搖搖頭。

「我不吃。」

「為什麼？吃嘛。聽說有新人來，人家特地去買的呢。」

我看了陽子，她已經撕開包裝悶不吭聲地吃起冰棒。女孩都這麼說了，如果再拒絕她，會顯得不夠成熟，我別無選擇，只好收下冰棒。

三個女人默默吃起冰棒。坐在對面的千花邊吃邊好奇地看著我。不禮貌又挑釁的眼神讓我怒氣上身，但我不理她，繼續吃我的冰棒。
「喂，妳是大師的新情人吧？」
千花耐不住好奇，終於問了。
「……不是。」
「每個新來的都會這麼說呀。陽子姊，對吧？」
她要陽子表示贊同，但陽子不理會。
「我剛來的時候也嚇一跳啊。陽子姊竟然叮嚀我：別讓大師搞大肚子了，吃避孕藥也好，自己要做好保護措施。」
陽子瞄了千花一眼，皺起眉頭咬下留在冰棒中間的冰淇淋。
「大姊，妳最好也要小心喔，大師他絕不會戴保險套的。」
「千花。」
這時陽子終於開口了。
「妳饒過這個人好不好？」
「為什麼？」
千花稚氣地撇過頭去。
「我想盡快交接給別人，早點離開這裡。就是妳，每次有新人來就愛跟人家說一些有的沒的。」
「上一個人會走，是因為陽子姊欺負人家吧。」
我早已忘了冰棒，呆愣愣地看著兩人一來一往。

「這孩子是跟妳開玩笑的，這裡真的人手不足，沒有人會欺負妳。請妳明天開始過來幫忙好嗎？」

陽子發現我神情呆滯，親切地對我說。現在才說這些話，想彌補我的信心，似乎已經太遲了。

「嗯，如果會造成妳們的困擾，我想我還是不要好了。」

「怎麼會困擾呢？早上可以早點來嗎？」

「對了，我聽大師說大姊英文很厲害是嗎？妳可不可以幫我寫作業啊？」

我心想，這女孩顯然是看扁了我。這時大門又突然「砰」地一聲打開，我們三人立即回頭看。

「唷！我的小綿羊們。」

來者穿著令人炫目的花稍橘色襯衫，喜孜孜地比出勝利手勢，當然，這就是創路功二郎。

「哇！」千花開心地跑到他身邊，陽子則起身嘆了一口氣。我吐不出半句話，只能睜大眼睛看著這個景象。手上拿著不動的冰棒開始溶化，滴在我唯一一件洋裝上。

「不能開車？妳身上沒駕照是不是？」

創路功二郎在地下停車場問我。千花的身體靠在車上，嘟著嘴看我們。他的車並不是藍寶堅尼，而是正紅色的敞篷車。雖然對汽車一竅不通，但連我都知道這車頭上的標誌，叫作賓士。

「不，我把駕照當作身分證帶在身上，可是已經十多年沒開車了。我上次已經說過了。」我半啜泣地說。

沒想到一出現在辦公室，他就要我開車送他到別人家裡。千花聽到了也說自己有約，要我順便送她一程。大師聽了我的哭訴，盤起手思考片刻說道：「我懂了。」

還好，他聽懂了。

「我知道妳的問題出在哪裡，妳太愛找藉口了。不要光說不練，任何事都應該試試看。來，走吧。」

他把賓士標誌的鑰匙圈塞給我。

「不、不行啦，我真的不會。」

「妳會的、妳會的，我會看著妳。」

「那您自己開不就行了。」

「我沒有駕照啊。」

這時千花不耐煩地說：「快點啦，人家要遲到了。」

「妳不是約在澀谷嗎？搭電車去比較安全，也比較快啊。」

我對千花說。她不屑地揚起下巴。

「叫我在大熱天裡走路啊？我可是這家公司的藝人耶。」

「妳也沒有紅到坐上電車就會有影迷湊過來吧。」

我驚覺自己說錯了話，立刻閉上嘴。千花一臉錯愕地瞪著我。不妙，我僵了身子，擔心她會歇斯底里發飆，沒想到她卻揚起嘴角微笑。

「大師，她這麼說耶。我應該搭電車去嗎？」

「什麼話啊。順路就搭便車啊，來，走吧、走吧。」

創路功二郎快步走過來開啟車門，坐進前座。巨大的無力感壓垮了我，只好乖乖就範，打開駕駛座的門。

「萬一出車禍，不要怪我。」

「沒事、沒事，妳也真會擔心。」

我硬著頭皮發動引擎。駕駛座旁的大師靠了過來，按下眾多按鈕中的一個。遮雨篷伴著輕微的機械聲自動蓋上。這讓我嚇了一跳，不由得回頭看。後座的千花絲毫未受驚嚇，拿出小鏡子整理她的瀏海。冷氣送出冰涼的風，心中有一股孩子般的感動。我心想，好像福音戰士呢，但怕他們笑，所以沒說出口。

吸了一口氣，再吐出來。既然坐上了EVA[5]，就只能往前衝了。繫上安全帶，調整後照鏡，我戰戰兢兢發動車子。幸好這輛車是右駕，但無法化解我的不安。我緊張得指尖都在發抖，同車的兩人卻一副氣定神閒的樣子。他們不在乎自己的性命嗎？換成是我，才不要讓一個十年沒開車的軟腳駕駛接送，寧願花錢坐計程車，還好上一百倍。

「喂喂，別撞上啊。左邊沒空隙囉。」

我沿著狹窄的停車場爬上坡彎道開向出口時，大師笑著說。這是我第一次開什麼賓士，怎麼會知道車寬多少。

「要是擦撞，我會扣妳薪水喔。」

就連這筆薪水都還沒告訴我是多少，這句話讓我憤憤不平，但根本沒心情答話。

5　EVA：知名動畫卡通《新世紀福音戰士》裡的戰鬥機。

「左轉之後紅綠燈再向左，直走明治通之後……」

「你說路名我不懂。」

我直視前方不耐煩地說。我沒住過市中心，更不曾在這一帶上班，完全沒有地理概念。

「那我只告訴妳轉彎的地方。」

「變換車道也要盡早跟我說。」

我在車流不斷的道路上，心驚膽跳地開著車。旁若無人的卡車和計程車從右側飛快超車。連自己都清楚感覺到，我把所有力氣集中在太陽穴上。可是駕駛座旁的創路功二郎卻一派輕鬆地打開車上的音響。喧鬧的嘻哈音樂在車內震盪。

「喂，妳這件洋裝啊……」

大師輕鬆地說。

「不要跟我說話。」

我只能專注於開車這件事，顧不了其他。

「這件洋裝很可愛唷。妳啊，總是穿牛仔褲和T恤，一點都不性感。打扮一下還滿可愛的，應該多裝扮自己啊。」

在這種狀況下說這些話，我根本無力回答。

「大師，明天的選角徵試，你要不要陪我去？」

這時，千花從後座發出撒嬌的聲音。

「反正又是落選，妳自己去吧。」

「好過分喔……你應該幫我找個經紀人啊……」

「煩死了。我不是一直跟妳說，我要幫妳介紹，轉到別家經紀公司去嗎？妳啊，對公司沒什麼貢獻。啊，下一個紅綠燈右轉。」

「什麼嘛，想分手就說啊。」

「沒人要跟妳分手。我是說，到一家可以給妳經紀人的公司，對妳比較好。要不要交往跟這是兩回事。別老是把我當成妳的長腿叔叔啊。對吧？」

最後那句「對吧」似乎是針對我，要我表示同意。但我一心只想著如何變換車道，直冒冷汗。

總算開到了澀谷，送千花下車之後，創路功二郎說：「下一站是白金台。」我深深嘆了一口氣，再度發動車子。

「很好、很好。妳看吧，開車其實很簡單嘛。」

緊繃的情緒依舊，不過我的確稍微鎮定了一些，有餘力瞪視嬉皮笑臉的大師。

「您為什麼不自己開車？」

「我說過，我沒有駕照。」

「您去考不就行了。」

「考過之後，又被吊銷了嘛。」

我發現前方有個婦人硬是要穿越沒畫斑馬線的車道。我顧著她的動向，一邊問道。

「吊扣駕照嗎？」

「酒醉駕車加上妨礙公務。」

我可以輕易想像他因為酒醉駕車被捕，槓上警察的樣子。前方的婦人看見我緩下油門，快步橫越車道。大家都在煩我，我心裡犯著嘀咕。

「老子不太喜歡坐計程車，所以一直很傷腦筋啊。如果拖著陽子到處跑，公司沒人顧。找新人，來了又待不了多久。」

我發現這時他的第一人稱從「我」變成「老子」。我從陌生的女人變成「老子的女人」了嗎？

「這也要怪大師吧？」

「什麼嘛，我對每個女孩付的薪水都非常優渥耶。」

他似乎不了解陽子和千花對新人的陰險夾擊。想必我也會被她們倆欺負吧，心情沉重了起來。這時車內響起電話聲，旁邊的大師拿起手機。

「啊，是、是。現在在路上啊，在車上。對啊、對啊，今天沒時間，我把東西拿給妳就走了。什麼？沒差啦。禮拜六再去店裡找妳嘛。」

說到這裡，他把手放在我的肩上小聲地說：「那個便利商店左轉。」我急忙打了方向燈。

「再過十分鐘就會到，就這樣。」

大師說著迅速掛上電話。

「您的情婦嗎？」

「對啊。」

他立即答話，這又讓我說不出話來。

「最資深的，我們已經認識二十五年了吧。」

這麼說，這會是以前週刊上登的那個自殺未遂的情婦嗎？

「那陽子小姐呢？」

「和陽子的關係也不短囉。那傢伙還在念高中就開始了，應該有十年了吧。」

「千花呢？」

「千花大概三年吧。她還沒長毛我就認識她了，不過最近才出手的。」

本來想要套他的話，沒想到他一五一十回答，害我頭暈目眩。

「那您太太呢？」

「太太？新貨嗎？」

「新貨。」我重複大師的話。舊貨現在在做什麼呢？

「認識大概兩年左右吧。」

我漸漸無力問下去了，但還是再問了一個問題。

「為什麼會再婚？」

「妳問這是什麼問題啊？」

創路功二郎忽然狂笑。

「老子也想要有個溫暖的家啊。」

我感到後悔，早知道就不問了。我暴躁地切轉方向盤，硬是在交叉口右轉。喇叭聲來自四面八方，響個不停。

他那位最資深的情婦住在市中心的正中央，卻有個可以蓋上兩棟公寓的廣大停車場。建築物本身並不新，不過堅固又巨大。進了停車場後，大師往後張看，指揮我向左向右切換方向。雖然有點斜，但總算停進了訪客用的停車位。

「一個小時就回來。」

說著，創路功二郎匆匆忙忙開了車門離開。他這句話才真正讓我明白，我的任務就是留在這裡乖乖等主人回來。他連手機號碼也沒給我。

我再度無奈地發動引擎，打開冷氣。我擔心冷氣用光電瓶，又毫無根據地想：反正賓士嘛，應該不會有事。將駕駛座的椅子往後倒之後，我躺在舒適的座位上。

舉起左手看了手表，已經三點多了。從按下他辦公室的門鈴開始到現在，只過了兩小時。在這短短的時間內發生了太多事情，我的頭隱隱作痛。

不過心情倒是不壞。我發現包括新貨太太，創路功二郎擁有超過四個女人。他無意隱瞞，還要我接受這個事實。不高興就走，這就是他的意思吧。如果說這件事不會令我不舒服，那是騙人的。但能夠開車平安抵達目的地的充實感，大過於創路功二郎妻妾成群的事實。不過是開車而已。其實，對方要不是那旁若無人又不怕死的創路功二郎，我絕不敢開車。試了之後就知道沒什麼大不了，我怎麼會認定自己做不來呢？

我看見車窗外水藍色的夏日天空，以及底部微微染上橘彩的雲朵。他說一個小時就會回來，不曉得是不是真的。不過到目前為止，等待並不痛苦。

我會就這樣順勢在創路功二郎那裡工作嗎？我雙手擺在腦後，隔著擋風玻璃邊望著天空邊想。無論如何，當下的我實在過度亢奮，必須冷靜。我閉上眼睛深呼吸。

心情的指標明顯指向創路功二郎，但我似乎已經過了「憑著感覺走」的年紀。創路功二郎一個高興就雇用我，這代表他一個不高興便可能立刻解雇我。我已經不那麼年輕，可以甘願不顧一切。老實說，我對便當店的工作和翻譯工作還有些不捨。創路功二郎雖然是名人，但就私下相處的層面而言，畢竟是個陌生人。我對他一無所知。把自己的收入來源交託給陌生人，未免太危險了，何況我也沒多少存款。像現在這樣，只能苦苦等待不知何時回來的主人，如果這就是主要的工作內容，我到底能不能忍受呢？

我已經決定不再結婚，也決定不讓任何人養我。這個決定需要安定的收入。我沒那閒功夫陪這個怪老頭玩他的戀愛遊戲。如果不在大師那裡工作，導致我不能再見到他，那也就算了。我現在還能回頭。如果就這樣一步步捲進他的世界，總有一天我會不能沒有創路功二郎，這會是無可避免的結果。保持便當店店員和客人的關係，或許對彼此都好。沒錯，明天開始，乖乖到便當店上班吧。

下定決心之後，我感到莫名的心安，睡意頓時襲來。雖然我心想，不能在這裡睡著，可是沒有什麼事比在不能睡著的狀況下打瞌睡舒服。正想瞇一下，開始昏昏欲睡的時候，突然有人猛敲窗戶，我驚醒地跳起來。

站在車外低下頭看我的人，並不是創路功二郎，而是一個中年婦女。我還沒有完全清醒，一時間誤以為自己把車子停到別人的車位。女人粗暴地不斷拉著上了鎖的車門把手，她應該知道門是打不開的，這個動作想必是在要求我開門。她的樣子不太尋常，總之我沒有開車門，只是搖下車窗。

「妳是創路的新情人嗎？」

這位女性突然這麼問道。又來了，我真是受夠了。

「沒錯。」

今天我對這個問題做了兩次否定，心想回答肯定會怎麼樣呢。結果，她以迅雷不及掩耳的速度把右手伸進車內，使盡全力捏了我的臉頰。
「好痛、好痛、好痛……！」
「廢話，我就是要妳痛！」
她加重力道再捏了一次才鬆手，長指甲陷進我的嘴角，痛到我差點眼花。
「我以為這回會是什麼樣的女人，結果來了一個醜女，而且口氣還滿大的哩！」
我因為疼痛淚腺鬆弛，眼淚從左眼滲出。鐵質的味道在口中擴散開來。嘴裡似乎裂傷了。
「唉唷，哭啦？」
她發現我掉眼淚後，幸災樂禍地說。疼痛退去，我總算能夠正視這個人。
豹紋亮片衫配上黑色緊身褲，脖子上掛了幾乎可以立刻兌現的粗大金項鍊，左手戴著只為了抬高價錢而鑲上寶石的手表，病態般的蒼白肌膚和雞一般的纖瘦脖子，巧妙的化妝技術讓人無法辨別到底是不是美女。她簡直就像一個情婦的活標本。這種人不只出現在電視上，也存在現實裡呢，我打從心底佩服。
「哭也沒有用，妳這個狐狸精！」
狐狸精。這年代，還有人說狐狸精嗎？
「笑什麼！」
她又伸手進來，我迅速揮開她的手。女人咋舌。
「妳給我出來！妳以為這是誰的車啊！」
我真想跟她說這輛車也不是妳的，不過再挑釁下去沒完沒了，只好乖乖打開車門下車。面對面之後，我才發現她個頭小得驚人，好像一隻寵物犬。

「我話說在前頭。別因為睡個一、兩次就自以為是情人，妳會不得好死！」

她說得沒錯。我用手掌按住隱隱發疼的左嘴角，點了點頭。

「創路要的是方便利用的女人。隨時隨地接送他，可以打理一切和下半身的女人。所以就連妳這種醜女也無所謂。哪像陽子那種，自尊心強反而不聽話。」

我再度點頭。這也沒錯，千花年紀還小，沒辦法考駕照。

「妳給我聽清楚。下次再對我放肆，我絕不會饒過妳。不過反正再過兩、三個月，妳也會哭啼啼離開吧。」

她就像拴住的狐狸狗一樣對著我吠。她的表情是笑的，髮際卻在顫抖。我低頭咬著嘴唇，想起當年我也像她一樣亂了方寸。雖然不是這個原因，但我開始同情這個又白又小的年老寵物犬。

「看來只有一開始威風凜凜嘛，怎麼變秀氣了呢？」

「大師呢？」

「大師？大師在陽台澆花啊。」

情婦說著回頭看自己的公寓。她的視線那一端，遠遠看到最上層的陽台上一個橘色衣服的男人揮著雙手，似乎在說些什麼，但聲音傳不到我們這裡。大概是這位情婦要求他到陽台澆水，結果把他反鎖門外吧。

「懂了沒？妳要是膽敢跟創路一起到我店裡來，我會把妳的頭塞進馬桶！」

女人得意洋洋地嘲笑我之後，轉頭離去。

我對著她的背影說道：「妳沒資格跟我說這些話。」

情婦停下腳步，驚愕地望著我。她塗得紅紅的上唇朝上嘟起，露出異常雪白的牙齒。

「妳說什麼？」

「如果這些話是大師的太太說的，那我也認了，可是妳不過是個情婦啊。就算你們交往很久，大師終究沒有娶妳。如果妳是以大師老朋友的立場給我忠告，這樣我也願意接受。不過朋友會對一個初次見面的人動手嗎？要大師替妳買公寓，又讓他出錢幫妳開店，卻總是只會抱怨，一點利用價值也沒有。妳連方便利用的女人都當不成，不是嗎？」

我一說完，她的右手立即飛向我。我早有心理準備，立刻退後一步閃開。她失去平衡，身體搖晃了一下。我抓住她的左肩，右手輕輕捏她的臉頰。大約比我大上十歲的情婦，因為憤怒和屈辱，狼狽地睜大了眼。

「妳怎麼知道我不會使用暴力？」

我慢條斯理地問她。

「妳有什麼自信敢說妳對別人做的事，別人就不敢對妳做呢？或許店裡的員工，或是大師過去的情人都不敢反抗妳，難道妳就這麼認定我會和她們一樣嗎？」

我加重手上的力道，情婦發出尖叫聲。這讓我想起昨晚為了打發時間看的一部恐怖電影，她的尖叫聲就像戲裡的女主角一樣。我這怒斥的一方反倒被尖叫的聲音給嚇著，不得不放開手。寵物犬連滾帶爬地跑回自己的公寓。

接著不到半小時，創路功二郎就回到車上。不知道在開心什麼，他開懷大笑地坐進車內。

「妳到底做了什麼？那傢伙嚎啕大哭地跑回來呢。」

「沒做什麼。」

「妳嘴角泛紅喔，被打啦？」

「沒事。」

我面無表情，他看了聳聳肩，躡手躡腳繫上安全帶，指名上回去過的飯店。我默默地發動引擎。

前往飯店的路上，除了告訴我路線、跟著廣播哼歌之外，他什麼也沒說。車子停進飯店地下停車場之後，他一語不發，走進直達客房的電梯。他沒叫我回去，於是我跟在他後面。

大師雙手插在口袋裡，大搖大擺地走著，然後在上回住過的房間前停下來，從襯衫口袋取出卡片鎖插入門鎖。聽到門鎖解開的聲音，他握著門把打開房門。

我沒想到會有第二次，然而創路功二郎的門扉再次在我面前開啟。他露出招牌的竊笑表情看我。

「咦？對了，妳叫什麼名字啊？」

他溫柔地問我，我低頭閉上眼睛，左邊嘴角仍隱隱作痛。今天這類倒楣事，想必今後會不斷上演吧。我不得不承認，內心確實期待著這樣的境遇。一旦踏進這個房間，我就再也無法回頭了。

我走入門內，打破自己定下的原則。

小時候我從不忘記交作業，國中放學後也從來不會在外逗留。儘管上了高中之後，開始和三五好友一起上冰店聊聊天，但一定會在父母規定的回家時間前半小時離開。我就是這樣長大的，約定的時間絕不遲到、到朋友家拜訪不忘伴手禮、拿了人家的禮物立刻寫信道謝。

我這樣一個人，竟然無故缺勤了三天。

那天，我和創路功二郎在市中心的飯店住了一晚。後來他說自己在京都有工作，我被他半拖半拉地帶到京都，又在京都的飯店住了兩晚，剛剛才搭新幹線回到東京車站。大師用計程車把我送回公寓，自己也回到山丘上的家。

已經過了三天，我打開家裡的門。門一開啟，撲鼻而來的熱氣和臭氣差點沒讓我吐出來。流理台的廚餘都發臭了。我用左手捂住口鼻，從流理台的三角桶中取出垃圾袋，塞進腳邊的垃圾桶，然後立刻衝去打開房裡所有的窗戶。

我打開房裡最大的陽台窗戶，穿上三天沒人動的拖鞋走到戶外。三天前晾的T恤和內衣褲在風中搖擺。衣物晒得乾巴巴的，還蓋上一層灰塵。

這時，一陣疲憊感湧上全身，我只好蹲坐在陽台與房間中間。房間角落的電話閃著錄音留言的小燈，但我沒心情聽，反正鐵定是便當店打來的。我無故缺勤了三天之久，邁向正職員工之路就此破滅。

我伸直了雙腿，仰望著染成橘色的落日晚霞。這整整四天，創路功二郎拖著我到處跑，而跟著他到處跑的人，卻是我自己。沒有人逼我這麼做，我再也無法隱瞞自己的感情。一旦決定跟定了他，我這才意外地發現自己的膽子變大了。

我其實很感激創路功二郎，他讓膽小的我忘卻一切責任、義務或良知。我想我是喜歡他的。如果他需要我，我願意為他不顧一切。他或許會帶我到意想不到的未來，但我已經年紀一大把了，不會因此幻想自己能麻雀變鳳凰。我能為他做任何事，這並不是為了他，而是為了我自己。讓我甘願為一個男人付出一切的，除了丈夫之外，就是他了。

我沒想到自己還會戀愛，也小心翼翼地不讓這些事情發生。但如今我似乎再度踏入深不可測的森林。不過我有一股茫然的自信，相信這回不會再出錯。再怎麼笨也不會笨到再一次莽莽撞撞衝進森林裡，做一些自殘行為吧。

這幾天，我想我對創路功二郎了解了不少。

有些事是我料想中的，有些事是我錯怪他的。有時意外發現他誠實且純真的一面；反之，有時候窺探到他俗不可耐的一面。

在京都，不管在飯店或用餐的餐廳，他都備受禮遇。他和別人聊天時猶如老朋友一般，我問他是不是常來京都，他淡淡地回答：一年都不見得會來上一次。

即便是偶爾造訪一、兩次，當地的人仍將他牢記在心，因為他是名人的緣故吧。不過我想，他的為人才是吸引大家的最大原因。

例如飯店裡的桌燈壞了，他和進來換燈泡的女服務生也能有說有笑。連他討厭的計程車司機，他也親切地問候：「景氣怎樣啊？」

大概就是這樣的魅力，讓他到任何地方都能成為每家餐廳或酒店的熟客吧。我不善於與陌生人交談，他的作為更是學不來。他讓我大開眼界，再度佩服其無所畏懼的個性。

他在京都的工作是參加地方電台和大型書店主辦的座談會，另一位來賓是當地的女作家。他說兩個小時就會結束，我心想最好不要跟去，他卻說：「妳那什麼話啊？」帶我到會場。工作人員見到我也不曾懷疑，只把我當成他的祕書，於是我趕緊假扮起祕書的樣子。我替他買飲料，順便買了工作人員的份，過程中隱隱約約了解到大師對我的期望。

兩人獨處時扮演情人，第三者在場時扮演祕書，一旦學會了便駕輕就熟。不論座談會的工作人員、飯店員工或是日本料理店的女老闆，都猜得到我不是單純的祕書吧，但沒有人會把這個事實表現在言語或態度上。

結束座談會那一晚，他和當地的工作人員辦了慶功宴。我只出席了第一場，就先行回飯店睡覺。大師半夜三點多回來，生怕驚醒我，靜悄悄地摸進隔壁床上。原以為他目中無人，沒想到他也知道不能吵醒別人，那理所當然的體貼，令我有些驚訝。

隔天沒有安排任何行程。大師手舞足蹈，執意要去觀光。我和他搭上計程車，到處逛寺廟。事實上，兩人對寺廟或佛像毫無興趣，不過我們抽抽籤、擲香油錢，買了即可拍比出勝利手勢拍個到此一遊的照片，玩得非常開心。

當晚我們在投宿的老飯店用完餐後，到頂樓喝酒。豪華的展望樓層只有頂樓蜜月套房的房客才能使用，除了我們之外，客人只有一對有錢的老夫婦。缺了角的月亮高懸頭頂，我神魂蕩漾地仰望著它，渾然忘我地失去了真實感。我怎麼會坐在這麼柔軟的沙發上，一邊望著群山和遙遠渺小的寺廟輪廓，一邊喝著威士忌呢？

他高漲的情緒總算比白天消退了三分之一，小口喝著酒，東拉西扯地談起工作、去年造訪的外國城市、年輕時候的故事……

然後大師開始問起我。在哪裡出生？成長過程如何？父母是怎麼樣的人？有沒有兄弟姊妹？幾歲第一次和男人上床？為什麼到現在還是單身？為什麼開始做翻譯？今後對工作有什麼打算？

我不擅長談自己，因此顯得手足無措。況且我不曾對任何人談起自己的成長背景，或是未來的期許。大師看我幾乎無法正面回答，厭煩地說了一句：「妳對我還有戒心。」是不是如此，連我自己也不清楚。到底我是放不開所以不願談，還是天生沒有能力談論自己呢？

「既然已經譯了幾本書，最好還是繼續努力下去，」大師這麼說：「至於當祕書的工作，一週只需來個三、四天，其他時間還是照舊繼續做妳的翻譯吧。如果有需要，我可以替妳介紹出版社。」

我婉拒了他的好意。「或許往後需要您的幫忙，到時候再麻煩您就行了。」我附帶說。創路功二郎滿意地點了頭。「我會出便當店的三倍薪水，有什麼困難就儘管說吧。」他的語氣溫和，就像一個對女兒表示關心的父親。

這表示創路功二郎願意當我的援助者嗎？

我在住家簡陋的陽台上望著夕陽，獨自竊笑。世界上怎麼會有這麼好的事？我肯定沒什麼好下場，但我並不害怕，因為不論發生什麼事，一無所有的我還能失去什麼呢？

我緩緩站起來，在京都買的洋裝因為吸了汗濕透了。我沒帶其他換洗衣物到京都，所以買了這件洋裝。那時大師從皮夾裡大方掏出錢來對我說：「拿去買些衣服吧。」

他說他自己也得買些換洗衣服，我們相約一個小時後在百貨公司正門見面，然後便分別。我拿著八張一萬圓紙鈔，走進第一家名牌專賣店，買了時髦的洋裝和涼鞋，然後急忙上樓買內衣褲，再添購旅行用的化妝組和小型旅行包。購買完後還有餘錢，我跑上電扶梯到書店和唱片行，買了渴望已久的書和唱片。我竟然試圖花光他的錢，這讓我為自己寒酸的貪念感到可笑。我在約定時間的五分鐘前搭上電梯。在電梯裡，我強忍著按捺不住的笑意。多麼窮酸的個性呀！認識了創路功二郎，就能戒掉這個窮酸的性格嗎？

在紅得令人發慌的夕陽中，我邊回想當時的情景邊發笑。這時背後響起一聲電話聲，我抬起沉重的身軀，走到電話旁。電話發出震動聲吐出紙張，一看到出版社的名字就知道，是荻原傳來的。

語音答錄的顯示燈依舊閃爍著，裡面有三通留言。傳真紙緩緩傳出，我一行行念出紙上的內容。傳真「嗶」的一聲停止，我撕下紙，隨手丟在一旁。

上頭寫了許多原因和解釋，不過要點很簡單。第一件事：荻原轉派到另一個部門；另一件則是：我負責的翻譯書要停刊了。重點只有這些。

我用食指按下語音答錄按鍵，錄音帶倒帶後開始播放答錄內容。三通都沒說話，只錄下重重掛上電話的聲音。

「創路大師的太太是什麼樣的人？」

我這麼一問，陽子和千花停下筷子看了看我。

「很普通的人啊。」

「很漂亮啊，聽說以前當模特兒嘛。」

陽子和千花簡短回答後，繼續將吃了一半的豬排飯塞進嘴裡。兩人欲言又止的態度令我納悶，她們都還想說些什麼，又似乎互相牽制著對方，都不發一語地繼續咀嚼。

第一天踏進這間辦公室至今，已經過了一個月。大師前天到香港出差，我平時的主要工作是大師的司機，沒做什麼祕書的事，他不在日本這段期間，我想自己應該多少到公司幫幫忙，貢獻一下。今天我和成天留守的陽子，以及因為暑假而無所事事的千花，三個人在公司吃著豬排便當。

「住白金台那間公寓的人叫什麼名字？」

我試圖轉換話題，這次兩人就感興趣了。

「美代子啊，中野美代子，妳該不會見過她了吧？」

「見過了。我在停車場等大師回來，她突然氣沖沖跑過來捏我的臉。」

我一說完，兩人突然一陣爆笑。

「我也被美代子打過耶。有一次我和大師到那個女人的店，結果她拿菸灰缸來砸我呢！」

「真的假的？陽子姊也是嗎？我還被她用高跟鞋用力踩過耶。她跟我說：等妳不包尿布再來！我超不爽，回她說：老太婆！妳那皺紋要不要處理一下呀！」

「結果呢？」

「她突然勒住我的脖子啊。要不是大師阻止，我早就死了。那傢伙假裝柔弱，可是力氣很驚人唷。」

我們三人舉起免洗筷，再度捧腹大笑。

「我也是啊，她的捏痕一直消不了，內出血了呢。」

「所以妳就帶著傷到京都去啊？」

「是啊，大師還得對每一個人再三拚命解釋『這不是我打的』，讓我有點不舒服呢。」

「他就是這種男人。」

「大師這個人啊，大概出生到現在從沒說過『我錯了』。」

「千花不也是嗎？」

「妳說話很不客氣耶……我每天都在自我檢討呢。譬如說，如果我和那個又肥又油的製作人上床的話，我的試鏡就過關了。」

千花最早吃完豬排飯，丟了筷子站起來。

「大姊們要喝什麼？」

「咖啡，濃一點。」

「請給我麥茶。」

千花彷彿剛從海邊跑來似的，穿著一件小可愛和熱褲到廚房泡茶，身上沒有任何多餘的贅肉，就算裸露肌膚也一點都不猥褻。記得上次她還一副很大牌的樣子說：「我可是這家公司的藝人耶。」其實這孩子算是個細心的好女孩。

「我聽說大師和美代子很早以前就開始交往了。」

陽子豪邁地將碗底的剩飯挖進嘴裡，回說：「好像是吧。」

「聽說認識的時間比大師前任老婆都還要早，所以她就擺出一副『我比誰都了解創路』的態度，煩死人了。」

「大師為什麼沒和美代子結婚呢？對了，前妻是什麼樣的一個人呢？現在在做什麼呀？」

「水無月小姐，沒想到妳也滿八卦的嘛。」

陽子冷笑，不回答我的問題。我發現自己接二連三發問，就像個八卦記者，羞愧得低下頭去。

「開玩笑的啦，別在意啊。」

陽子從辦公桌上拿了萬寶路，叼起一根菸。

「我是不知道他為什麼沒和美代子結婚，不過大概可以猜到吧。如果是我，才不要那種死纏爛打的女人成為我的家人。那傢伙適合當情婦吧，簡直就是刻板的情婦嘛，適合讓男人出錢開店，每天到美容院做頭髮，隨隨便便和男客人去個夏威夷打小白球。」

「其實啊，大師想逃都來不及了。」
千花端著咖啡和茶回到座位。我喀擦喀擦咬著豬排飯上的醃蘿蔔。
「老實說，怎麼看美代子都配不上大師嘛。大師說過啊，他不會省花天酒地的錢，可是不喜歡歡場女子。一樣是俱樂部，也應該是放著House音樂的Club，他比較適合在這種地方和年輕美眉調情吧。來，咖啡和麥茶。」
千花用吸管喝著專為自己調製的冰可可，補充說：
「這年頭還有人哀怨自己是地下情人，白痴啊。還說自己沒結婚都要怪創路。她一臉自己對大師死心踏地的樣子，其實啊，這女人外面還有很多男人哩。對了，聽說美代子要和大師一起去峇里島。大師還說這個女人已經玩膩了，他到底在想什麼啊，莫名其妙。大師有什麼把柄在她手上嗎？」
千花一口氣說完，我和陽子互看了對方。
「也不能說是把柄，不過大師對美代子有些內疚吧。」
「千花妳還小可能不知道，美代子以前自殺未遂呢。結果她的遺書上了八卦週刊。上面好像寫說她因為拿了創路的孩子，沒辦法生育了。這些我也只是聽人說的，沒有親眼看過。」
這本雜誌應該還留在我老家的櫃子裡沒丟掉，至於內容我也記不太清楚。
「所以陽子姊才會提醒我小心避孕啊。」
陽子沒有點頭，點起第二根菸。
「自殺未遂是做了什麼？割腕嗎？」
「類似的吧，畢竟是情婦的自殺嘛。」

「那一定是呼嚨人的。人要是真想死，一定會挑好不會失敗的自殺方法。」
「妳還真是說得振振有詞呀。」
我一插嘴，千花發出聲音吸著冰可可，露出陰險的笑容。
「我爸比也自殺啦，從家裡十四樓的陽台一躍而下。」
我啞口無言，放下喝麥茶的手。陽子似乎早已知道，若無其事地吐著煙。
「不用作出那種表情啦，水無月小姐。我以前根本不喜歡我爸比。什麼都聽我媽咪的話，老是愁眉苦臉。我講這樣的話或許不太正經，不過就因為這件事，我稍微喜歡上我爸比。他這樣的行為很率真啊。只想引人注目，其實根本不想死，還玩割腕的把戲，太下三濫了。」
很像年輕人會說的話，這才正是率真的意見。這時，我又試圖轉移話題。
「不過千花妳也不是只有大師一個男人吧？」
「廢、話！」
千花嘴裡咬著留在玻璃杯裡的冰塊回答。
「我才十六歲呢。以後日子還很長，我得好好玩一玩啊，而且對一個結了婚的男人死守貞操幹麼呀。」
「貞操這種辭彙，妳在哪學來的啊。」
陽子呵呵大笑，我也跟著苦笑。
「瞧不起人啊。不要看我這樣，小時候可是很愛看書的。啊……我想吃甜點了。陽子姊，我可不可以去便利商店？」
「記得拿發票喔。」

「是。妳要什麼？」

「蘆薈優格。」

「水無月小姐呢？」

「抹茶慕思，沒有的話就咖啡果凍。」

儘管三個人的年齡和立場截然不同，不過在公司碰到時，我們偶爾還是會一起吃吃飯、享用甜點，三姑六婆一番。陽子雖然冷酷，但並不是個壞心眼的人，千花不愧是個小藝人，開朗又充滿魅力。當初還預設她們會欺負我，因此有種撲了空的感覺。

同時我也隱約了解那些前任者為什麼會被欺負。我們的共通點就是創路功二郎，必須將這個顯而易見的事實，銘記在心，不可以霸占他，絕不能炫耀與他的情事。隱藏敵對心態，把他當作我們共通的敵人，於是我們的感情越來越親密。你說這無不無聊？的確很無聊。不過呀，維持職場上的和諧是很重要的。為此，我多少得蒐集一些內幕消息。辦公室只剩我和陽子了，我開始問她一些事。

「我可不可以問您一些私人的事。」

「什麼？」

「陽子小姐也有大師以外的情人嗎？」

「水無月小姐，妳明明年紀比我大，為什麼老是對我說敬語？」

我們四眼相對，等待對方的回答。

「情人當然有啊。」陽子說。

「因為您是公司的前輩。」

「可不可以不要用敬語？」

我拉回話題問道：「大師知道這件事嗎？不是常聽說，男人自己可以有紅粉知己，卻不原諒女人這麼做嗎？」

「大師那人什麼都好。只要自己過得好，才不管別人怎樣。肚子餓只管順手抓個東西就吃，什麼也沒想。最近吃太多，肚子也跑出來了，所以不再像以前那樣飢不擇食了啦。」

對話雞同鴨講，我不得不閉上嘴。陽子和千花不同，防衛心相當強。她在菸灰缸上摩熄了香菸，再度露出冷笑說道：

「如果妳想和大師交往下去，就盡早找其他男人吧，要是鎖定大師一個人肯定會發瘋。」

原本要收拾餐碗的我停下手。我再次凝視陽子，她撇了過頭。我默默地拿了碗盤到流理台上沖洗。不論陽子或是千花，大概美代子也是吧，為了維持與大師的關係，她們只好找其他情人交往。為了取得心中的平衡，也為了不讓大師覺得黏人，更是為了自己的自尊。大家都很喜歡創路功二郎，而創路功二郎姑且一視同仁，愛戴他所謂的「小羊們」。

那麼，為什麼只有她可以和大師結婚呢？我回想起那個撐洋傘、在山丘上公車站擦身而過的高雅女子。不是交往二十五年的情婦美代子，不是時髦瀟灑的陽子，也不是爽朗陽光、時下年輕女孩的千花。創路功二郎為什麼特地挑選她呢？單純只是剛好那是他喜歡的類型嗎？還是說，那個男人也會真情流露、墜入愛河？

「創路大師的太太是什麼樣的人呢？」

我拿抹布迅速擦乾洗好的碗，喃喃自語地再次說出同樣的問題。

「跟那傢伙比啊，美代子可就小巫見大巫了。」

意外獲得有別於剛才的答案，我看了看陽子。她皺起鼻頭，又拿起另一根菸。

「我沒看過這麼討人厭的女人。」

我似懂非懂，陽子也不願再多說。她曾試圖獨占創路功二郎，然後放棄了嗎？在即將發瘋的前一刻踩下了煞車嗎？

那天傍晚，我和荻原約好見面。

窄小的啤酒屋內接踵摩肩，渴望在大熱天的傍晚獲得解渴潤喉的上班族和粉領族，擠滿了整個店內。由於這家店位在大使館密集的地段，店裡有不少外國人。連店外的長椅和椅子上也坐了許多人，不少人只能站著靠在櫃檯旁喝酒。我很幸運地坐到櫃檯角落的高腳椅，替荻原留了旁邊的座位。

我認為沒有什麼必要與荻原見面，不過他說希望能跟我好好談談，包括這次翻譯的事情。這家店特製的黑啤酒濃郁香醇，實在太好喝了，我不由得連喝了兩杯，這時荻原終於出現。在這種大熱天裡，他還穿西裝打著領帶。在編輯部的時候，他一向打扮休閒，如今調到業務部，可不能亂來了吧。

「水無月，妳……」

一看到我，荻原就露出驚訝的表情。

「怎樣？」

「妳有男人了，對不對？」

沒頭沒腦的問候語，讓我皺起眉頭。

「突然說什麼啊，沒禮貌。」
「沒有啦，因為妳變漂亮了啊。妳真是藏不住耶。」
我猶豫該不該道謝，最後還是決定不說。他一定不是要誇我，而是受不了我才會這麼說。他放下重重的公事包，總算脫下西裝外套，疲憊地坐上旁邊的高腳椅。
「怎麼啦？在哪兒釣到的啊？便當店嗎？該不會是創路功二郎吧？」
我沒回答，向酒保點了自己和荻原的啤酒。我恍然瞄了他一眼，他臉上的笑容漸漸退去，睜大了眼睛。他只是開玩笑隨口問問罷了，沒想到竟然說中，似乎大吃一驚。
「該不會是真的吧？」
「嗯，就是這麼一回事囉。」
「不會吧？」他完全無法置信，把整個身體靠過來。
「我騙你幹什麼。」
「怎麼會？創路功二郎耶！怎麼弄到手的啊？」
他說話越來越沒禮貌，不過生氣也沒意思。不管如何客觀論斷，大概沒有人會相信，創路功二郎對我這種不起眼的女人感興趣吧。
「世事難料。」
「也對啦，這麼說是沒錯。可是啊，該怎麼說……啊啊，這是我今年最大的震撼啊。」
啤酒杯一上桌，荻原開始窮追猛問，問我到底為什麼會這樣，來龍去脈是什麼？我避重就輕，一一回答他的問題。我自認描述的過程並無撒謊或誇大。
「什麼？所以妳現在在創路功二郎的公司上班喔？」

「你有沒有認真聽啊。我不是說過了嗎？」
「便當店呢？」
「辭掉了。」這回我就不敢坦承自己無故缺勤三天，一聲不響走人的事實。
「這不太妙吧？那不是人家介紹給妳的嗎？」
「嗯，是啊。」
那家店的確是父親的友人替我介紹的。看我失落的表情，荻原像是對小朋友說教似地說：
「可別自暴自棄啊，人生還很長呢。」
「不要說什麼人生嘛，說得好像我走投無路。」
「妳還好吧？」
「我說我沒自暴自棄嘛！」
荻原是真心關心我，這點就算不長眼的我也能體會。
「這次沒問題啦。」
我這麼說。荻原對我投以滿腹狐疑的眼神，然後點起一根菸。他似乎認為再多的話也無濟於事了。
「或許，水無月就是適合那種男人吧。」
他鬆了鬆領帶結，慵懶地說道。
「誰知道。」
「我是不知道創路功二郎的為人啦，不過好像是個豪爽又開朗的人吧。水無月可以向這種人借一點活力。」

我誠懇地點了頭。或許我一直渴望一個強勢作風的人把我耍得團團轉。

「那麼，現在才要進入正題。」

他開始說明自己的異動和外國羅曼史系列停刊的事情。我什麼也沒說，靜靜地聽他說完，不過他的說明和上回的傳真內容無異。我既不生氣也不責怪，只是面無表情地喝著啤酒。荻原看著我說：「抱歉，我無能為力。」

「沒事，別放在心上。」

說什麼無能為力，這些日子以來，荻原不知道幫了我多少忙。不應該再依賴他，該是想想辦法改變自己的時候了。

「好悶。」荻原說著，用手背擦拭額頭上的汗水。他全身散發著濃濃的疲憊。我想讓他遠離黏稠在肌膚上的濕氣和喧嘩，於是下了高腳椅。

「走吧。今天讓我請客。」

「怎麼可以？我用公司經費付啦。」

「總是讓你請客，我會不好意思和你見面。」

荻原似乎接受了我的話，點點頭。

「哪天我又沒錢了，你再拿公司經費請我喝酒吧。」

「我知道。下次再一起吃飯吧。創路功二郎那邊如果太辛苦，就馬上辭職喔。要什麼工作我替妳找就行了。」

鼻頭不聽使喚，酸了一下。我們並沒有戀愛關係，而且荻原堅決主張一切的人際關係都是平等互換，我很疑惑他為什麼這麼照顧我、關心我。我始終無法理解人們的善意。

和荻原道別搭上電車時，我還沒事。

不過，當我聽著隨身聽，擠在沙丁魚般的車廂裡，慢慢產生一股不妙的預感。隨著電車一站一站接近家裡，不祥的預感也一步步逼近。

握著拉把的手，因為冒冷汗而濕滑，我心跳加快，喉嚨彷彿有異物，痛苦得令人窒息。我知道這是貧血。離下車的車站還有兩站，我咬緊牙根試圖苦撐下去。電車靠站，我的視線搖晃不定，看著乘客上上下下。

總算抵達我該下車的車站。我勉強自己起身離開車廂。我的步伐蹣跚，感覺重力已經失去作用，搖搖晃晃往前走，人們好像刻意衝撞我的肩膀似地，快步走向剪票口。還沒走到出口，我整個人就癱坐在月台的長椅上。

我天生體質虛弱，雖然沒生過什麼需要住院的大病，卻不時出現這類經常性的貧血。除了夏天必定中暑不說，一到初秋，手腳又冷得像結冰，然後必定感冒。我想這是自律神經出問題吧。儘管如此，這兩年來在便當店工作，生活規律，身體好多了，也不會在人群中身體不適發昏。

我胸口悶痛、頭暈眼花，十指緊扣卻無法停止打顫。額頭深處發麻，感覺沉甸甸的。

不過只要休息片刻，沒多久就可以行走。我早已從經驗中學到克服貧血的訣竅。我坐在長椅角落低著頭，耐心等待暈眩退去，除此別無他法。等待恢復期間，好幾輛電車靠站。如果我的樣子顯得太痛苦，就有人靠過來問我：「妳還好嗎？」為了防止有人靠近，我用耳機塞住耳朵，垂下頭坐著。在這種狀況下，關心的話語令人難堪。我不希望任何人碰我。

短促的呼吸反覆不停，我目送好幾雙腿從眼前經過。我總是如此，總是遠遠落後，跟不上一般人的腳步。小時候，每到朝會我總是暈倒。父母逼我上才藝班，但時常請假。中學遇到馬拉松大賽，心想反正又會暈倒，於是我裝病請假。長大之後，我經常在前往打工的路上，暈倒在電車裡，被人抬到車站辦公室。對了，記得當時去見前夫的雙親時，我因為過度緊張而拉肚子。用餐時，我不時起身上廁所，丈夫的母親明顯露出不悅的表情。

身體不舒服，心情必然跌落谷底，腦袋裡盡是不愉快的事、不安的事，我做什麼事都會失敗。心想這次的工作也肯定不會長久。那個大師，絕不可能永遠喜歡我這樣一個人。畢竟我一無是處，既不年輕也非貌美，既不可愛也未天真。現在，大師只是稀罕我罷了。

我再也回不了便當店，這麼一來又得找工作。可是誰會雇用我這種人呢？然而，要我回家更是不可能。翻譯的工作也不行了吧。前陣子才揚言我不怕失去，現在卻像個受虐兒，顫抖不停。

過了二十分鐘、三十分鐘，快四十分鐘時，我總算恢復精神抬起頭。臉頰濕冷。我用手背拭去淚水站起來，還有些搖晃，不過勉強可以走路。終於可以回家了。現在還有公車，不過一定很擠。計程車站前一定也是大排長龍。步行二十多分鐘的路程雖然辛苦，但總比擠公車或乖乖排隊、等待不知何時才會輪到的計程車，來得好多了。

我踩著蹣跚的步伐下樓，這時下一班電車駛進月台。我慢慢吞吞地步下階梯，從車門湧出的乘客衝向樓梯，人潮再次衝撞我，又差點被人撞倒。就在我急忙抓住扶手的時候，有人輕輕打了我的後腦勺。

「我打電話找妳耶。」

「……啊？」

「我本來要妳開車來接我，打了好幾通電話找妳哩。妳怎麼會在這裡呢？妳以為我要妳帶手機是為什麼啊？不要關機，關什麼機啊。」

他一古腦兒把脾氣宣洩出來，頓時我腦中一片空白。

「真不該在夏天去什麼香港。熱死我了，氣得我跑回來。回到日本坐上計程車，結果司機又很煩人。坐到一半，我就要求下車了。」

我漸漸弄清了事情的始末。大師從香港回來，在某處招了計程車，途中和司機吵架下車，於是要我去接他。大師這麼一說，我才想起他在出國前拿了一支手機給我。我心想，人不在應該不會打來，所以把手機丟在家裡。

「算了，總之先到妳家吧。」

大師這個人，要生氣就生氣、要發牢騷就發牢騷，最後心情又自動轉好。大師推我的背，催促我往前走。大師邁著輕鬆的步伐穿過剪票口，我急忙追隨他的背影。

「搞什麼，計程車前面排成這樣！」

一看到車站前的圓環，創路功二郎旁若無人地大聲吼道。

「還有公車啊，坐公車回去吧。」

我試圖安撫他，他卻嘟著嘴說：「累得半死，哪能坐公車慢吞吞回去啊。」他像是個長不大的小孩鬧著脾氣，讓我束手無策。

結果，我們步行回到公寓。我原本就打算走路回家，所以不覺得特別辛苦，創路功二郎則一直嚷嚷抱怨說：「要是散步走路我倒是滿喜歡的，可是要我在不想走路的時候走路，我就火大。香港熱得不像話，同行的編輯讓我很不爽。妳一直關機，計程車司機又一直煩我，要跟我說話。累得半死想搭個車，結果平民百姓在排隊，讓我上不了車。啊啊，我不想走了……」大師抱怨個不停。我不但沒有生氣，反倒覺得很可笑。如果我也可以像他這樣，把想說的話一字不漏宣洩出來，那該有多舒服啊。一個滿腹牢騷又愛發洩的人在身邊，儘管令人厭煩，但我發現這種人不會讓你擔心「搞不懂對方在想什麼」。見到大師之後，貧血在我手忙腳亂的過程中消失無蹤，就結果而論我是獲救了。

「呵，房間滿乾淨的嘛。」

我們終於回到公寓。進到房間裡後，大師隨意丟下行李，毫不客氣地打量屋內。我沒回應他，按下冷氣按鈕。

「不過，這房間沒有半點女人味耶。」

他坐在地板的軟墊上自言自語。

「喝啤酒可以嗎？」

「嗯。我替妳買個沙發好不好？」

「不用了，這樣不好吧？」

「老子我啊，不喜歡坐在地板上。」

我默默地將啤酒和杯子遞到他面前。這個人以為女人的房間都是他自己的嗎？我這才發現，這是我頭一次讓外人進屋。平常總是一個人，現在多了一個，而且是大塊頭的男人，我感覺房內的二氧化碳濃度急速升高。另一個人的存在，有些礙眼，又有些欣慰。我莫名地懷念起來。

「話又說回來，香港真是糟透了。跟妳去京都那次好玩多了，以後我們都一起出去玩吧。」

大師自己倒了啤酒，說完一口喝乾。換我也為自己倒了一杯啤酒。他那莫名的天真讓我傻眼，不過說不高興，是騙人的。儘管他這句話只是一時興起，儘管這件事並不會真正實現，此時此刻他的確這麼想還是讓我感到高興。

「肚子餓不餓？冰箱裡什麼都沒有。要不要叫點東西來吃？」我問道。

「也對。現在也懶得出去外面，叫個披薩吧。」

我拿外送披薩的傳單給大師看，問他要點什麼。他瞄了一眼便說隨便。我打電話訂餐，除了披薩，再隨便配了一個沙拉。

創路功二郎喜歡奢侈，但對食物不挑，貴的也好、便宜的也好，視當時飢餓的程度，隨便吃吃就行了，沒嫌過味道。他不會特別珍惜昂貴的佳肴，吃車站內的立食咖哩飯或蕎麥麵也不嫌棄。就像陽子在公司聊過的，大師選女人和選食物是一樣的道理。他什麼都好，肚子餓只管順手抓個東西就吃。這表示松阪牛肉也好，牛肉乾也好，都有它美味的地方嗎？所以就連像我這樣的人也能成為他「小羊們」的一員？

「水無月圭子啊。」

當我走向冰箱打算再拿一罐啤酒時，大師在背後喃喃自語。他站在書櫃前取出一本我的翻譯作品翻閱著。

「我可以要一本嗎？」

「請便。不過不好看喔，盡是一些肉麻的愛情故事啦。」

「不錯啊。不肉麻的愛情故事有什麼價值啊。」

聽他這麼一說，我停住拿啤酒的手。這麼說或許沒錯。我再拿兩罐啤酒回到桌上，盤腿坐在軟墊上的大師拉我的手，我畏畏縮縮地將頭靠在他的肩膀上。包著寬大肩膀的襯衫有一股汗臭味。我閉上眼，如同深呼吸一般吸入這股氣味。眼前忽然瞬間閃過丈夫的臉。同樣是男人，氣味卻截然不同。

　大師雙手夾住我的臉，貼近他的嘴唇。不愧是萬人迷，大師接吻的技術純熟，輕輕一啄的吻和包圍似的擁抱。不過他的愛撫不那麼挑逗，輕輕撫摸或拍打背部、肩膀、頭，就像小孩在哄弄貓咪一樣。那感覺舒服得讓人恍神，我反倒害怕起來。一想到哪天將失去這個愛撫，莫大的不安籠罩了我。

「對了，我替妳買部車吧，汽車。」

擁抱的過程中，大師忽然說起。我鬆開抱著他脖子的手。

「沙發、汽車我都不要。薪水已經足夠了。」

「不是在說這個啦。妳要老子我爬那段上坡路回家嗎？」

大師和我四目交會了片刻。大師的眼神中帶有期待和依賴，充滿撒嬌的意味。我懂了，這一帶是住宅區，不容易叫到計程車，我和大師家的距離也沒有遙遠到需要特地打電話叫計程車，但是大師不打算自己走路爬那段斜坡。

「我開賓士接送你吧？」

「那太麻煩了吧。又不一定每天都會回到這裡，到市區的話搭特快電車比較快啊。」

要我開著自己的賓士到情婦家實在難為情，我在心中加注這句話。

「妳這邊有一台車比較方便啦，反正是用公司經費啊。要什麼？愛快・羅密歐？啊，女孩子嘛，選個可愛一點的吧。Mini？Panda？」

「國產車就夠了。」

「為什麼？趁這個機會買妳喜歡的啊。」

「我要好操控、省油，不容易髒的顏色那種。」

大師一臉無奈，捏了捏我的臉頰。

「真是個怪女人。」

「我很節儉的。」

「以前很窮是不是？妳家沒錢嗎？」

他問得很天真，讓我啞口無言。雖說我已經習慣他的說話方式，不過哪有人問話如此口無遮攔。搞不懂這個人到底懂不懂禮貌。

「我們家很普通。離開家之後，我的生活也很平凡。」

創路功二郎一定是一出生就生活在頗有家業的家庭，不普通的應該是他吧。我想我的老家不算窮，在平凡的都市蓋了棟房子，有一輛中上等級的國產車，也讓我就讀東京的私立大學。而且我到這個年紀從沒挨餓，每季買上兩三件新衣服。不過，我還是會為了買最便宜的衛生紙熟讀超市傳單，喜歡的書或唱片盡量到圖書館借。如果說這叫窮，那麼我的生活的確很貧窮。這個人絕對無法理解這樣的生活。他不會明白節儉度日是怎麼一回事。

這時披薩送到，兩人邊看電視邊吃披薩。雖然分量不少，不過我們不一會兒就吃得精光，飯後邊喝烏龍茶邊看著嬉鬧的節目哈哈大笑。這樣的相處就好像一家人，我這麼想道。然而，我忽然發現另一件事：這個人打算什麼時候回家啊？

「我可以借用浴室嗎？」

「可以啊，不過……」

「不過什麼？我可以住這裡吧。」

他的問話讓我不知所措。雖說沒什麼關係，但是隔壁小房間裡只有一張我的單人床。冬天就罷了，這個季節和一個大漢睡在一起，就算把冷氣開到最強還是有些勉強。我連一組客人用的棉被都沒有。不過我想這個人不會因為人家說不行而作罷。他要我睡在地上嗎？

「妳在猶豫什麼？情婦通常會哭著哀求男人留下來別走的，妳真是夠奇怪的了。」

原來是這樣，原來我已經正式成了他的情婦啦，我腦中浮現無厘頭的想法。當我正在思索該如何回答時，大師撲向我。妳是白痴啊，大師咕噥著吻起我的唇和頸項，接著粗暴地撫摸我的胸部。我緊緊閉上眼睛。我又害怕起來，並不是害怕這個任性得像小孩的大男人，而是害怕哪天我會開始依賴這個不回家而睡在這裡的男人。

大師因為香港採訪文稿和連載小說的截稿日撞期，這幾天躲在家裡趕稿。算一算，目前大師有每週一篇的專欄和每月三篇的隨筆，以及每月一篇的短篇連載小說，電視方面也接下綜藝節目來賓和連續劇配角的演出，期間還有出差。

他那悠哉的外表，讓我沒發覺到其實他的工作量多得驚人。不過大師的筆功似乎異常迅速，這大概是因為他超人的集中力吧。一旦拿起筆，他可以不眠不休一口氣完成作品。大師躲在家裡寫稿的時候，也是我最放鬆的時刻，陽子建議我最好趁這個時候處理自己的瑣事。

自己的瑣事嗎？我倚靠在銀座後街的電線桿上，心裡喃喃自語。已經過了一個小時，不，我在那裡站了將近一個半小時。寫著「美代」招牌旁的階梯上，一號情婦美代子不時為了送客上上下下。有時她和店內小姐一起出現，有時只有一個人。穿著和服的她親切地向醉醺醺的酒客鞠躬，和顏悅色地揮揮手。我穿著牛仔褲、T恤和球鞋，大概是因為這身毫不性感的打扮，不管多少酒醉上班族經過面前，沒半個人注意到我。

差不多該是打烊的時間了。美代子不時上上下下，送客的頻率逐漸增加。她和醉客一會兒互摟肩膀，一會兒嬉鬧相擁，不過只要客人一上計程車，美代子和店內的小姐都不約而同拉下臉，她們的動作讓我發笑。接近十二點時，這回換小姐們一個個上樓。有幾個客人也在一起，大夥兒似乎打算到某處狂歡。這群人裡面並沒有美代子的身影。

輪到我站累了，腦中閃過一個念頭：不要再玩這種無聊把戲，乾脆早早回家算了。這時，我看見美代子和一個中年男子出現在地下階梯深處。兩人在招牌旁面對面互握著對方的手竊竊私語。她對待這個客人的態度顯然不同，那就是她的情人嗎？我覺得自己出乎意料的幸運。但是，假如兩人坐車離去，那麼我今天的計畫就泡湯了。兩人輕輕地吻了對方，接著彷彿在某處算準時間，一輛黑頭包車滑至店門口，男人上了車。美代子深深一鞠躬，對著離去的汽車在胸前微微地揮揮手，猶如少女般，與之前畢恭畢敬的態度有強烈的對比。

「美代子小姐。」

我叫住了邊下樓邊整理後髮梢的她。回頭看見我的瞬間，她露出詫異的神情。認出我之後，她的表情開始扭曲。

「妳來幹什麼？我不是說過不准到店裡來！」

「是的，上次的事真的很抱歉。」

我低聲下氣的態度，讓美代子加倍起疑。

「妳來，是為了創路吧？」

「嗯，可以這麼說……」

「好吧，算了。反正店也打烊了，進來吧。」

我的低姿態似乎奏效了，美代子一副寬容大量的樣子。我跟著她下樓，推開厚重的黑色大門，裡面是個極普通的酒吧，有紅色天鵝絨沙發和卡拉ＯＫ設備。昏暗的燈光下有個小小的櫃檯，櫃檯裡一名不知多大年紀的酒保正在洗杯子。

「小裕二，這個女孩就是創路的新歡。」

美代子向酒保簡單介紹我，叫作裕二的男子淡淡地微笑點頭。

「剩下的事就交給我吧，你今天可以下班了。」

男子立刻意會她的意思，迅速處理完手邊杯盤後，消失在看似更衣室的門內，不到兩分鐘就換上牛仔褲和T恤，說聲「我先走了」，便匆匆走出店外。這段時間美代子只是沉默不語，靜靜地抽著菸。

「來吧，妳有什麼事？」酒保一離開，美代子便問道。

我恭恭敬敬坐在沙發上回答：「其實沒什麼事啦。」

「什麼？妳不是人家派來的嗎？」

「不，嗯……其實我有些事想請教您。」

「請教？我？有關創路的事嗎？」

我深深點了頭。

「也對啦。除了創路的事之外，妳我之間沒什麼好談的。到底什麼事呀，該不會求我跟他分手吧？」

「怎麼可能。絕不是。」

美代子臉上浮現疑惑的表情，她大概搞不懂我今天為何而來。

「其實，我以前結過婚呢。」

「這表示妳也離過婚嗎？」

我察覺到自己的眼淚漸漸奪眶而出。提起這件事，我的淚腺總會自動鬆弛。我急忙擦乾眼尾滴下的淚水。

「幹麼？怎麼了？妳在哭嗎？」

「沒有……抱歉，我沒事。」

美代子更加疑惑，歪著頭從沙發起身。

「要不要喝什麼？酒？茶？」

「不用管我。」

「那我要來一杯，給妳威士忌好嗎？」

好，我回答的聲音沙啞。鼻頭酸酸的，我從皮包取出面紙擤鼻涕。美代子端著調酒組回到位子上，以熟練的姿勢調酒。白天在外頭看見她骨瘦如柴，像隻室內犬，不過在這種店裡，昏暗燈光襯托出她的妝與和服，她的樣子的確很美。

「妳這個人真是莫名其妙。怎麼啦？創路對不起妳是不是？」

「不，大師對我很好。」

我一口喝乾了她為我調的威士忌，美代子目瞪口呆地看著我。

「他給我薪水已經太足夠了，平時也非常照顧我。我更沒想過要霸占大師。」

聽我這麼一說，美代子原本摸不著頭緒的表情豁然開悟。

「陽子和千花欺負妳是嗎？」

「沒有，沒這回事，只是……」

我吞吞吐吐低下頭。美代子正要為我調另一杯酒，我打住她的手自行調酒，同時在她只剩三分之一的杯裡加了酒和冰塊。

「常有的事啦。那些女孩們總是害怕新人報到。新人一來，好一段時間創路的注意力都會集中在新人身上，她們就會失寵啦。她們已經不知道逼走多少人了。」

「大師知道這件事嗎？」

「假裝沒看到吧，那傢伙就是這種男人。」

美代子取出外國品牌的細長香菸含在嘴裡。她從和服裡伸出的細白手腕，映現在橘色燈光下。兩隻手腕上都沒有任何割傷的痕跡。

「跟您抱怨這些，我想您也很頭大吧，不過我想不出有什麼人可以聽我說這些話。」

我又喝下半杯威士忌，美代子也跟著喝酒。

「妳酒量不錯嘛。」

「是啊。我父親酒量也好，大概是遺傳吧。不過很不方便呢，遇到不愉快的時候啊，就算想喝醉，卻怎麼也喝不醉。」

「如果妳有點姿色的話，還滿適合當酒店小姐呢。」

美代子笑著說道。我跟著苦笑，低下頭深深吐了一口氣說：「我很痛苦。」

面對我的告白，美代子從紅唇吐出白煙，未加回應。

「丈夫離開我之後，我就過著無依無靠的獨居生活。我本來在便當店打工，那裡的人都很好，我在那裡每天做便當、賣便當，假日在家打掃、洗洗衣服，日子不算難熬。不過我和父母處不好，又沒有兄弟姊妹，彷彿自己是個天涯淪落人。」

「就在這個時候，創路突然出現在眼前，對吧？」

我邊點頭邊再調了兩杯酒，美代子緊盯著我。

「一開始我簡直要飛上天了。我不懂像他這樣一個赫赫有名的名人，怎麼會看上我這種人。雖然我到現在還是搞不懂，不過總算感覺不再孤單，很慶幸大師需要我。不管大師有沒有太太，不管大師有多少紅粉知己，我都無所謂。」

美代子微微點頭。我搖搖酒杯讓冰塊作響，勉強乾笑著。

「不過最近，我發現現在比孤單一個人的時候還要痛苦，也常想起過去美滿的婚姻生活。」

「你們沒有小孩嗎？」

我搖頭回應她的問話：「沒有。我丈夫說他不想要……」

「是啊，那真是難受啊。」

沒想到她如此坦誠地表達對我的同情，我感覺淚水又要潰堤，良心也受到輕微的苛責，不過我並沒有撒謊。我咬緊牙根。這時美代子從和服胸口取出手帕，默默遞給我。纖巧的白色蕾絲手帕，我用它抑住湧出的淚水和鼻涕。

「……抱歉。」

「沒關係，反正妳好像沒有想像中那麼壞。」

看見她笑得很諷刺，我打起精神抬起頭，以爽朗的口吻問道：「剛才那位是您的情人嗎？」

「什麼剛才？」

美代子看著我，表情由驚訝轉為戒懼。

「剛才我遲遲不敢進店，只好逗留在外頭。不好意思，當時我看見您和一位很紳士的男性手牽著手。」

她嘆了一口氣，喝乾杯裡的酒。我若無其事地再為美代子調了一杯酒。

「妳打算打小報告是不是？」

「跟大師嗎？怎麼可能。而且不管陽子小姐或千花妹妹都說過，不需要為一個結了婚的男人守住貞潔，也為了保護自己不抓狂，都應該找其他男朋友。」

「沒錯。有道理。」美代子笑得無力。

「我好羨慕呢。」

「什麼？」

「我覺得那位男士體面呢。一頭白髮，看起來非常紳士、非常老實，有種爸爸的感覺。我多希望像您一樣，讓一個男人好好愛我。」

「我可沒有讓人愛。」

「我只是瞄了一眼，並不了解你們的關係。不過在我看來，那位男士是愛著美代子小姐的，因為看得出你們之間的相處非常親密呀。」

美代子的表情嚴肅起來，垂下睫毛，緊閉著嘴角。她的模樣，可以看出她在強忍著些什麼。然後就像剛才的我一樣，她一口氣喝乾了杯裡的威士忌。

「他問我要不要一起住。」

換美代子告白了，我小心謹慎地點了頭。

「妳有結婚經驗，或許可以了解那種心情吧。我曾經和創路有過短暫的同居生活，一開始很幸福啊，不過和自己愛的男人生活在一起，其實是一件很痛苦的事。」

我不發一語拿起酒杯，只是假裝喝酒，不再讓酒精入喉。

「跟妳這樣的年輕人透露這些真是羞愧，不過其實我也怕死了。我和創路的關係不是一天兩天，這期間真的發生了太多事。所以我害怕和創路做真正的了斷，也害怕和剛才那個他住在一起。儘管他現在是愛我的，不過誰知道半年後會怎樣呢？」

「我想我可以了解。」

「我跟妳一樣是孤單的。不論年紀多大，都沒法改變心中的寂寞和無助。所以我才會像上次那樣對妳動粗，真是對不起妳。」美代子紅了眼眶。

「在我看來，那位男士應該是個好人。不像是大師那種人，他看起來是個腳踏實地的人。」

這時她已經完全潰堤。我從臀部的口袋取出手帕遞給她，格子圖案的棉質大手帕。我的手帕洗了手拿來擦拭也不會變得濕答答，相當實用。

那天我們不知喝了幾個小時。美代子喋喋不休地談起正在交往的男人的事。談起那個男人有一個分居十年的妻子；談起男人的女兒前陣子結婚，他說這麼一來總算可以離婚了；談起她不知道該不該相信他；談起創路功二郎對不起她的種種，而即便如此她還是很珍惜和創路共度的甜蜜時光。美代子喝酒喝到話都說不清楚，仍一一回答我的提問。她告訴我，大師和第一任太太短短三年就離婚了，現在這位太太很久以前便移居國外；還告訴我，陽子也曾拿過大師的小孩；另外，透露了大師和現任太太一認識馬上結婚的祕密。然而，不論喝得多醉，她絕口不提自己的自殺未遂事件。

她終於醉到不省人事。我翻開放在店裡電話旁的通訊錄，撥了寫著「裕二」的號碼。電話立刻撥通，一個男人接了電話。我說自己是那個剛才拜訪店裡的創路公司的人，因為美代子小姐喝得爛醉動不了，想問他該怎麼辦才好。他絲毫沒有驚訝的樣子，說了一聲：「我馬上過去。」便匆匆掛上電話。

不到半小時，剛才那位酒保就到了。我和他合力將美代子扛出店外，攔下路過的計程車，讓美代子上車。不知為何，酒保相當客氣地拿出兩張一萬圓鈔票說：「這是車費。」我雖然拒絕，他卻說我不收下他的麻煩就大了，硬是塞給我。他攔下下一輛計程車，同樣把我塞進車內。

我告訴司機公寓的地址。他問我要上哪條高速公路，我答說：「隨便你。」這時突然一股笑意湧上，我憋不住，在車上咯咯笑出來。

「小姐，有什麼事那麼開心嗎？」愛聊天的司機問起。

「是啊，先生啊，人其實很單純的，對吧。」

「嗯，可以這麼說吧。做這個生意其實有很多不愉快，不過開心的事也不少唷。人世間不會全都是壞事啦。」

「真是沒錯，就是有那種性情中人。」

「沒錯、沒錯，人很脆弱又容易受傷，應該互相關心扶持啊。」

我早就料到美代子是個容易動情的人，只是沒想到收服她如此容易。我陶然在微醺的醉意下，慶幸事情如願順利完成，又有一種預感，這樣的好運會繼續下去。我望著夜空下綿延在高速公路旁的路燈，感嘆它的美。

自己的瑣事，第二樁：我搭上難得乘坐、前往老家的特快車。

從上野坐上兩個小時特快車，再從車站搭三十分鐘公車，就會來到我成長的小城鎮。它並不是荻原所說的窮鄉僻壤，不論是雜誌的發行日或電視節目，這裡都與東京同步。我曾經搭公車上下學的高中位在市區，那裡既有電影院、銷售流行服飾的百貨公司，以前創路功二郎舉辦簽書會的大書店也在那一帶。幾年前，離地方路線電車站不遠的地方新設了新幹線車站，勉強稱得上是首都通勤圈。

坐新幹線返鄉比較快，我卻故意選擇特快車，這個選擇讓我察覺自己的猶豫不決。我在上野車站買了兩罐啤酒，搭上早上的特快車，打算邊喝啤酒邊思考自己接下來要進行的事。

回老家的目的是到當地的區公所，我要在那裡辦理戶籍抄本。這是我早已決定的事，毫無疑慮。問題是，既然都回來了，我希望能夠順便解決其他各種手續或瑣事。

我坐在窗邊的位子，特快車一開動便開了啤酒喝。斜對面坐了一個大約是父親年紀的男子，他隔著週刊雜誌瞄了我一眼。我把轉向窗邊，自顧自地喝酒。

首先要處理的是住民票。我的住民票還在老家，離婚後暫時回到老家，住民票也就留在家裡。考慮日後的方便，我決定將住民票遷到目前居住的地方。其次是戶籍，我早就想將戶籍遷出父母家，擁有屬於自己的戶籍。要付諸行動就在今天，離婚時就應該這麼做了，只是當時我實在無法冷靜思考這些事。

這麼做真的好嗎？我捫心自問。我想，遷離父母的戶籍並不是什麼大事，事實上在許多家庭裡，這也不會是什麼大問題吧。不過，我要做的是：宣告訣別。最好別把事情鬧大，但是我家有個凡事都要大驚小怪、大吵大鬧的人物。不，正因為如此，我才下定決心離開這個家。

還有另一件令人煩心的事。去了區公所之後，該不該回家呢？或許這也沒什麼好煩惱的。回到家，不論父親或母親都會歡迎我，說聲很久沒看到妳呀，問我過得好不好，然後為我煮一頓晚餐，聽一下母親的嘮叨，接著肯定在二樓我原封不動的房間睡上一晚。到了早上，吃完母親做的簡單早餐，若無其事地結束這趟閃電般的返鄉行程，動身回東京。

想像這些過程，我就覺得沒有必要回家。盡快處理完事情，傍晚回到上野車站就行了。這麼做肯定有助於我的精神健康，我這麼說服自己。

原以為特快車是空的，不過因為有一群看似前往溫泉區的旅行團，讓車廂內有些擁擠。我的目光一直停留在窗外流逝的景色上，不過車內的販賣推車經過時，看到對面男乘客們買了很多啤酒，我也忍不住叫住推車的女孩。冰涼的啤酒交到手上，我拉開拉環盡情享用。

回老家還有一個小原因，我想帶回高中時向創路功二郎要來的簽名。還有，我有點想翻翻刊載美代子遺書的那本週刊。那本雜誌一定沒丟，存放在房間的儲藏櫃裡。

但沒必要為了這些事，帶來會見父母的莫大壓力。最好是母親不在家。我可以用備份鑰匙進屋，拿了該帶的東西就走。

白天的酒後勁真強，這是大師說過的話。的確，三罐啤酒已經讓我醉醺醺。我步伐蹣跚地下了車。溫泉觀光客的目的地還在後面幾站，這個沒什麼觀光景點的車站，下車的旅客寥寥無幾。出了剪票口，一看到車站前的景象，我的醉意頓時消退。

我在上大學那年離開家裡。從那時開始，回到這個車站的次數屈指可數。我一直希望不需要再回到這裡，懷鄉之情卻違反我的意志油然而生。為了拋開這樣的感傷，我走到車站前的公車站查詢時刻表，確定公車還要等將近三十分鐘。我回到車站休息室買了一罐烏龍茶，坐在長椅上翻看文庫本。剛看了讀到一半那一頁的前兩行時，我抬頭忽然從陰暗的車站內看見空洞的出口處發出四角形的光，兩輛計程車就停在那裡。現在的我，錢包裡有足夠的錢坐上那輛車，而且目前的經濟狀況也允許我揮霍這些錢財。我花了一些時間，才發現這個事實。我闔上文庫本，喝光烏龍茶，拿著皮包站起來。走近計程車時，睡眼惺忪靠在引擎蓋上抽菸的司機回頭看了看我。

我只花十五分鐘便到了區公所。公車繞遠路，又得靠站停車好幾次，因此需要花上一倍的時間。直行竟然這麼快啊！我天真地感到驚訝。我盡速辦完區公所的手續，再用公共電話打回家。等了半天無人接聽，我掛上電話再撥一次。十五聲鈴響之後，我掛上電話。沒人在家。我家沒有裝答錄機，母親一定到市區逛街了吧。

正巧是公車到站的時間，這次我坐上公車晃了十分鐘，到達成長的城鎮。不管廣告或任何擺設都一成不變，令人懷念的公車以及窗外的風景。我不希望遇上鄰居，於是下了公車便快步走向家裡。轉進五金行轉角，巷子裡的第三間房子，我的老家出現在眼前。這間屋子和上次來的時候一樣，沒有半點改變。外牆感覺有些褪色，院子裡的樹稍微長高了，有些蠻荒的感覺。除此之外，我感覺不到其他變化。望著眼前的一切，我深深感慨這裡仍舊是我的家。不可能再回來住的，我的家。

我用備份鑰匙打開玄關的門。屋內靜悄悄的。已經不記得什麼時候開始使用的老舊腳踏墊，鞋櫃上的裝飾品，誇張的陶瓷傘桶，還有母親沒有擺好的拖鞋。

我偷偷摸摸進屋，經過客廳時瞧也不瞧，走上走廊底的樓梯。二樓有兩個房間，後面那間是我的房間，前面是倉儲用的和室。走廊灰塵很多，表示只有為了穿過和室到陽台晒衣服時，母親才會上樓，她並沒有進出我的房間。

我沒有發出一絲聲響，靜靜地打開房門，房間裡和我考上大學到東京念書時一模一樣。離婚時我曾回到這裡住了幾個月，不過不論書桌、櫃子的擺設或書櫃裡的書，都是從十八歲那年就沒變過。整個房間罩上一層薄薄的灰塵。

我沒有時間沉溺在感傷中，無論如何得在母親返家之前離開這個家。書櫃裡有創路功二郎的三本舊作，我翻開其中一本成為暢銷書的散文作品，看到他具藝人架式的簽名，我的名字也連名帶姓簽在上面。我將這三本書放進皮包。接著我打開儲藏櫃，留著沒丟的雜誌都放在儲藏櫃的紙箱裡，主要是文藝雜誌或刊登我喜歡的作家特輯的雜誌。我迅速翻尋紙箱，卻找不到那本八卦週刊，瞄一下手表才發現，已經在家裡待了將近半小時了。我放棄尋找週刊，把雜誌放回紙箱，再塞進儲藏櫃裡。

我想這裡已經沒有任何一個我想帶回自己公寓的東西了。上大學時、結婚時，還有離婚回娘家又再度離開時，我幾度拿走一些東西。畢業紀念冊、老朋友寄來的信、幾件衣服，今天再帶走創路功二郎的簽名書，該拿的都拿了，就算一把火燒光這棟房子，我也無所謂。不論是小時候最愛看的世界文學全集、愛慕不已的詩人作品集或曾經陪伴我的童書，我都沒有半點不捨。想清楚之後，我站起身。正當我握著門把要走出房間時，忽然想起儲藏櫃裡還有一樣東西令我留戀：結婚時和丈夫的紀念照。怎麼辦？我開始猶豫。現在不拿，或許這輩子再也沒機會看到它了。不過這張照片收藏在儲藏櫃最深處，要是母親在我正搜尋這張照片時回來，那還得了？於是決定作罷。

我打開房門下樓，出了老家的玄關，拿備份鑰匙鎖上門，快步走到大馬路。看了看公車站的時刻表，下一班車還要等上約十分鐘。我不希望在這十分鐘內巧遇任何熟面孔，望著車流，祈求計程車經過。這時空車的計程車出現在紅綠燈那一頭。我對著計程車大力揮手，並跑向前去。後門一開，我急忙滑進車內，告訴司機前往新幹線車站。

到達車站，我等個五分鐘就搭上新幹線。自由席比想像的空，我打開在車站販賣店買的啤酒，喝了之後稍微打個盹，就到了東京車站。精神上早已筋疲力盡，但我不想直接從東京車站搭計程車返家，因為還沒有適應「富裕的自己」。我從山手線轉乘民營電車，到住家附近的車站才搭計程車回到公寓。

打開門之後，我將皮包丟在地上。希望今天就此停止一切思考，打算一覺到天亮。這時我發現答錄機的顯示燈閃爍著。我盤起頭髮，按下按鈕。

「妳又關機了！妳到底在哪鬼混啊！我跟妳說，下個月要不要一起去峇里島？美代子說她不能去了。一半工作，不過一半是遊玩啦。我打電話是想問妳的護照號碼。我再打給妳。」

他嘮嘮叨叨說了一段，連用力掛斷電話的聲音都錄了進去。我沉默了片刻，終於憋不住啞然失笑，趴倒在地板上抖著肩膀捧腹大笑。

我早就料到這個結果，所以今天才會特地趕回老家拿戶籍謄本。明天就在這裡辦住民票，趕緊去辦個護照。

對了，也得買皮箱呢。我連件泳衣也沒有。需要太陽眼鏡吧。還得買導覽書以及度假區穿的衣服呀。

我實在是樂壞了，狂笑個不停，笑到眼淚都飆出來了。「活該！」我發出聲音說道。這句話到底是對誰說的，連我自己也不清楚。

「妳說這是妳第一次出國?」

面對我的告白，創路功二郎目瞪口呆地看著我。

「妳不是做翻譯嗎?」

「嗯，基本上是啦。」

「我還以為這類人通常有一定的留學經驗啊。」

「我沒有。不過做翻譯沒出過國的人還不少呢。」

我雙手放在方向盤上，看著前方說道。我和大師正在開車前往成田機場的路上。最近我已經越來越習慣開車了，起初非常害怕上高速公路，現在卻覺得比一般道路好開得多，至少沒有信號燈或路人。話雖如此，我頂多只能小心翼翼地開在最左側。

大師說這趟有一半是工作，所以我還以為有工作人員同行，事實上出版社和廣告公司的人只參與其中三天，其餘時間只有我們兩人。原本我憂心整個旅遊期間都得扮演祕書角色，聽到這個消息安心多了。

成田交流道就在眼前。這是我頭一次出國，當然也是第一次來到機場。大師坐在前座悠哉喝起啤酒，相對地我卻緊張得不得了。

「妳真的完全沒有出過國嗎?跟團旅行也沒有?」

「沒有。」

「長到這麼大，怎麼可能沒有呢?」

他為什麼要追根究柢問個不停呢?這有那麼奇怪嗎?

「難道妳沒有出國夢嗎?」

「當然我也想過哪天環境允許的話，希望出去走走。好歹我也是做翻譯的嘛。」

「不過環境不允許嗎？」

「是啊。經濟上、精神上都不允許。」

原來如此、原來如此，他點頭說著，突然溫柔地摸了摸我的頭。

「從今以後，爸比會帶妳出國唷。」

「謝謝您。」

「不過，第一次出國就讓妳這種人坐商務艙，好像太奢侈了點。」

是，我老老實實點了頭。經濟艙和商務艙的價差有多少，這點常識連我也知道。心想一開始就這麼享受，今後可不好受。不過算了。總之，我用自己的力量取代原本是一號情婦美代子的旅程。

我將車子平安停放在機場附近的停車場，好不容易放下懸念，然後搶走大師的啤酒，一口喝光剩餘的酒。我們就像一對新婚夫妻，加上白天的啤酒醉意助興，坐在前往機場的接駁巴士上時一路興高采烈。大師拉著使用多年、到處是貼紙痕跡的皮箱，我則拉著剛買的新皮箱緊跟在後。光鮮亮麗的機場大廳，對我而言猶如太空基地，令我目瞪口呆。

雖然時間非常充裕，不過擔心出境人潮太多，大師立刻走向登機櫃檯。一眼就看得出是度蜜月的新婚旅客、全家出遊的旅客、穿著西裝的出差旅客、打扮輕便的白人，還有穿著紗麗大包小包的印度女性，不論建築、穿梭的旅客、告知起飛降落的廣播，任何細節都讓我新奇得頭暈目眩。

大師不假思索，直直走向報到櫃檯。穿過大排長龍的經濟艙報到區，大師走向商務艙櫃檯。

航空公司女職員微笑迎接我們。大師要我把護照交給他。我的第一本護照，及時辦理的護照。大師拿出印有紅字的機票和兩份護照說道：「如果有位子的話，麻煩安排吸菸席。」櫃檯小姐保持微笑點了頭。目光掃過我們兩人的機票和護照後，她的笑容頓時出現微妙的變化。

「水無月小姐的機票，姓名不符喔。」

我原本恭恭敬敬站在大師後面，聽到這句話立刻抬起了頭，有種不祥的預感。

「怎麼可能？我有叫旅行社改過名字啦。」

大師向櫃檯小姐拿了紅色複寫紙的機票，查看內容。

「妳看，上頭寫著水無月圭子啊。」

「是沒錯，不過水無月小姐的護照和機票姓名不同。」

什麼？大師說著仔細查看了她遞出的護照。花了三十秒比較我的護照和機票後，大師緩緩轉向我。

「這到底是怎麼一回事？妳說說看啊。」

大師低聲問道，我垂頭喪氣，低頭想道：當初就猜想或許過不了關，果然沒過關。

大師坐在長椅上，拉下臉只顧著抽菸。我只能低下頭乖乖坐在他身旁。

「妳這傢伙。筆名就筆名，幹麼不說呢。」

「真的很抱歉。」

「道歉也沒用啊。」

「抱歉。」

「我叫妳不要再道歉了！」

大師不耐煩地大聲吼著，在菸灰缸裡捻熄香菸。沒出過國的我，怎麼也沒想到，只是護照和機票的姓名不同就無法登機。不，並不是不能登機。只要其他所有乘客都完成登機，確認沒有問題之後我們就可以上飛機了。確認完畢之前，我們得坐在這個可以看到櫃檯的長椅上慢慢等待。

「真拿妳沒辦法，妳真沒常識耶。」

抱歉，我又差點說出口，急忙吞回去。無論如何現在最好閉嘴，畢竟是我不對在先。

大師一臉無力，氣憤難平，雙手雙腳伸展得大大地坐在長椅上。他最近才重新染色的金色短髮配上招牌墨鏡，加上一件誇張的直條紋襯衫，引得不時有人發現他是創路功二郎，回頭看他。

「國內線也就算了，國際線可是很囉唆的。要是那麼容易出入境，麻煩可就大了，妳懂不懂？」

大師似乎發覺我太消沉，口氣變得有些溫柔。

「我，沒搭過飛機。」

「什麼？國內線也沒有嗎？」

「是的。」

我和大師相互注視了片刻，深色墨鏡上映著我的愁容。

「妳真的那麼窮嗎？」

「沒那麼嚴重，只是沒有旅遊的習慣。」

大師從襯衫胸口的口袋取出香菸，再點了一根。他的手肘貼著膝蓋，身體前傾，緩緩吐著煙，看似在思考些什麼。

「美雨這名字很好聽啊。」

「什麼？」

「水無月美雨，多美妙的名字啊，幹麼取那麼平凡的筆名呢？」

他靜靜地問道，我無法回答。問我為什麼，就算說明原因，我也不認為這個人能夠理解。

就這樣，兩個小時裡，我們不再交談。最後一位旅客完成登機後，我們總算可以上飛機了。

第三章

我一向厭惡美雨這個名字。學生時代，我總是要求同學們盡可能用姓氏「水無月」叫我。出了社會之後，不必糾正大家都以姓氏稱呼我，沒有人使用這個夢幻的名字。但是不管我多厭惡，父母總會叫我美雨。這也是我不想見雙親的理由之一。

但是唯有一人，只有這個人，我很高興聽到他叫我的名字。那就是我的丈夫。丈夫是我的大學同學，他也跟大家一樣叫我水無月。開始交往和結了婚之後，平時他總是叫我水無月。不過到了晚上，唯有在床上相擁時，丈夫會叫我「美雨」。當他想表現出自己很舒服時，會呢喃我的名字。他從未說過「喜歡妳」或「愛妳」這類的話，不過我想那時候的「美雨」，就是他表達愛意的方式。在我聽來是如此，而確信這件事本身就有它的意義。我深愛著我的丈夫。

因為丈夫，我第一次獲得解救。我了解到，解救是怎麼一回事。敵滿為患的世界煥然一新。就像長滿全身的刺，漸漸軟化。而且他與我同年，雖然不知道我們的壽命多長，但我深信我們可以一輩子到老。我從不知道，人生竟然隱藏著如此安詳的生活。我認為這是奇蹟。

婚姻生活每一天都充滿奇蹟。丈夫每天回家的奇蹟。說聲我回來了，露出微笑的奇蹟。丈夫看著電視的側臉。我放熱水他洗澡。丈夫疲憊的身軀躺在我白天晒的棉被上，然後他放鬆地說：

「今天妳替我晒了棉被啊。」那時候的那股喜悅。

父母只是父母，朋友只是朋友，天生孤僻的我也不可能喜歡自己，而他卻是我有生以來第一次愛上的人。原來我也有能力愛一個人，我在兩件並排棉被的一側哽咽啜泣，另一側傳來的安詳呼吸聲更是讓我安心。它告訴我：世界沒有水無月想像的那麼壞；告訴我：至少有我會守在水無月身邊。

然而，我怎麼會失去這一切。

我至今無法理解。

如今我甚至認為如果不曾認識丈夫該有多好。讓世界保持漆黑，讓我終其一生活在漆黑當中反倒輕鬆。不料，可悲讓我抱持了或許有出口的希望。或許奇蹟再現的希望。

但事實上，把它奉為奇蹟的人只有我。對丈夫而言，這不過是一個平凡戀愛的開始，不久邁入倦怠期，接著兩顆心漸漸疏離罷了。就像每個人都有過的戀愛一樣，隨處可見。只有我自以為特別，或許也只有我自認為獲救了。

那是第四次的結婚紀念日。當時我還沉浸在幸福美滿當中。青山郊區的義大利餐廳。那天晚上，荻原不斷重複同樣的疑問。

「真搞不懂，到底為什麼要取圭子這麼平凡的筆名啊？」

主菜上桌之前，荻原早已經喝醉。

「藤谷你不覺得嗎？水無月美雨好聽多了。」

「當事人硬是不要，局外人說什麼也沒用啊。」

丈夫以平淡的口吻說道。與其說這是對我的體諒，不如說對他而言，這檔事真是無關緊要的無聊事。

「美雨美眉啊，妳怎麼會這麼討厭自己的名字哩？」

荻原以戲弄的語氣問道。

「你不覺得本人完全輸給名字了嗎？」

一生當中，這個理由我不曉得說明了多少次，這回又得重提。

「嗯，是沒錯啦。不過書上又不會刊登譯者的照片。」

那天晚上，我們夫妻和荻原為了慶祝我有生以來第一次出版譯作，一起吃飯喝酒。荻原邀約我們，剛好結婚紀念日就快到了，因此我決定約在那一天。所以那天應該是六月十日。

「反正舊姓的水無月比較特別，就這麼決定吧。怎麼說今天都是個可喜可賀的日子呢。還讓我參加你們結婚紀念日的晚餐，真是過意不去。」

「沒什麼過不去的。你會用公司經費請我們吧？」

藤谷問起，荻原深深點頭。

「那當然。誰要各付各的，我才不會自掏腰包哩。」

「你從以前就是不肯掏錢的傢伙。宴會上，你總會藉故上廁所溜走。」

「那是因為啊，你們都會覺得我住家裡，說我比較闊氣，要我多出錢啊。不偶爾溜一下，划不來啊。」

「那時候，大家都沒錢嘛。」

大學時代，我們是同一個英語會話社團的社員。畢業後，立志當譯者的我和進入出版社的荻原偶爾還會見面。對荻原和丈夫而言，這次倒是難得的會面。他們盡興聊起過去的趣事，我不太插嘴，乖乖聽著他們聊天。

「對了，你們結婚第幾年啦？」荻原突然凝視我的臉。

「第四年。」藤谷搶先回答。

「不過，真沒想到不知不覺就這麼結婚了。而且還是你們兩個耶。」

「都什麼時候了，還在說這些。」

藤谷回答得很不耐煩。每當語氣粗魯，就表示他害羞了。

「不辦喜酒也不去度蜜月，只是入了籍也不通知，可以這麼做該有多輕鬆啊。」

「你也可以啊。」

「我跟你們不同，不可能不跟父母、親戚還有公司報喜訊啊。」

「不這麼做，財產、升官可就都不保囉。」

「沒錯。你們已經放棄這些，我的狀況可不同。我只是個俗人啊。」

荻原今天老愛抬槓。他叫住經過的服務生，再點了一瓶紅酒。

「荻原，我不要了。」

「是我還要喝的。水無月妳也要喝吧？」

不是不能喝，但總覺得藤谷心情不太好，我猶豫該怎麼回答。荻原不等我答話，向服務生點了紅酒。

「總之今天就陪我吧。要慶祝水無月啊。今天的帳也可以用出版紀念記在公司上，以後可就沒辦法請你們吃這種大餐囉。」

丈夫無奈點了頭，喝乾了杯裡剩餘的紅酒。

「水無月，以後我們一起加油，翻譯一些暢銷書吧。」
「好啊。」
「怎麼這麼沒幹勁啊。好不容易處女作要問世了。」
「什麼處女作，又不是水無月寫的，只是翻譯，不是嗎？太誇大了吧。」
話一說完，藤谷立刻起身說聲「廁所」，便離開了餐桌。我望著他的背影，直到他消失在店內深處。
「你們兩個，處得不好嗎？」
「什麼？」
荻原問得唐突，我不禁反問。
「氣氛好像不太妙啊。小荻知道吧，他就是這種個性啊。」
「沒那回事啦。」
「是沒錯啦。不過今天好像變本加厲，特別不耐煩啊。他是怎麼了，不喜歡水無月工作嗎？」
「這絕對不可能。他說過他比較喜歡我去工作啊。」
「很詭異喔。」
「真的啦。」
我的確沒有說謊。丈夫藤谷非常厭惡家庭主婦這類型的人，也親口說過不希望我成為那種人。所以果真有什麼事情讓他不高興，應該是我辭掉先前打工的工作，打算專職投入翻譯。
「趁藤谷不在，我要跟妳說，水無月，真的恭喜妳。」
大口大口灌紅酒，已經語無倫次的荻原說道。

「為什麼要趁他不在？」

「沒什麼，我也不知道。總之，水無月妳有才華，靠實力、靠努力，或許有機會大大成名呢。要牢記這件事喔。」

「不用什麼大大成名啦。」

「妳是白痴啊。埋頭苦幹到現在是為了什麼。妳以為這叫內斂含蓄，那就大錯特錯了。我不喜歡水無月這種地方。跟妳老公一模一樣。」

正要反駁時，我看到丈夫從店內部走回來。荻原撇著頭繼續酌酒。藤谷一坐下，荻原故作開朗替他倒酒說：「來來，老公也來喝吧！喝吧！」

醉醺醺的荻原吵著要續攤，藤谷斷然拒絕之後，我們轉乘地下鐵和民營電車回到公寓。時間剛好過十點。一回到家他就脫下西裝，換上運動套裝，從冰箱取出啤酒坐在地板的靠椅上，打開電視邊看新聞邊喝啤酒。

原來他還想喝啊，我看著他這麼想道。心情似乎還沒好起來。和荻原分手後他還沒開過口，便可以印證這件事。這時他突然說話了。

「水無月也來喝啊。」

我換好衣服正要放洗澡水，聽到這句話回頭看了看他。他的臉上掛著微笑。不知為何，不過他心情似乎好多了。我到浴室轉開水龍頭，然後拿著自己的杯子回到客廳。冬天時丈夫總會坐在兼用餐桌的電暖桌[6]前。我在他斜前方的坐墊上坐下。

「荻原那傢伙醉得厲害啊。」

「是啊。」

「我記得他不是那種愛聊天的人啊，雖然讓人請客就不應該在背後說他壞話。」

「他應該是悶了不少壓力吧。搞出版的不會只有光鮮亮麗那一面啊。」

「水無月也要跳進這種業界囉。」

他的語氣有些諷刺。我思索片刻才開口說道：

「這跟我沒關係吧。我只要做好人家交代的工作就夠了，跟過去的打工一樣啊，而且不必通勤，也沒有人際關係的問題，應該會更輕鬆的。」

丈夫看著電視的目光轉向我，然後稍稍笑著說：「也對。」他的笑容讓我鬆了一口氣。太好了，又回到平時的藤谷了。

我從事翻譯工作的動機，原本就是為了這個優點。可以待在家裡，自由安排時間的工作。有別於一組五圓的家庭零件代工，收入稍微好一點，又可兼顧興趣和收益的工作。這就是翻譯。

早在我和藤谷考慮結婚的時候，我就想到這份工作。不過我實在付不起翻譯學校的學費，只好一邊打工一邊利用函授教材苦讀自修。我不討厭讀書，事實上學習翻譯遠比為了討生活所做的打工快樂好幾倍。一方面也是因為辭掉打工，我必須獲得翻譯的工作機會。為此我努力了相當的時日，但不以為苦，現在終於獲得小小的翻譯獎。雖然這個獎不能立即帶給我工作，所幸荻原在大型出版社負責外國羅曼史系列，委派了一份工作給我。獎項雖然小，不過他利用我得過獎的經歷，硬是把我塞進譯者的名單。

---

6 電暖桌：蓋著棉被、桌底有電熱器的桌子。

我好開心。這真是幸運，我打從心底高興。但是我並沒有荻原所說的那種念頭：成為著名譯者、賺大錢。雖然不能說沒有一絲絲貪念，不過我不需要成名，也不要賺大錢，只希望默默持續做下去，添補家用就夠了。我也是這麼對丈夫說的。或許就是因為小荻剛才過分興高采烈，才會壞了他的心情。

「妳已經在做下一份工作了嗎？」

「啊，是啊。大概下個禮拜會和荻原討論，到時候他就會拿給我吧。」

「大概，是嗎？」

這時丈夫仰望了吊在天花板的電燈。閃閃發光、照亮著年輕夫妻客廳的螢光燈。

「上次那件事啊……」

我伸出去要拿啤酒的手，頓時定格在那裡。

「你還在生氣啊？對不起。」

我唯唯諾諾地說。

「沒事啦，都已經過去了，沒關係。不過我啊，還是不喜歡把自己買來的東西拿去賣掉。」

「嗯。我知道了。對不起。」

「等翻譯工作上了軌道，在有一定的收入之前，不應該辭掉打工吧。」

「是啊。」

丈夫在電視機前不停轉台，以像談論天氣的口吻繼續說著。

「版稅什麼時候入帳啊？」

「……不知道耶。」

「這種事要問清楚啊。」

「知道了。我會去問小荻。」

這時浴室的計時鐘響起尖銳的聲響。丈夫留下沒喝完的啤酒杯，起身走出客廳。計時鐘的聲音停了，不一會兒我聽到浴室門打開。獨自被留在客廳的我，也忘了喝啤酒，只能呆愣愣盯著電視畫面。

上次那件事，就是指我擅自把丈夫買的書賣給舊書店。丈夫說的沒錯，或許我是太早辭掉打工了，導致生活費拮据。那時我想出一個點子，想賣掉家裡大量的書籍。不放書都已經夠狹小的公寓裡，堆滿了我和丈夫買來的書，已經從書櫃湧出堆積在地板上。一開始我只打算賣掉自己的書，但在整理的過程中，丈夫幾乎每天買回來的文庫本讓我越看越礙眼。那是著名懸疑作家的量產作品，小說好壞不說，畢竟這些書是讀完即丟的類型。我也看過幾本，每個故事大同小異。丈夫自己也不曾論及其文學價值，只說把它當作上下班或公司午休時間看漫畫那種方便打發時間的東西。因此，他不會重新翻閱這些書，只是買來看，看完就堆起來。於是我決定把這些數量龐大的文庫本賣給舊書店。

舊書店的人到家裡取書，很慶幸挖到這麼多完整如新的暢銷文庫本。雖然如此，收購的價錢卻相當微薄。獲得的錢縱然微少，卻也能支應我們家幾天的伙食費。

那天丈夫回家看到清理得乾乾淨淨的書櫃時，露出詫異的表情。賣掉的書一半是他的，我把賣書所得的半數金額交給他。他不發一語地收下錢，我還以為這件事就這樣過去。那是上個月的事了。

事隔一個月還會提起這件事，表示其實他耿耿於懷。那些書不會再看第二次，賣掉有什麼不對，況且已經沒有地方可以擺了。我就是用那筆錢買了這些啤酒。每晚盡情享用這些啤酒的人不就是他自己嗎？這些念頭掠過我的腦海，但我一句話也沒說。沒有得到對方同意擅自賣掉他人的物品，不論如何解釋這件事都是我的錯。

版稅大概下個月會入帳。為了這段空檔的生計，我原本打算賣掉唱片，但是大部分是我和丈夫合買的，難以分清哪一張是誰的東西。與其又讓他叨念，不如提領所剩不多的存款吧。我這麼想著，喝乾了已經不冰的啤酒。

隔天丈夫的心情不錯。星期六他總是睡到接近中午，有時過了中午還賴在床上，這天卻特別早起，提議趁著好天氣出去散散步。我好開心，急忙換上衣服，擦了防晒乳液。當我正要拿出口紅時，丈夫在身後說：「不用化妝啦。」他不喜歡等人。

我們信步走到車站前，進速食店吃了漢堡，接著兩人並肩緩步朝步行約十五分鐘的河邊走去。丈夫滿喜歡散步的，偶爾會像這樣突然約我出去。去遊樂園吧、去旅行吧、去逛街吧，這些話他絕對不會提，唯有散步是他願意約我出去做的事。對我而言，這是最大的快樂。

這裡開了便利商店呢，那間舊房子不見了，被拆掉了吧，大概會蓋公寓吧……邊走邊閒聊，廣闊的天空頓時出現在眼前。我們俯瞰著水流迂緩的大河川，駐足片刻。徐徐清風吹在微微冒汗的額頭上，感覺很舒服。我們買了自動販賣機的冰涼飲料，坐在河床公園的長椅上。丈夫右手拿著烏龍茶，左手為了支撐身體靠在長椅上。我望著丈夫消瘦的臉頰，不太長鬍子的光滑肌膚配上細長的鼻梁。他瞇起眼鏡下的雙眼，望著河面。

「藤谷君。」

呼。

我不禁叫了他。即使結了婚，我還是和學生時代一樣叫他藤谷君。因為我找不到更恰當的稱

「好久沒有這樣約會呢。」

丈夫直視著前方，無奈地笑了笑。

「已經結婚四年了。這不叫約會，只能算是外出，外出啦。」

我喝著烏龍茶想道：原來是外出啊，也就是說，從今以後我再也不會有約會了吧。

或許是因為好天氣，河床上的公園聚集了很多人。丈夫似乎很滿意自己剛才的話，手指著攜家帶眷的夫妻說：「那是外出。」再指著看似大學生的情侶說：「那是約會。」我指著中年男子和只有二十來歲、牽著狗的女子，問他說：「那一對呢？」看似父女，也像夫妻，又像不倫情侶。

「這很難說。」丈夫笑著說。

丈夫恍恍惚惚地眺望著河川，我默默注視他的側臉。荻原有張娃娃臉，不過出社會之後，相貌越來越符合他的年紀了。反觀丈夫，不論過了多少年，他的臉龐仍和初次相會時一樣，殘留著一股少年的氣息。不過，這或許是因為從大四開始，我們就過著近乎同居的生活，入籍之後更是分秒不離，所以不容易發現變化吧。

丈夫比我高五公分，體重則完全一樣，可說是相當纖瘦的男人。不過他的手掌和腳掌卻異常大，有時候甚至覺得就像個外星人。體毛稀疏，髮色也很淡。入籍時我曾和丈夫的雙親會面用餐，他的父親頂上無毛，禿得精光。想必丈夫將來也會是那個模樣，不過我不會特別對此感到厭惡。我想不管丈夫禿頭或發生其他事，我對他的愛是不會變的。只要他是他，這就夠了。

我們在河床邊發呆了一個小時，而後回到車站前。丈夫說要去逛書店，我則打算到超市買些

東西再回家。我們揮揮手道別。到了傍晚還能再相見，那是一種充滿喜悅的幸福暫別。婚姻生活中反覆無數次的幸福假日。

一進超市，我拿起菜籃在店內慢慢逛著。拿到版稅之前，我必須極節約度日。今天的絞肉和茄子特價，當我正想著晚餐要不要煮個麻婆豆腐時，有人叫住我：「藤谷太太。」

「妳好。來買東西啊？」

在超市裡當然是來買東西，不過我還是微笑地問了她。

「是啊。每天、每天真是煩死了。我正為了今天要煮什麼傷透腦筋呢。」

她家有兩個上國中的兒子，據說食量大得驚人。要是隨便煎條魚，絕對滿足不了他們的胃口，她總是絞盡腦汁想著各式肉類料理。

「剛才看到豬五花肉很便宜喔。」

「真的嗎？那來個生薑燒肉不錯。藤谷太太呢？」

「嗯，可能是麻婆豆腐吧。其他的菜我打算用涼豆腐混過去。」

「豆腐不錯呢。而且啊，豆腐容易有飽足感。」

洗衣店的阿姨是個非常和善的人，可是一開口就說個不停，不過反正我也沒有要緊的事。

「對了，妳最近不常來耶。」

阿姨突然想起她的生意問道。

「不好意思。最近手頭有點緊，所以我在家自己洗襯衫。」

「原來是這樣啊。年輕人真辛苦啊。」

她誇張地表示佩服之後，附加了這句話。

「不過洗兩次當中就會有一次碰到洗衣機洗不掉的髒污，還是送洗比較好喔。我們店是純人工作業，燙衣服的功夫很細膩吧。」

「是啊。我聽妳的。」

我以笑容回應她，鞠躬離去。她的洗衣店保有傳統小店風格，功夫的確比連鎖店細膩多了。如果經濟情況允許，我當然願意每次都將丈夫的襯衫拿去送洗，不過最近發現一件襯衫的乾洗費和一罐啤酒的價錢一樣。啤酒不能在家做，但是襯衫可以在家洗，自己拿熨斗燙一燙就行了，省下來的錢可以為丈夫買啤酒。

前幾天丈夫發現自己的襯衫不是乾洗，而是我自己洗燙的，問道：「怎麼了？」我回答：「我想要賢慧一點啊。」他誇獎我：「很用心嘛。」但是過了幾天，他卻警告我燙衣服的方法。於是我到圖書館借閱主婦雜誌，研讀「燙衣妙招」，並且練習燙衣服。要燙出丈夫滿意的樣子需要花很多時間，要是不燙，注重打扮的丈夫又絕不肯穿免燙的聚脂纖維襯衫，明明知道這種襯衫比較便宜。儘管如此，我不會因為為了一罐啤酒，需要犧牲時間努力燙衣服而不高興，搞不好當中還有一種犧牲奉獻的喜悅。

我不知道丈夫的收入是多少，只是每個月向丈夫拿固定金額。這是我們之間的習慣，從大學畢業那年春天開始同居之後，一直持續到現在都是這樣。每個發薪日他會拿出比租金多一點的錢給我。他的意思是：住的費用我來出，伙食就由水無月負責。

我們的關係是平等的。但是為了湊出伙食費、每天的生活費、訂報費、內衣、被單、婚喪喜慶費，以及翻譯的函授教材費，我得犧牲自己的睡眠和看書的時間。我們是雙薪家庭，在工作上是平等的，但丈夫卻連個碗也不肯洗。有一次他要去上班的時候，請他替我倒垃圾，他卻冷冷地當作沒聽到。

因為正在特價，我在超市買了衛生紙和面紙，辛辛苦苦提著大包小包回到家。一起床丈夫就說要去散步，所以棉被鋪著沒收。我收好棉被，拿出吸塵器清掃整個房間。廁所和浴室也清理完之後，總算可以稍做休息。差不多是晚報送到的時間了，不過我還是大致翻了一下早報，然後起身煮晚餐。打開米桶，我才發現白米剩不多了。丈夫對菜沒有太多意見，對米飯卻很囉唆。他不要吃普通米，喜歡吃好品牌的高級米。我邊洗米邊想，又要花錢了。

峇里島之行遠比想像中開心多了。

事實上，我沒去過其他國家，所以無從比較，不過非常滿意那個濕氣很重的小島。出國前，我心想無論如何一定要扮演好大師的跑腿角色，還因為擔心自己做不好而拚命用功讀了導覽書。一到那裡，才知道沒什麼大不了。一開始我聽不懂高級飯店接待員說的英語，驚覺自己的聽力如此薄弱，不過很快就習慣了。顯而易見，我在這裡比在日本開朗自在。大師的任性或旁若無人的舉止完全不會影響我的心情。連我自己都很納悶心情怎麼會這麼好。

「如魚得水唷。」

我從游泳池上岸，正要拿起海灘椅上的毛巾時，大師對我說了一個平凡到有些諷刺的評語。

「會嗎？」

「妳也會有這麼生動活潑的表情啊。那麼喜歡這裡啊？」

「是啊。我很開心。」

峇里島悶熱的天氣和日本的夏天沒兩樣，稱不上是舒適的氣候，不過空氣裡似乎滿溢著大量氧氣，讓我的呼吸自在許多。鮮嫩的草木和假花般的原色花朵，餵養在飯店大廳、與花同色的鸚鵡，充滿活力、游動不停的澳洲年輕人和靜靜躺在躺椅上的歐洲老夫婦，訓練有素的飯店印尼服務生。不過一出飯店，看來還像小孩的褐色皮膚小販便會簇擁上來。每一件小事都讓我感覺新鮮，開心得不得了。

和在京都的時候不同，大師整天只懶洋洋地躺在飯店陽台或游泳池邊發呆。只有晚上他才會摘下深色墨鏡，白天時要是完全不動，我也難以分辨他是醒是睡。為雜誌採訪隨行的出版社人員只停留了三天，只有在這段期間，他才回復平時活潑的模樣，但即便那時他的樣子都有些勉強，我心想他可能積勞太久了。和採訪小組在一起時，我還是會裝出祕書的樣子，不過其實我沒有什麼工作，因此大部分時間都在泳池或房間裡獨自度過輕鬆自在的時光。沒多久我就把從日本帶來的文庫本看完了，泳池邊的酒吧放了一些旅遊者留下的舊書，索性隨便挑了幾本看。

工作人員回去之後，大師又不多話了。對我來說，他安靜一些比較方便。彼此不談論任何事情，只是眺望著藍色泳池和泳池那一端的海，讓我感覺恍若置身天堂般幸福。明天我們就得回日本，現在心情就像禮拜天晚上的小學生。

「妳可不可以去幫我買個飲料？」

我以為他在打瞌睡，他卻突然開口。

「好啊，你要喝什麼？」

「妳剛才喝的那種鮮豔熱帶飲料。」

「很甜喔。」

「沒關係。」

我起身圍綁上昨天小販硬推銷給我的一塊布，走到泳池邊的酒吧。陽光直射在肩膀和背上，剛開始我還會勤擦防晒乳液，現在已經不在乎了。

在這裡待了幾天，酒保已經認識我，我向他點了兩杯邁泰。酒保有著褐色的肌膚，身穿亮眼的純白襯衫，笑咪咪地調飲料。

「他是妳爸爸嗎？」

他似乎正在學日文，總愛刻意對我說日文，上次還用法文接待法國人，真是了不起。在這裡，多國語言能力關係到待遇吧。

「不是。他是我的老闆。」

我配合他的聽力，減緩說話速度。

「社長先生嗎？」

「是的。我是助理。我跟著他一起來休假。」

酒保又親切微笑，遞出擺滿花朵裝飾的鮮豔飲料杯。「Enjoy！」他加了一句。

Enjoy，是吧，我在心中反覆想著這個字。想想，活到現在，從來不曾享受如此由衷的快樂。雖然有個唯一的疙瘩：花的不是自己的錢，而是社長先生的。

總之，成長的過程中，我不曾體驗過玩樂。看書是我的興趣，當然也會聽一些流行音樂，不過從沒想過像大師那樣享受食衣住行或旅行。大師無法忍受我從東京帶來的樸素泳衣，在飯店選了一件橘色的亮麗款式要我穿上。雖然有些難為情，不過其實我也很喜歡這件泳衣。或許這裡幾乎看不到日本人，我比較放得開吧。趁著大師受訪時，我跑到飯店的沙龍擦上和泳衣同色的指甲油。對現今的粉領族來說，這或許不足為奇，卻是我極度奢侈的享受。

我拿著飲料走過泳池邊，大師依舊戴著墨鏡轉向我。染了一頭金髮，壯碩的體格晒得很黑，耳朵上還有個耳飾，遠看真像個國籍不詳的怪異男子。

「我們又被誤認為是父女呢。」

我微笑著將熱帶飲料遞給他。

「陽子和千花那時候也是啊。不過他們都清楚這是情婦啦。」

他嘴角露出諷刺的笑意，含住凸出在花朵中的吸管喝起飲料，然後皺著臉說：「好甜。」

「不過很好喝吧？」

「是啊。的確有水果的味道。」

「陽子小姐和千花妹妹是跟你去哪裡呢？」

我刻意維持一種可以和他輕鬆閒聊其他女人話題的關係。這並非出自嫉妒心，而是我希望劃除話題中的一切禁忌，成為他最親近的人。

「陽子是巴黎，千花是塞班島。兩個人都說再也不要跟我出遊了。」

「為什麼呢？」

「因為我會耍任性吧。」

我沉默地繼續喝飲料。大師的確很任性，但是世界上有哪個男人不任性。

「你和太太的蜜月旅行去哪裡呢？」

「新喀里多尼亞。」

「哇！好棒喔。」

「哪天我也可以帶妳去啊。同樣是海灘，和亞洲的海灘完全不一樣。那個地方很棒，不過帶我老婆算是失策呀。」

大師的話開始多了，精神似乎也好了一些。

「為什麼呢？」

「我得照顧她呀。她可是女王呢。」

「是喔。」

真是令人意外，竟然有人敢指使這個男人，太座果然不簡單。

「和美代子小姐是去哪裡？」

雖然心想是不是該避開這個話題，不過單單不問她又有些奇怪，於是我還是問了。

「美代子啊……我和她去了好多地方。」

他深深嘆了一口氣，慵懶地轉了轉脖子。

「無精打采的。是不是比較希望帶美代子小姐來呢？」

為了不讓這句話帶有任何諷刺，我笑著對他說。

「不是這樣啦。比起老太婆的泳裝，妳的樣子好看多了，更何況妳會打理一切又會英文，我索性不必做任何事。我很慶幸帶妳來啊。」

「可是你無精打采啊。」

「不是沒精神，應該說我是在放鬆啦。」

大師脫下拖鞋，用手指揉了揉眉間，這樣的動作讓他看起來有些老態。

「美代子說，她要結婚了。」

我嘴裡含著熱帶飲料的吸管，驚訝地睜大了眼睛，心想幹得好！我偷偷在心裡比出勝利的手勢。

「沒想到她是會結婚的那種女人呀。其實啊，老早以前她就說過想和我共組家庭，不過我總以為那只是嘴巴說說罷了，這女人其實只希望在男人堆裡周旋一輩子，結果猜錯了。真沒想到到了這把年紀，她還會和其他男人結婚。如果這是一種報復，早在年輕的時候她就做了。大概是老了寂寞難耐吧。」

連他自己都難以整理這個情緒似的，這也無可奈何。對他而言，美代子雖然時而令人厭煩，但她的存在想必是再自然不過了。雖然礙眼，卻又理所當然在身邊的存在。換言之，無論如何，她的存在都比戶籍上的少太太來得親近多了。而這樣一個女人卻離他而去，不受打擊才奇怪呢。

「心裡一定很難受吧。」

我由衷地表示哀悼。

「也是啦。聽說連她的店都收起來，要搬到男人的公寓去住了。她說偶爾出來吃吃飯，不過我想最好不要再見了吧。」

「不會啊。吃個飯有什麼問題。」

「不要了吧，還是怪怪的。最後一次見面的時候，她變得好美喔。她那總是凶狠的眼睛變得好柔和，一臉泰然的表情。我們剛認識的時候，她的父母親欠下大筆債務，她拚命替他們還債，真的好可憐，一度還認真考慮要不要到泰國浴店去上班呢。我想如果錢可以解決問題那就好辦，所以替她出了不少錢。還清債務之後，換我老是做對不起她的事。可是啊，她卻說：雖然有過痛苦，但是現在只會想起幸福時光的回憶。她以為她在留遺言啊，搞什麼嘛。」

這的確是美代子的最後通牒吧。就算目中無人的他也了解這一點。

「這個打擊比前任老婆對我說的話還重。」
他重新調整墨鏡，一邊嘆著氣說。他的話語中不經意透露了往事，前任老婆也對他說過類似的話嗎？
「還好有妳在。」
話鋒突然轉向我，讓我有些心虛地低下頭。
「雖然是個怪女人。妳看的這種書有趣嗎？」
大師拿起遮陽傘下放在桌上的原文書。
「而且還全都是英文。」
「還滿好看的呢。」
「喔，是什麼樣的故事？」
這本被留在海灘酒吧的書，讓從泳池上岸的人濕答答的手翻閱了無數次，再加上日晒，已經破舊不堪。書上沒有注明作者背景，我也不清楚這位作者是誰，不過從名字判斷，應該是東歐一帶的作家，再由英國人翻譯成英文。這本書無法歸類為純文學或是娛樂小說，內容是相當奇妙的故事，性愛場面不少，說下流還挺下流的，不過卻有一種莫名的真實感，算是一本能夠打動人心的小說。
「故事在說爸爸愛上女兒。」
「是呀。」
「這個父親有一天突然驚覺自己的性趣從妻子轉向女兒，他深信自己是個正常且平庸的男人，所以無法接受自己的轉變，他的妄想也就越變越誇張。」

我把大致的劇情說給大師聽。起初還有回應的他，漸漸沒了反應。沒多久，大師的脖子微微地仰倒在海灘椅的椅背上。

我看著泳池悠悠蕩蕩搖晃的藍，以及海與天空描畫出漸層的藍。心想再游一回吧。離禮拜一還有一段時間呢。

丈夫是個不會說「謝謝」和「對不起」的人。

我不清楚上班時如何，至少和我在一起的時候，他不會把感謝和道歉說出口。不過我沒有因此特別不滿。吃飯時他說的「開動了」、「吃飽了」，在我聽來是一句「謝謝」。喝酒到清晨才回來時，他那尷尬的表情在我看來是一聲「對不起」。我要自己這麼以為，也要自己相信是如此。

「不好意思，上個廁所。」

大師在回程的飛機上狂飲了啤酒及威士忌後呼呼大睡，這時卻突然起身從窗邊的位子穿過我的面前，搖搖晃晃走到通道上。我呆呆地望著他向擦身而過的空姐搭訕了幾句。

飛機內的噪音吵得驚人。大師說很快就習慣了，可是這聲音還是讓我心煩得受不了。我告訴他自己在去程飛機上完全睡不著，於是他向空姐借了耳塞給我，戴上耳塞確實有些效果。不過儘管灌了不少酒，我仍然無法入睡。大師已經讓我坐商務艙，我沒資格再抱怨什麼，但就票價而言，這個座位也沒多寬敞。我全身僵硬，喉嚨因為乾燥而刺痛，沒法集中精神看機上的電影或雜誌，只好無奈地取下耳塞戴上耳機。我轉到流行音樂台頻道，閉上眼睛沉思。

這個世界上，有人可以坐上頭等艙，直直伸展身體熟睡，用金錢獲得舒適的旅程。我這輩子都不會有這樣的享受吧。就算中了彩券，我還是覺得頭等艙太奢侈，不敢去享受。這就是所謂的安分。

丈夫也是如此。他常把「安分」兩個字掛在嘴邊。過清靜寡欲的生活，我們在這一點的看法上是一致的。衣著打扮講求整潔，對書要捨得花錢，除此之外的奢侈則是無謂的，這是丈夫常說的話。我們只有在發薪日可以犒賞自己去吃壽司或烤肉。當然不是什麼高檔的店，不過我還是很開心。當時是幸福的，這點無庸置疑。不過現在回想：奢侈並不是無謂的，只是我們身上沒那麼多錢罷了。其實誰不想坐頭等艙，只是沒錢坐才會嘲諷別人「無聊」。我是如此，我想丈夫當時也是這種心態吧。

一直以來，我闔上蓋子，極力不讓自己回憶或想起離婚的丈夫。但認識創路功二郎之後，回憶他的次數卻突然增多了。

我告訴自己不要比較這兩個人，卻不由得想起。比了又能怎麼樣，講白了他們的年紀及成長背景都差太多了。我卻不時喜歡比較這兩個男人。藤谷比較溫柔，待人處世比較圓滑、有分寸，不會得寸進尺；身體也比較瘦小纖細、乾淨整潔；總是挺直身腰，手指細長得很美；說話態度很客氣，性情細膩又敦厚，絕不會大聲怒斥別人。

但如今我才明白丈夫有多幼稚。當然，我必須承認，在年紀上，創路功二郎比他足足大了二十多歲，然而丈夫還是太幼稚了。我知道大師是個旁若無人又毫無分寸、自我主張相當強烈的糟老頭，但還是認為大師比較成熟。這是為什麼？我還無法點出其中的差異。大師能夠坦率面對自己，絕不會忽視或逃避自己的感受。對自己有用的人積極收攬，礙眼的則一腳踢開。相較之下，丈夫就像只會鬧彆扭、背對現實的小孩。

頭越來越疼，我用手指揉了揉太陽穴。

儘管如此，我還是愛著孩子般的丈夫。今生不會再相遇了，但我仍然愛著他。為什麼我會對一個毫不起眼的平凡男子念念不忘呢？就算想破頭，還是沒有答案。

大師還沒從廁所回來。當我察覺時，他已經離座將近二十分鐘了。搞不好跑去跟剛才那位空姐搭訕了。起了這樣的猜測，我卻沒什麼嫉妒的情緒。若是這樣的事發生在丈夫身上，我一定坐立難安，二話不說立刻衝去找他。想到這裡覺得好笑，頭痛似乎也緩和了一些。

「妳一個人在笑什麼？」

我聽到聲音抬頭一看，大師突然出現在眼前。

「沒什麼，只是頭有點痛。」

「頭痛就會笑啊。真是古怪的傢伙。」

他將視線移往通道的另一邊，對著某個人招手。果然不出我所料，剛才那位空姐帶著甜美的微笑出現。

「我的朋友說她頭痛呢。」

「您還好嗎？要不要拿藥給您呢？」

看似年輕卻又莫名嫵媚的空姐問我。她對我展現的微笑，和面對大師的笑容分毫不差。「那就麻煩妳了。」我也對她笑了笑。大師似乎對這個場面相當滿意，一臉欣然自得的神情。

空姐給我的藥開始見效時，飛機已經平安降落在成田機場。入境取了行李後，大師對我說：「妳如果很累，我們可以把車留在成田，搭電車回去啊。」我把他這句言不由衷的體貼話語當作耳邊風，走出通關一看，發現有個人在迎接我們。

孤零零一個人、穿著制服、手裡還拿著學校書包、愁眉苦臉站在那裡的，正是千花。

我再次奉令待命，像隻狗一樣待在飯店地下停車場等他。

大師要我停車之後到大廳等，但我不願意待在有人的地方，只好放下遮雨篷留在車上。我的額頭貼在方向盤上，整個人像在躲什麼東西一樣縮得小小的。

從成田開往市中心這家飯店的路上，千花盡是哭哭啼啼地在後座抱著大師。大師雖然嘴裡說「別再鬧啦」，還是體貼地抱著她的肩膀安撫她。一到飯店，兩人就上樓去了，到大師長期租住的那間雙人房。

如果大師不要我等，叫我回去，或許會好過一些。我盯著垂下的髮梢這麼想道。大師擁有好多小羊們，當然我很清楚他會和這些小羊們上床，但「我要去打一炮，在這裡乖乖等著」，如此露骨的態度還是令我難受。

但是儘管難受，我無法動怒，也沒法回去。我唯一能做的事，就是乖乖等他回來。有一輛車駛進，它的車頭燈猶如探照燈般，瞬間照亮了車內。低著頭的我在髮梢上發現了分岔，我用手指輕輕地拉動。頭皮上有拔起頭髮的觸感，一根毛髮就這麼掉了。

我沉迷於找分岔好一段時間。我先脫下鞋子，腳放在座椅上，找出分岔就拔頭髮，每拔一根頭髮便瞄一次車上的電子表。才過一個鐘頭。再怎麼說，最少也要花上兩個鐘頭吧。

不過，沒拔上幾根頭髮，放在前座的手機便突然鈴聲大響。我嚇得差點沒跳起來，戰戰兢兢地撿起手機按下接聽鈕。

「是我。」

大師粗魯地說。

「千花下樓去找妳了。」

「是。」
「麻煩妳送她回家好不好？」
「是可以啦，不過大師您呢？」
「我要住在這邊。送完千花，妳也回來這裡吧。今天妳和我一起在這裡過夜。」
當時我不安的情緒漸漸膨脹，就像缺氧的金魚，大師的這句話讓我重獲生機。要是他說：我要和千花過夜，妳自己回去！我可能會繼續留在這裡，不停拔分岔吧。
「千花妹妹怎麼了？還好嗎？」
恢復平靜的我這麼問道。
「啊，沒事、沒事。不過妳也稍微安慰她吧。」
「你說安慰是要……」
電話突然掛斷，我不禁咋舌。關鍵事他總是絕不肯告訴我。這時我看見車陣另一端的電梯門向左右開啟，一個女孩的身影朝我走來。我張大了嘴，望著那強而有力的步伐。
千花毫不猶豫地大搖大擺走向車門，也不看我一眼便坐進前座。她逕自按下按鈕，打開遮雨篷，然後說：「二子玉。」
「什麼？」
「我家的位置啊，妳不是要送我回家？」
「啊，是的……嗯，不過二子玉是指……」
「二子玉川園。」
千花不耐煩地說。剛才她還哭哭啼啼，現在卻判若兩人。她的態度實在太惡劣，連我也動了火氣，不發一語發動了車子。之後千花沒再開口，手臂靠在車門邊，撇著頭吹風。她的眼皮有些紅腫。

「妳，和大師處得怎樣啊？」

千花這麼問起時，我們正好在二四六號高架橋上接近三軒茶屋的地方。平常稱我水無月小姐，現在卻改口叫「妳」，她的轉變有兩種可能：不是心情糟到極點，就是過去她只是裝傻賣乖罷了。

「妳說怎樣，我也不知道該怎麼回答……」

「處得不錯嗎？」

「是馬馬虎虎啊。」

「不要跟我那麼客套啦！惹人厭的女人！」

千花狠狠吐了一句。剛好號誌燈轉紅燈，我忍不住看了她。素淨的制服配上圓臉稚嫩的五官，好一個清秀的少女，讓我不得不懷疑剛才那句話怎麼會從這個女孩的口中發出來。

「妳發生什麼事了嗎？」

「沒有一天會沒事的。」

她不屑地說。我厭倦了和千花的交談，轉了轉脖子。忽然，我和橫越斑馬線看似上班族的男子四目交會。這時我才發現，不論路上或車道上，都有無數雙眼睛在注視著我們。開這麼拉風的車子，難怪引人側目。我以為最近已經習慣了，不過仔細想想，這麼炫的車，上面坐的竟是我這樣樸素又土氣的人和穿著制服的女高中生。你說人家會怎麼想呢？

號誌燈轉綠，我開動車子。我心想，乾脆用力踩油門呼嘯而過好了，卻沒那麼大的膽子，只能緩緩開在左線道上。路過的每個人都目瞪口呆地望著我們的車。

「可不可以拉起遮雨篷？」

我問正悶著氣、把頭撇到另一邊的千花。

「為什麼？」

「沒什麼，只是覺得很醒目啊。」

「上次對我說妳又不是什麼招人圍觀的大明星的人，是妳耶！」

我本來想回答：不是妳顯眼，而是車子，但沒說出口。

「肚子餓了。」

千花不悅地說。

「那麼，您要不要找一家店用餐？」

糟了，我還是用了敬語。

「跟妳啊？」

我思考了一會兒。

「我在外面等妳，千花一個人去吃點東西，好嗎？」

「我才不要一個人進店裡！」

我把力道集中在太陽穴上，絞盡了腦汁。

「麥當勞的得來速好不好？在車上吃不就行了？」

這次換千花在思考。約一分鐘後，她小聲地說：「就這麼辦吧。」

我們在麥當勞買了漢堡、炸雞之類的食物，然後把車停在停車場的隱密角落，拉上遮雨篷吃了起來。仔細回想，幾小時前吃過機上的餐點之後，我就沒再吃東西，也的確是餓了。這一瞬間，我才想起：對了，我才剛回到成田機場呢。時空的感覺已經錯亂了。

「峇里島怎麼樣？」

嚥下麥香堡和雞塊之後，千花開口問起客套話。肚子飽了，心情似乎也好轉，果然還是個小孩，頓時覺得她還滿可愛的。

「天氣雖然悶熱，不過是個好地方唷。飯店很美，但又不會過度雕琢，東西也很好吃。」

「跟去的人是妳，大師可樂了吧！不會鬧脾氣，又愛照顧人，而且還可以上床。」

千花的語氣並沒有特別帶刺，大概是真的這麼以為吧。

「我就不行了。我不可能去照顧男人。」

「那當然囉。」

「為什麼當然？」

「因為千花是藝人啊！」

我這句無心的話，讓千花有些驚訝。她咬著奶昔的吸管，我以為她在沉思什麼，卻又突然聽到她開口說：

「我已經決定換公司了。」

我並不驚訝。大師之前已經提過，而且我也舉雙手贊成。

「換到哪裡？」

千花說的那間相當具有知名度的經紀公司，連不熟悉演藝圈的我都知道。

「很不錯啊！我想到那邊，機會也比較多吧。」

千花點了頭，然後一副事不關己的樣子說：

「第一份工作是露毛寫真集。」

我停下拿著條的手。剛才在哭是因為這件事嗎？

「……妳可以接受嗎？」

「當然可以啊！」

千花笑得很燦爛，腿抬到座椅上。

「我還要謊報年齡呢。為了成名，我願意做任何事啊！」

我心想，妳高興就好。那是我完全無法理解的價值觀，不過卻有些羨慕她。不管千花也好大師也好，他們為什麼能夠如此率真、毫不膽怯地表現自我呢？這些自信是哪裡來的呢？

「大師說了什麼嗎？」

「大師？我沒跟他說啊。發行之後讓他大吃一驚，不是比較過癮嗎？」

「那麼……剛才你們是去談什麼？」

「沒談什麼啊。只是去打一炮而已。」

我正在替她收拾散落一地的紙屑，這時不禁抬頭看她。她一臉輕鬆的笑容向下看著我。

「我會哭是因為這個。」

千花拿起丟在腳邊的書包，取出一個東西放在我的腿上。那是一份八卦報紙。我打開一看，一整面大大並排刊登了最近走紅的年輕男演員和少女偶像歌星的照片，上面以斗大的字眼寫著：

「公開熱戀」。

「妳該不會和這個人交往吧？」

千花果然點頭了。

「我覺得不甘心，心裡亂成一團，便想是不是和大師上個床就可以平靜一些，不過做完卻有些空虛。」

她爽朗地跟我說「空虛」，我不知道該怎麼回答。

「向大師哭訴之後，我才明白一件事。要是不甘心，就得努力成為眾星拱月的大明星！怎麼可以這麼輕易讓那個糟老頭上我呢！我不再貪玩了。等我成功再玩。我也要離開家裡，不再讓母親插嘴干涉我！」

她的話雖然顛三倒四，總之是有所成長了。令人心疼，我這麼想道。但另一方面，我暗自慶幸又有一隻小羊要離開大師了。

千花把雙手靠在車子的控制台上，仰望麥當勞的巨大M字招牌。我在她身旁盯著幽暗中發光的儀表板。

「加油囉。」

我說。千花只是用鼻子「哼」地發出冷笑，沒回應我的話。

從峇里島回來之後，大師給了我三天休假，我難得在家過過悠閒的日子。大師想必正在趕峇里島遊記，沒有與我聯絡，我就在家洗洗衣服、清掃屋子和採買食物。

獨自一人的悠哉假期最後一天，我靠著軟墊看了整天的書。看完之後，我把書丟在一旁，懶洋洋地躺在地板上。陽台外的遠方，閃爍著秋意濃濃的午後陽光。

如此平靜又安詳的心情，已經好久不曾有過。

幸福，就這個意義層面而言，擁有婚姻時遠比現在幸福幾十倍、幾百倍。不過，現在的我十分平靜。創路功二郎有一天一定會厭倦我，離我而去。我相當確信這一點，但不知為何我的心非常安定。銀行戶頭裡有一筆可觀的存款，就算今天被大師炒魷魚也可以熬過一陣子的金額，我想這也是平靜的原因之一吧。

想著想著，我不知不覺躺在地板上打起瞌睡。這時有人用力按了玄關的門鈴。不只一次，接二連三叮咚叮咚響個不停。我疑惑地走到玄關打開門，外面站了兩名男子，穿著看似搬運公司的工作服。

「水無月小姐嗎？」

「是的。」

「我們是來送貨的。」

「送什麼？」

「您訂的沙發。」

說完，男子便脫下球鞋，逕自走進屋內。他環顧了客廳，神情嚴肅地問我：「您希望放在哪裡？」

「……哪裡，我也不知道……」

「這邊呢？剛好在電視前面。」

「好啊……」

男子只用眼神對另一個較年輕的男子傳達「這裡」的意思。年輕人先自行將放傳真機的小書櫃移到窗邊，然後兩人留下愣瞪瞪的我衝到外面，不一會兒功夫就扛著大沙發出現在玄關。他們小心翼翼地通過窄小的玄關和廚房，沙發被放置在客廳裡。「請在這裡蓋章。」男子說。於是我依他們所說地蓋下快速印章。兩名男子沒留下任何說明，便從玄關消失了蹤影。

寂靜無聲的房間彷彿未曾發生任何事，卻有著異於往常的痕跡。房間裡留下鮮豔得令人傻眼的橘色沙發，酷似大師在峇里島買給我的泳衣的顏色。

好一段時間我無法做任何事，只能呆站在房間裡。但是，我又像隻擁有強烈戒心但充滿好奇的野貓，躡手躡腳靠近沙發坐上去。

沙發遠比想像中舒適。第一次我只敢試坐片刻，第二次就深深放下腰，頭靠在椅背上。很舒服，很適合看書。接著我試躺在沙發上，左右扶手剛好在脖子和腳踝的地方，這又是設計得恰到好處。不論看書或睡午覺都再好不過的好沙發。我拿起剛才看完的書，躺在沙發上試著讀了幾個字。太棒了。我終於明白過去看書的姿勢多辛苦。

不過，心中頓時閃過一個疑念：毫無預告就送上門來，這未免太誇張了吧。

這時頭上的電話響起，我嚇得從沙發上跳起來。如我所料，電話那一頭是創路功二郎，他喜孜孜地說：「車子交車了，過來看吧。」

「沙發也剛到呢。」

「啊，真的嗎？怎樣？不錯吧。」

「……很不錯啊。」

「車子也不壞呢。妳家附近很難找到停車場啊。可能得走一段路，便利商店前面一點的地方不是有個小學嗎？」

「對。」

「那所小學附近有家酒商，就在它隔壁的停車場。我在這裡等妳，趕快過來吧。」

大師說完，我還沒回答，電話已經掛掉了。

「太慢了。」

大師站在停車場入口，我上氣不接下氣，禁不住蹲在大師面前。

「我、我還用跑的過來呢。」

「妳是烏龜啊。」

我心想，是你的說明不夠仔細。找到小學，卻始終找不著他所謂小學附近的酒商。

「先別說這個，來吧！」

我好不容易站起來，大師拿出一個東西給我。我拿來一看，那是一把還沒掛上鑰匙圈的車鑰匙。

「送妳的。」

「哪一輛呢？」

鋪著碎石的停車場裡停了五輛車。一輛是寫著酒商名字的箱型車，另一輛則寫著不知是什麼公司的營業用房車，剩下三輛。我指向其中一輛最新的車。

「該不會是那一輛吧？」

「什麼叫該不會是，不喜歡啊？」

「不……真是謝謝您。」

對不太懂汽車的我來說，那是一輛相當氣派的跑車。金屬灰的流線型車體，稱不上是大車，但絕對不小。

「妳說什麼要國產的、容易操控、低耗油，盡是一些窮酸的要求。所以啊，我把妳的話照實告訴經銷商朋友，他就拿這一輛來啦。」

我靠近車子仔細瞧了瞧，這的確是國產車。雖然對我而言是氣派的，不過開著這輛車，我的確再也不必困擾在二四六號高架橋上遭人側目了。

「不過那個……大師啊。」

「妳的口頭禪是『不過』或是『那個』，對吧？」

一身寬鬆棉質褲和T恤打扮的大師，強忍哈欠說道。他的鬍碴長出來了，或許是睡眠不足，眼眶也泛紅。

「我真的可以收下嗎？沙發和車子都可以嗎？」

「是我要的，所以買。」

他的回答實在是直截了當，我無話可答。沒錯。沙發是為了大師到家裡休息用的，汽車是為了讓我接送大師用的。

「那就來第一個任務吧。我還有工作，可不可以送我回家？」

我生硬地點了頭，把鑰匙插進車門，一輛不知是大師的還是自己的、身分不明的車。我坐上尚未撕下塑膠套的車座，繫上安全帶，發動引擎，小心翼翼踩下油門，車子緩緩開動了。

「如何？」

從巷子開進國道時，大師問起。

「很不錯。」

「那就好了。」

賓士確實好開，對我而言卻似乎過於豪華。這類級別的輕便車比較適合我。不過話說回來，這輛車想必有一個令我咋舌的價格吧。

「啊，麻煩妳不要往那邊，直走好嗎？」

我為了爬上上坡路打了方向燈時，大師說道。我急忙按掉方向燈。

「順道到賣場好嗎？」

「啊，是。」

一路直走就會到達大賣場，那是這一帶住戶週末採買的地方。

「去買東西嗎？」

「是啊。我老婆去買。」

點頭點到一半，我看了大師一眼。他絲毫沒有在意的樣子，愉快地哼著歌。

我把車開進大賣場的巨大停車場，尋找車位。由於是禮拜天，停車場近乎全滿，很難找到空位。好不容易找到的空位，也盡是我的開車技術無法停進去的怪位置，我假裝沒看見，為了尋找容易倒車的車位，在廣大的停車場繞來繞去。大師則坐在一旁，拿著手機和太座通電話。

「對啊，剛到。沒有啦，因為停車場很塞，還沒辦法停車呢。」

大師的聲調和平常全然不同。由於太注意他，我把左邊的保險桿擦到停在一旁的車子。嘎的一聲，害我差點沒了心跳，慌慌張張環顧四周，幸好沒人看見。

「什麼？還要那麼久啊！芒果布丁？那種東西不一定要今天買吧。」

這時正巧看見有一輛車離開容易停車的車位，我急忙把車停到那個位置。

「啊，剛停好了。我在這裡等妳，盡量快一點。」

大師掛斷電話說：「到底要買幾個小時才夠啊！」邊發牢騷邊下車。我慢慢吞吞解開安全帶，打開車門走到外面。大師靠在引擎蓋上點了菸。

「那個……大師，我……」

大師用「幹什麼」的不耐表情看我。

「我可以待在這裡嗎？」

「妳不在怎麼行啊！不然誰要替那傢伙把大批採購物品搬回家呢。」

「不過那個……」

「不用擔心。我已經跟她提過妳了。」

他說得一派輕鬆，我聽得目瞪口呆。提過？到底提了什麼呢？不，沒什麼好煩惱的，我可是創路功二郎的祕書呢。對方不管是活動公司的工作人員、出版社的編輯或是大師的太座，保持一貫的態度就行了。我試圖說服自己。

我們在那裡等了二十分鐘，創路功二郎的正牌老婆總算推著載滿了東西的購物車從賣場出口出現。大師眉頭也不皺，對妻子笑著揮手說：「這邊、這邊。」

「真是不好意思。」

太座推著購物車到我們的車旁。她的動作和她的話正好相反，絲毫沒有匆忙的樣子，緩緩走了過來。她的確是初夏那一天，和我在公車站擦身而過的女人。皮膚白皙，宛如優雅大小姐的丰采。不過她沒有我記憶中那麼美。會不會是因為她襯衫和棉質褲的打扮，地點又是在賣場停車場的緣故？看來不過是個有些姿色的平凡人。

「真抱歉，讓你們久等了。結帳區大排長龍呢。」

她對著我說道。她那從容而溫婉的聲音及微笑比較像是中年婦女，感覺不到惡意。

「水無月小姐，麻煩妳打開後面好嗎？」

聽到大師叫我，我才回過神來。我急忙拿起鑰匙打開後車箱。我們一個接一個把太座的好幾個購物塑膠袋移到後車箱。我一邊動手，一邊想到剛才大師叫我「水無月小姐」。一如往常，每當有工作人員在場時，他總會這麼叫我。我不曾為此受傷。就算在太座面前這麼叫我，我也和平常一樣平靜。

搬完東西之後，大師和太座便理所當然地坐進車內。坐在後座的她開始對我說話。

「您是水無月小姐對吧？平時外子承蒙您照顧了。」

「哪裡。我才常常麻煩大師呢。」

「聽說您住在這附近啊。」

「是的。在小學後面。」

「是嗎。真是麻煩妳了。我不會開車，外子會開卻沒駕照。」

這時我們三人不約而同笑出聲。和樂融融得如此虛假，害我差點沒暈眩。

汽車上坡之後，沒多久就抵達大師的家。接著我幫忙他們搬下東西。他們家的愛犬陽子隔著圍籬看著我們，不停搖尾巴。

「進來坐坐，喝個茶吧。」

太座親切爽朗地邀請我。大師則裝作沒聽見，提著塑膠袋只管往玄關走去。

「不用了，怎麼好意思。」

「什麼叫怎麼好意思！我想謝謝妳呢。上來坐一下也好。」

她用水汪汪的純潔雙眸凝視著我，被她這麼一看，我差點招架不住。

「我待會兒還有約，真是不好意思。」

「喔，這樣啊。」

「那麼我先告辭了。」

我匆匆離開現場，滑進駕駛座。有種不祥的預感，是不是我想太多了。發動引擎，無意間抬頭一看，發現太座正隔著玻璃緊盯著我的臉。我平復驚嚇的情緒，若無其事地搖下車窗。她會對我做什麼？我腦中閃過美代子那件事。

「今天真是謝謝妳了。聽外子說妳和我同年，所以一直希望能和妳聊聊呢。下次務必在我家好好坐一坐吧。」

她的口吻聽不出絲毫惡意，我勉強擠出笑容回應她，然後點個頭移動車子。我瞄了一下後照鏡，看見太座揮著手，大師則站在太座後方兩手插在口袋裡背對著我。

後來回想，這是我和大師關係最穩定的時期。

每週有兩個早上，大師會走下坡道（他雖然討厭上坡，不過似乎並不排斥下坡）到我家，然後我開著大師買給我的車，兩人一起到市區。我會送大師到工作地點，視工作上的需要，有時陪同大師扮演祕書一職，或者找個地方待命。回程也由我接送大師，然後隨便找個地方吃飯或到我家小酌，一週大概在我家過夜一次。大師要我和他睡在我的單人床上，但我總是受不了他的打呼聲和惡劣的睡相，終究避難到沙發上。

從在超市碰面那天開始，我再也沒和太座接觸，也沒再聽說美代子或千花的消息，因此有種錯覺：以為這樣的關係是永遠的。隨著秋意漸濃，我自作聰明地將我們的關係解釋為情感日益加深、感情越來越濃。

我也越來越習慣於待命。我不再只是傻傻地待在停車場或飯店大廳等候主人，而會跑到書店或便利商店，有時還溜到超市採買食物耗時間。當然，這麼做偶爾會讓大師等我，但他對此沒有特別說什麼。

那天晚上，電視節目的通告結束後，大師和工作人員相約出去喝酒，於是我決定到辦公室露個臉。為了討好陽子，我規定自己若待命時間較長時，盡量到辦公室幫忙。畢竟陽子兼作總機，一整天都得獨自待在那間辦公室，而千花換了公司之後不再出現。更何況現在大師只把陽子當成公司職員，因此我盡可能用自己的方式體諒她。

當時已經過了九點，不過從大樓外看上去，辦公室的燈還亮著。陽子總是中午過後上班，這個時候應該是她的下班時間。心想約她吃頓晚餐吧。我搭上電梯，不加思索打開公司的門後，忽然看見陽子猛然起身，電腦前則坐著一個未曾見過的年輕男子。我急急忙忙關上門。

「喂！喂！水無月小姐！」

當我倉皇走向電梯時，陽子在後面喊道。

「妳是不是誤會了什麼？那個人是新員工啦！」

什麼？我回頭一看，陽子站在門邊用無奈的表情看著我。由於這間辦公室已經成了陽子的私人空間，因此當我撞見這名男子時，認定那個人絕對是陽子的情人。

「總之先進來吧。我來介紹。」

「……是。」

我怯生生回到辦公室，穿著西裝外套、挺直身腰的男子微笑迎接我。

「這位是馬淵先生，下個禮拜就會正式上任。這位是我剛才說的水無月小姐。」

陽子簡潔有力地介紹了兩人。叫作馬淵的男子露出更加柔和的笑容。

「初次見面，今後請多多指教。」

「啊，你好，請多多指教。」

「不好意思，這是我前公司的名片，畢竟這個禮拜我還待在這家公司。」

男子帥氣地遞出名片，我接下之後笨拙地點了頭。他的公司竟是千花轉去的那家大型經紀公司。

「水無月小姐在這裡工作多久了？」

「嗯……啊……」

「四個月左右吧。」

我結結巴巴欲言又止，陽子立刻補上一句，接著再提問題。

「大師呢？」

「啊，好像和電視台的人出去喝酒了。」

「那就不知道會弄到幾點囉。馬淵先生，今天就到這裡吧。」

「可以嗎？」

「可以啊。反正你和大師已經照過面，下禮拜再來就行了。」

「知道了。那麼不好意思，我先告辭了。」

起身之後，他的身高讓我大吃一驚，他竟然比陽子還高。他對陽子和我禮貌地鞠了躬，然後走出門外。我心想，他的感覺和荻原類似，討人喜歡的笑容和萬無一失的態度，只有技術卻無內涵的誠意。

「年紀一大把了，還會怕生啊。」

馬淵一走出去，陽子便邊收咖啡杯邊說道。與其說是責難，她的語氣比較像是在戲弄我。

「我剛才有怕生嗎？」

「有啊。」

「是啊。」

「水無月小姐，妳沒什麼朋友吧？」

「是的。」

我坦誠地點了頭。陽子咯咯大笑起來。

「陽子小姐朋友好像很多喔。」

「朋友不是看數量的吧。」

沒錯，朋友不重量而重質。但現在的我有幾個稱得上是朋友的人呢？我忽然沉思了起來。學生時代，的確有幾個稱得上是朋友的人，但如今呢？結婚之後一頭栽進兩人生活的忙碌當中，漸漸疏遠了原本就不多的女性友人。今年過年我只收到一張賀年卡，是荻原寄來的。這麼說來，只有他稱得上是我唯一的友人吧。這樣的人際關係會不會讓眼前的健全女孩大吃一驚呢？

「為什麼要雇用新人呢？」

我轉移話題。陽子洗完了杯子，邊擦手邊聳聳肩。

「沒為什麼吧。只有我一個人，連個假也不能請啊。妳又是專屬司機，不在辦公室。」

「抱歉。」

「沒什麼好道歉的啦。」

陽子又笑了。她今天穿著七〇年代風格的可愛花紋襯衫，配上黑色靴型牛仔褲，打扮感覺休閒卻相當脫俗。她含著香菸的唇上擦著成熟的深色口紅。香菸品牌是女孩子較少抽的萬寶路，和大師抽的一樣。

「吃過晚飯了嗎？」

我算準陽子吐煙的時機問道。她一臉詭異的表情。

「傍晚吃了一點。」

「如果妳不介意的話，要不要一起去吃點東西？」

陽子連菸也忘了抽，彷彿在推測我的本意般緊盯著我。

「我沒有要勉強妳。只是我只吃了中餐，想說去吃點東西。如果妳沒心情就算了。」

「不，不是這樣。我只是很意外水無月小姐會約我。」

「是這樣啊。」

「發生什麼事了嗎？」

沒有一天是會沒事的，我想起千花丟下的那句話。

「我見過大師的太太了。」

「唉唷！」

「他太太在超市買東西，大師要我去接她，然後送她回家。」
陽子發出咯咯的笑聲。
「那真是愉快的經驗啊。」
我無奈地點了頭。和大師家狗兒同名的女孩笑個不停，那模樣令人心疼。
陽子說要帶我去一家附近新開的不錯的店，這家無國籍餐廳的確在離辦公室走路不遠的地方，位於住商混雜的大樓地下室。餐廳裡的燈光很刺眼，而且餐桌和餐桌間的間隔非常窄小。店內刻意擺設了女性喜愛的兔子和貓的木雕品，客人也正如店家的設定，三分之二是女性，另外三分之一清一色是怎麼看都不到二十五歲的男性，大部分是團體客人。
好吵。我心想這家店到底哪裡好，不過陽子似乎來過不少次，與店員交談熱絡。我不敢要求換家店，只好和陽子面對面坐在角落的位子。
點菜交給陽子，我側眼觀察著隔壁桌喧鬧的年輕人。我討厭一大群人一起喝酒，也討厭看一大群人喝酒狂歡。那就別看不就得了，可是不知為何，越痛恨的事物越是忍不住死盯著它。
「妳還真能撐嘛。」
陽子這麼一說，我才回過神來。這時正好兩杯生啤酒上桌，我們隨意朝對方舉了舉杯，同時喝下啤酒。
「妳每天和那個大師在一起，不痛苦嗎？」
這樣的問題，我只能苦笑。她這句話就好像在告白：「我也是過來人，經歷過痛苦。」
「很痛苦。」

我同樣回答對美代子撒過的謊，但沒有企圖像趕走美代子一樣趕走陽子。

「陽子小姐您是怎麼熬過來的呢？」

「還在用敬語。」

陽子用叉子戳起西班牙香腸，以掃興的語氣說道。我低著頭咬了嘴唇。

「千花妹妹也這麼說過，說我是惹人厭的女人。」

我邊說邊發現自己又用敬語了。陽子對著我冷笑。

「唉，算了。這就是水無月小姐的個性，算了吧。」

「個性的確很難改，是吧？」

「沒錯。這點我也同意。」

兩人總算達成共識，暫時默默各自用餐。隔壁桌是三女兩男的五人組，他們似乎已經喝了好一段時間，吃得滿桌杯盤狼藉，眾人都說著一些無厘頭的話，互相推來推去不停狂笑。仔細一看，他們其實並不年輕，大約年近三十吧。其中一個聲音尖銳的女孩，笑聲特別刺耳。

「不要專一。」

陽子忽然開口。

「什麼？」

「妳不是問我怎麼熬過來的嗎？可以利用的就盡量利用。把他當作凱子。至少我是這麼想的，才能夠為他效力。」

我差點沒丟下手上的叉子。這句話反過來說，不就擺明了她還喜歡大師嗎？

「我需要錢。我希望有一天可以有自己的事業。」

這和千花想成名是同樣的道理嗎？

「妳的意思是，存夠了錢就要離開嗎？」

我想起她曾經說過類似的話，於是這麼問她。

「那當然。所以大師才會多雇一個人。」

她拿起萬寶路香菸點上。

「即便賣掉千花也在所不惜，是嗎？」

「哇，原來妳都懂嘛。早就有許多公司要挖角千花。於是呢，大師就選一個條件最好的地方交過去了，順便要了一個能幹的員工。」

「要的不是女人，大師也算是有點進步囉。」

「沒錯、沒錯。就算那樣的男人啊，活久了多少也學會教訓啦。」

「而且那個人，身高也挺高的嘛。」

我看見陽子的髮際微微動了一下。但她繼續若無其事地乾下大杯啤酒。想必陽子和美代子及千花一樣，心中懷有不吐不快的心酸。但是她和酒店的媽媽桑及女高中生不同，是個強勁的對手，過去我始終找不到讓她吐露心聲的線索。

「他是馬淵先生，對嗎？那個人的身高和大師差不多吧。」

「他說有一八六。」

「那也太誇大了吧，我看是虛報的喔。」

這時剛好店員經過，我叫住店員，建議陽子點些飲料。陽子想了一會兒，問我：「要不要喝紅酒？」待會兒還得開車送大師，我腦中閃過這個行程，無法立即回答，但又急忙點頭。我暗自盤算，錯過了今天，以後可能再也沒機會套出陽子的話了。

「他大概虛報三公分吧。不過其實大師也不到一八〇呢。」

陽子譏笑道。

「陽子小姐呢？」

我趁這個機會大膽問道。她沒有特別不悅，爽快地回答了我。

「我宣稱一七三，不過其實有一七五。」

「妳打過籃球嗎？」

「這個問題已經不曉得被問過幾百遍了。要是妳再說為什麼不去當模特兒，我就踹死妳！」

幸好沒說，我鬆了一口氣。這時陽子點的紅酒上桌，店員在兩人的酒杯裡倒了酒，我們再度舉杯互碰。

「啊！人家也想喝紅酒。」一個女孩用幼稚園小孩的口吻嚷嚷，是隔壁桌的白痴女。

「妳希望交往的對象比自己高嗎？」

「無聊透頂的問題。」

「好啦，回家了。不好意思，麻煩結帳。」隔壁桌傳來這樣的聲音。我們互看對方，確認相互都慶幸隔壁桌要走了。「不要！人家陽子還要喝啦。」白痴女纏著其中一個男人。「媽的，同名。」陽子啐了一聲，我則笑了笑。

「大師家的狗也叫陽子不是嗎？」

這回她沒有說無聊透頂。

「是那個人故意取的。」

「大師啊？」

「不是，是太座。」

我聽得目瞪口呆。

「妳是說太座知道妳和大師的事，故意取的嗎？」

「是啊。那隻狗是我和大師撿到的。那是多久以前的事了呢？那時我們還處得不錯，在一個下雨的日子，我們發現牠在大師家附近虛弱地走著。」

我們，這兩個字比想像中更刺痛了我的心。我第一次深刻體會陽子和大師曾經是情人的事實。我為陽子和自己添了酒。雖自以為鎮定，但拿起酒瓶的小指卻微微顫抖。

「之後沒多久，那女人就和大師在一起了。我也就被開除囉。」

「不算是開除吧。」

「也是啦。反正我沒有意思要和大師結婚，只談上床的話，事實上婚後也睡過幾次啊。」

她是故意說給我聽的。這一點我可以確信。陽子想告訴我：妳也會走上同一條路。

「大師為什麼會和那個人結婚呢？她是一個什麼樣的人啊？」

我再次問及過去反覆詢問的問題。到底為什麼不是美代子，也不是陽子，而選中她呢？

「妳不是見過本人，說過話了嗎？」

「是啊，不過只是一下子而已。」

「以後還會見到的。」

「什麼？」

「她邀請妳去她家了吧？」

我點了頭。陽子飛快地喝乾了紅酒。

「她也對我說過啊。她的態度天真得讓我以為她真的把我當成單純的員工看待呢。不過啊，那女人清楚得很。水無月小姐，今後她還是會不斷找妳喔。」

隔壁桌的帳單送至，他們為了分帳交換著千圓鈔。我看見白痴女陽子的背影，她若無其事地走向化妝室。

「太座她很有自信吧？」

「自信得很。」

「那為什麼要這樣呢？」

「妳問我，我怎麼會知道。」

這時店員過來清理隔壁的桌面，我向他點了起士拼盤，順便請他換一個菸灰缸。

「謝謝妳。水無月小姐真是貼心啊。」

陽子的語氣絲毫沒有讚美的意思。

「會嗎？」

「難怪大師器重妳。妳對誰都是這樣的嗎？」

我無言以答。過去的確常有人說我貼心，但我並非對任何人都是如此。我想至少對父母親來說，我絕不是個「貼心的孩子」。

「水無月小姐，其實妳很有男人緣吧？」

瓶裡沒剩下多少紅酒，陽子也醉得不輕了。她的笑容開始帶有惡意。平常越是爽朗的人，一喝醉越是特別愛咬人。

「完全沒有。」

我簡單明瞭地傳達事實。

「少來了。在大師之前，妳是跟什麼樣的人交往啊？」

大師之前……我用手指搔了搔耳垂。

「很正經的男人。念理工、戴著眼鏡、很愛看書的一個人。」

原來如此呀，陽子半開玩笑地說道。

「聽起來很配啊。為什麼沒和他結婚呢？」

「結過了。」

陽子張大了嘴巴望著我。

「什麼？水無月小姐妳已婚啊？」

「沒有。」

「妳是說妳離過婚嗎？和那個理工男嗎？」

「是的。」

陽子微微搖了頭，表情稍微清醒了些。

「怎麼會這樣呢？」

「我也不知道該怎麼說。」

「相處不順利嗎？」

我暗自想：相處順利就不會離婚吧，但還是微笑以對。

「小孩呢？」

「沒有。」

「是喔。啊啊，我對水無月小姐有些改觀了呢。」

陽子撩起頭髮大笑。我完全不懂有什麼好改觀的。

「或許就是因為這樣，妳和大師才那麼順利啊。我覺得啊，有婚姻經驗的人多少比一般人看開一些。大師也是這樣啊。」

「沒有見過面啦。」

「妳認識大師的第一任太太嗎？」

這是天大的誤會，不過倒讓我猛然想起大師有前妻這件事。我得趁這個機會好好問一問。

「是同行嗎？」

「不是。好像是學生時代交往的對象吧。因為懷了小孩結婚，不過三年左右就離婚了。」

這一次我是真的丟了叉子。陽子緊盯著掉到地上發出聲響的叉子，慢慢地扭曲嘴形，笑了出來。我心想，打亂別人的情緒有那麼快樂嗎？

「大師有小孩，有那麼意外嗎？」

「……不。」

冷靜想一想，大師有小孩一點也不奇怪。不只是前妻的小孩，某處有個私生子也是大有可能。但我卻連想都沒想過。搞不好是我的潛意識作祟，刻意不讓自己往這方面想。

「小孩現在在做什麼呢？」

「聽大師說，太太帶著小孩到國外去了。嗯，是哪裡啊？好像是突尼西亞吧。」

「突尼西亞？」

我忍不住反問回去。那的確是地球上的某個地名，但我完全不清楚那在哪裡。

「怎麼會到突尼西亞呢？」

「誰知道。大概是工作吧，聽說是研究考古學的人。我不是很清楚。大師說過她已經是個外人了。」

「大師有付贍養費之類的嗎？」

「水無月小姐，妳怎麼那麼好奇啊？」

她這句回槍讓我啞口無言。難道陽子不想知道嗎？雖說現在對大師的感情已經淡了，但是情人關係的時候，難道她不希望鉅細靡遺了解這一切嗎？

「想知道就不要怕，直接問本人不就得了。別用灌醉別人的方式套人家的話嘛。」

陽子開始有些語無倫次。我把放到嘴邊的紅酒杯輕輕放回桌上。小指的顫抖已經蔓延到五隻手指上。

隔著坐在對面的陽子，我看見不知哪兒來的白痴女補好美美的妝，開開心心從化妝室走出來。很像。很像我最痛恨的那個女人。

想到這裡，我算準她經過身旁的時機，將紅酒杯推倒。

哇！一聲誇張的尖叫。紅酒的褐色污漬漸漸在那個女人穿著絲襪的腳踝上暈開。

大師那晚酩酊大醉，心情好得不得了。他每次喝醉總會比平時更開懷，但只要越過一個界線之後，前一刻的開朗便頓時消失，突然變得暴躁而暴力。今天似乎還維持在越過界線的前一步，讓我鬆了一口氣。

「不好意思、不好意思，讓妳久等啦。小美雨，難為妳了。」

大師假裝語無倫次地坐進前座，我只是微笑著發動車子。我和陽子已經離開餐廳兩個小時了。我特地跑到辦公室的廁所，手指伸進喉頭催吐，但紅酒的醉意似乎仍殘留著。

「要上高速公路還是走下面？」

「妳是計程車司機啊。」

稍微調侃我之後，大師從外套胸口取出香菸，點了菸再搖下車窗。夜風和大師吐出的煙霧吹拂在我的臉上。

「喂，妳記不記得上次那個空姐？」

大師用樂不可支的語氣問我。我思考了一會兒才回答。

「峇里島回程飛機上那個嗎？」

「沒錯、沒錯。那個女孩今天打電話給我呢。」

換言之，大師已經把飯店的房間號碼或是自己的手機號碼告訴那個女孩了。我偷偷嘆了一口氣。

「我跟她聊了半個小時吧，真沒想到她的煩惱還真多呢。從光鮮亮麗的外表實在是看不出來。」

跟在後方的白色跑車似乎想超車。我刻意放慢速度，白色跑車迫不及待跨越右車道超過我的車。我和那位駕駛的眼神瞬間交會。乍看之下只有二十出頭的年輕情侶用充滿敵意的眼神瞪了我。大概是看不慣我開這麼好的車還慢吞吞的，再加上非常渴望駕馭我開的這輛車卻又買不起，令他們心生嫉妒吧。

來。

「我從以前就很想問妳一件事。」

大師突然開口。

「妳開車的時速為什麼總是在法定速度內呢？」

「因為法律規定。」

我一邊顧及不斷從右方超越我的計程車或卡車，一邊回答。聽了我的回答，大師沉默了起來。

「然後，空姐怎麼了呢？」

我試圖轉回話題。

「啊，她好像有一個同居男友，聽說這傢伙常打她呢。我跟她說乾脆分手算了，可是啊，她說她還愛著那個男的。女人真笨呀，不過就是笨才可愛啊。」

大師自個兒滔滔不絕地繼續說道。

「陽子也是一樣，唉，女人真是的。」

「什麼？」

我本來把他的話當耳邊風，但出現陽子的名字，讓我不得不問個清楚。

「陽子小姐也是嗎？」

「沒錯。她也是個可憐的女人。她那高個子其實沒什麼好在意的，不過以前可是在意得很，加上她的個性又凶巴巴的嘛，所以過了二十歲才頭一次搞上男人。沒想到這男人卻是在搞騙財騙色的經紀公司，騙她說要培養她成為模特兒，然後同居，最後被打得遍體鱗傷、榨乾了錢財，接著就結束啦。」

「原來是這樣啊。」

「千花也是啊，老爸自殺、老媽又是個淫蕩女。至於美代子嘛，她幾乎算是沒見過父母的女人。看來大家都是可憐的傢伙，人真是可悲啊。」

大師心口不一，心滿意足地點點頭。令我愕然的並不是小羊們的辛酸史，而是長久以來的謎底終於揭曉。我一直很納悶大師喜歡的女孩類型沒有任何一致性，總以為他只是喜歡正好在身旁方便的女人。不過我終於明白了。大師喜歡的是「可憐的女人」。換言之，如果這個女人不再可憐，他就對她失去興趣嗎？

大師喜歡的是對方的不幸。我到底能「可憐」多久呢？想到這點令我毛骨悚然。

「太座呢？」

我緊握著方向盤小聲問道。

「太座也是可憐人嗎？」

「是啊！那傢伙也是可悲的女人呀。妳也看過她是個美女，家裡又有錢，沒有我也不需要煩惱錢的問題，老實說根本談不上什麼不幸啦。不過啊，該怎麼說呢，個性吧，個性。全天下都要繞著自己轉那種傲慢的德行吧。」

今天大師特別饒舌。原本他就是個多話的人，今天連沉默的時候都笑瞇瞇的。是不是約到那個空姐了呢？

「有什麼好事嗎？」

我這麼問道。今天似乎可以問出平時不敢問的問題，而他也願意毫無保留地說給我聽。

「好事嘛，嗯，應該算是吧。有個好消息呢。」

好消息。我思索了一會兒。書再版？黃金時段的連續劇或電影的演出？或是附帶廣告的好價碼工作？

「我女兒要回來了。她一直住在國外，這次要回到日本定居了。」

剎時我閉上眼睛。我感覺心臟湧到喉嚨。幸好陽子已經告訴我了，要是在毫無預警的情況下聽到這個訊息，我可能已經撞進中央分隔島。

「……您有女兒啊？」

「啊，妳不知道啊？第一任老婆的女兒啦。離婚之後，老婆把她帶去什麼叫作突尼西亞的怪地方，從此沒見過面，雖然偶爾會寫信給我啦。」

「您太太怎麼願意放手呢？」

「老早就不是我太太啦。聽說她要在當地結婚了，所以我女兒那傢伙才決定回到這邊。我跟她通過電話，她說：總算可以脫離媽媽了，開心得很。」

我的左耳聽著大師的話，眼睛直盯著前方閃爍的紅色燈光。發生車禍了嗎？我看見穿制服的員警揮著光線模糊的警棒。

「是臨檢。」

大師一臉不在乎地說道。我感覺自己的指尖又開始顫抖。

「大師？怎麼辦。」

「怎麼了，那是什麼沒骨氣的聲音啊。忘了帶駕照嗎？」

「不是，我喝了酒啊。」

哈哈哈，大師發出悠哉的笑聲。

「妳是白痴啊！連我都沒發現了，沒問題啦。當作沒事拿出駕照就過關啦。」

「可是……」

「妳可真是多慮啊。」

黑夜中紅色警棒不停旋轉。我的腦中閃過一個畫面：加速衝撞道路上的護欄，強行突破重圍，但又急忙從腦中驅走這個念頭。就算這麼做，一個車牌號碼就可以立即查出身分。

我乖乖聽從警察的引導，將車子停在道路左側。警察彎下腰，隔著玻璃窗凝視我。

「喂！打開窗戶啊。」

這句話不是警察而是大師說的。我用顫抖的手按下按鈕，搖下車窗。

「不好意思，攔下你們。方便檢查駕照嗎？」

警察禮貌性的笑容極不自然。我慢吞吞地從錢包裡拿出駕照，閃躲著警察的眼神遞給了他。

「發生什麼事了嗎？」

大師完全不了解我的恐懼，親切地問道。

「沒什麼特別的事啦。」

警察僵著笑容說道。

「您喝了酒吧？」

心臟震了一下。心想完蛋了。

「唉呀，稍微喝多了呢。所以請女朋友來載我呀。」

大師天真應答，這時警察露出似乎發現了什麼的表情。

「您上過電視吧？」

「啊，被發現啦？請不要宣揚這個女孩子的事喔。」

警察點了頭，一臉了解內情的樣子，然後目標轉向一直低著頭的我。不知是否刻意，他從下方往上窺視我的臉。

「您應該沒喝酒吧？」

我回答：沒有。還有力氣發出聲音啊，我佩服自己。

「不好意思，麻煩打開行李箱好嗎？」

幾個警察到後方檢查行李箱，吱吱喳喳談論著些什麼。我發現汗水從全身的毛孔竄了出來。

「沒事了。謝謝合作。」

警察回到車頭開口的那一瞬間，我急忙發動引擎，加速駛離現場。

「喂！」

大師立刻慌慌張張地提醒我。

「車速太快了吧。好不容易過關了，要是被抓到怎麼辦！」

「啊！」

回過神來，我發現車速表的指針指著從沒看過的數字。我放慢油門，後方的車對我猛按喇叭，但我硬是把車停到左側的路肩上。無法好好呼吸，心跳聲在耳裡響個不停。我雙手放在方向盤上，將頭埋了進去。

「妳是怎麼了！」

我聽見大師氣憤又不知所措的聲音，有個大大的手掌在我的背上。

「我好怕。」我只說了這句話，再也吐不出其他任何話語。

大師應該是察覺到當時我已經沒法再撐下去，只得換他開車送我回家。連道謝的話我都無法好好說出口。看我這副模樣，他也沒安慰我「要不要陪妳過夜？」只管逃難似地回去了。

我趴倒在大師買給我的沙發上，與排山倒海的不安交戰。我的腦中閃過各種畫面：大師神情不悅走出房門的模樣、黑夜中揮動的警棒、穿著制服的員警、陽子空虛的笑聲、念理工的丈夫、他看書時的側臉、母親哭泣的模樣、餐廳那個聲音尖銳的白痴女、大師說出「女兒」這個詞時喜孜孜的嘴角……這一切想起來都令我想吐。

我哭了。心想還好大師沒有在這裡過夜。如果大師在場，我連哭的機會都沒有。我嚎啕大哭。好痛苦。有種這樣的痛苦將永無止境的預感。

我大概不知不覺睡著了吧，醒來時，拉起窗簾的窗戶已經透出光亮。我聽見送報人摩托車的聲音。

我慢慢起身。眼睛周圍因為淚水和眼屎變得乾巴巴，雖然身體和頭都很沉重，但這樣慵懶的狀態並不壞，大哭一場之後我總是這麼認為。腦中某個部分已經麻痺了。我希望保持麻痺的狀態，恍惚渴求著就這樣什麼事都不發生該有多好。

但我發現答錄機的顯示燈正閃爍著。全身虛脫的我，暫時呆坐在沙發上，望著那一閃一閃發亮的燈光。

我總算起身。這則留言大概從我昨天回家之後一直閃到現在吧，我用手指按下閃爍的按鈕。我不知道如何使用不聽留言直接刪除的功能，想刪除留言就非得聽一遍不可。我祈求那是荻原無關緊要的留言。

「美雨？是媽媽啦。聽到留言立刻回電。不過妳一定不會打來的。我再撥電話給妳，不過我還是希望小美雨自己打來。我和爸爸都在等妳的消息。」

我已經聽膩了母親的聲淚俱下，也知道她想說些什麼。如同母親的猜測，我完全無意聯絡他們。

相反地，我撥了那個常撥的號碼。那是我和丈夫曾經住過的房子的電話號碼。離婚之後，藤谷搬到離那個房子不遠的地方，沿用了這個號碼。一如往常，電話只響一聲之後，我就立刻掛斷。他一定知道這個只響一聲就掛斷的惡作劇電話，元凶是我。所以我期待有一天，他向荻原問出我家的電話號碼，回電話給我。但是這樣的期待總是落空。我不需要聽到體貼的問候，就算譴責我別再鬧了也好，無論如何我都希望聽到丈夫的聲音。但，那天我的電話終究不曾響起。

第四章

在東京車站買新幹線的車票時，我看見櫃檯上貼出年底火車空位的訊息，這才發現十二月已經近在眼前。前往月台的途中，我看見一家禮品店，買了「小雞餅乾」[7]當作伴手禮，順便在隔壁的零售亭買了一罐啤酒。我簡直就像是上班族老頭在出差呀。這是一趟返鄉之旅，雖然心裡百般不願，但也無可奈何，只要露一次面，又可以好一陣子不必探親了。上次我是搭特快車的自由席返鄉，這次則搭新幹線，而且還是指定席。連我自己都很意外，我的節儉癖和猶豫不決的個性，竟在短短數個月間驟然消失。

搭新幹線抵達目的地之後，我從車站坐上計程車回家。我並沒有在離家不遠的地方下車，然後走路回家，而是大搖大擺讓計程車開進巷子裡，停靠在家門口。我想我不需要掩飾自己的招搖，這是刻意表現給父母看的。

「小美雨！這是怎麼了？」

我正在付車資的時候，母親聽到汽車聲從玄關跑出來，一見面劈頭就是這句話。我一再提醒她別叫我「小美雨」，但這個人完全聽不進別人的話。

7　小雞餅乾：東京的招牌土產。

「我回來了。」

「這是怎麼了?搭什麼計程車!」

我在心中念道:我現在賺了骯髒錢,闊氣得很。

「爸爸呢?」

「禮拜天呢,當然在家呀。」

「來,這是送妳的。」

我拿出伴手禮「小雞餅乾」的袋子,平時強勢的母親露出錯愕的表情。她明白了我的用意,我是故意招惹她的。

「小美雨,這是幹什麼!妳把我們當外人啊!」

我留下傷心的母親,自顧自地走進屋內。老舊的門和玄關的腳踏墊,從上次回來到現在絲毫沒有變化。我在熟悉的拖鞋旁脫下高跟鞋,走到客廳看見父親坐在沙發上背對著我。他頂上無毛的部分,面積一次比一次大,這回更是在他稀疏的頭髮上發現許多白髮。

「爸,我回來了。」

面對電視螢幕的父親回頭看我。

「回來啦。」

父親笑得很無力。我從小看著他那毫無生氣又懦弱的微笑長大,這是我熟悉的笑容。我脫下大衣,坐在沙發的空位上。

「身體還好嗎?」我問道。

「馬馬虎虎啦。」

「忙不忙？」

「一點也不忙。妳呢？」

「嗯。馬馬虎虎。」

我坐在父親的斜對面開始交談。但是說到這裡就沒話聊了，我只好望著擺設在櫥櫃上的東西，盡是一些木雕人偶或是不知誰的喜宴贈送的時鐘。

「不要對媽媽太過分啊。」

父親小聲說道。這句話是我長大之後常聽到的。我沒有回答他，這時母親端著紅茶來到客廳。

「小美雨，我們為什麼要妳回來，妳應該知道吧？」

母親用責罵小學生的語氣說道。我想到兩個答案，到底是哪個呢？

「老爸，你跟她說呀。」

「嗯……啊……」

「搞什麼呀。你們兩個也真是的！」

優柔寡斷的父親，從來沒有實現過母親的要求，急性子的母親總是按捺不住，只好親自出馬。這大概是他們相識至今，持續了幾十年的相處模式吧。這麼多年來，母親明知父親不會照著她的話去做，為什麼仍舊鍥而不舍地指望父親呢？當我正納悶沉默不語時，母親大概以為我在裝傻，啜泣了起來。

「小美雨，妳是不是動了戶籍？」

我心想，原來是這檔事啊。

「對啊。」

「對什麼對！為什麼要這麼做？媽媽搞不懂。上次為了辦護照去拿戶籍謄本，我才知道妳竟然遷走戶籍了。真是嚇壞我了！妳是不是偷偷跑去結婚啦？」

「才沒有。妳要出國啦？」

「我不是在說這個！妳做事情之前，為什麼都不跟爸媽商量一聲呢？」

我實在無力應答，只好喝起母親泡的紅茶。家裡長年使用的英國威基伍德碎花茶杯。母親時常細心清洗茶垢，因此茶杯上沒有半點污漬。母親有愛惜東西的好習慣，這點我倒是滿佩服她的。

「妳那麼恨我們，是不是？媽媽和爸爸讓妳那麼不舒服，妳不屑和我們同一個戶籍，是不是？」

母親泣訴得一把鼻涕一把淚，這招我有些招架不住了。我遷離父母的戶籍，申請個人戶籍，這個動作背後確實有一半原因是出自我的叛逆，不過事實上另有原因。

「因為我想靠自己，我決定不再依賴任何人啊。」

「妳在說什麼呀！為什麼妳總是一而再、再而三做出背叛媽媽的事？」

我聽到「背叛」兩個字，心中逐漸萌生的罪惡感悄然消失。跟這個人說什麼都沒用。母親因為自己喜歡碎花和蕾絲，硬是要我穿這類衣服。即便告訴她，我比較喜歡深藍色或黑色，她還是只願意買粉色系的毛衣給我。母親現在雖然已經上了年紀，身上還是穿著設計花俏的襯衫或針織衫，令人懷疑這些行頭是不是從Pink House[8]買來的。

「妳為什麼總讓媽媽擔心呢？」

「那就麻煩您不要再擔這個心了。」

我放下茶杯，冷冷地回了一句。母親睜大了眼睛，然後趴在桌上嚎啕大哭。這時父親終於開口了。

「美雨，怎麼可以對媽媽說這種話呢？」

我別開視線，不予回應。

「聽說妳連工作都辭掉了？」

母親含淚問道，我無奈地嘆了一口氣。原來這件事也傳到了他們耳裡。

「我每次打電話想找妳，電話總是答錄機，沒辦法只好打到便當店找妳呀。結果店長竟然跟我說，妳已經辭職了。媽媽真是嚇壞了。人家還抱怨說，妳不吭一聲就走人了。妳是會做出這種事的人嗎？那是爸爸介紹妳去做的工作呢。妳怎麼可以丟爸爸的臉？妳現在到底在做什麼？坐什麼計程車啊，還拿那種名牌包包！」

不愧是我媽，哀號之餘，不忘檢查對方身上的配戴物。

「我換工作啦。」

「怎麼都不跟我們商量呢？」

「我都快三十三了！為什麼換個工作還得一一向你們報備啊？而且是妳說以後不想再管我了！」

我一頂嘴，母親再度發出悽慘無比的哀號聲。她那宛如肥皂劇般誇張的演出，更是讓我的心

8 Pink House：以碎花圖案、蕾絲以及粉色系著名的日本女性服飾品牌。

涼了半截。我從沙發上起身，拿了包包和大衣。

父親並沒有責備我的意思，只是小聲問道：「美雨，吃個飯再回去吧。」

「我只是要回房間而已，我還有東西要拿。」

背後傳來母親的哭聲，我假裝沒聽見，逕自上樓。到了房間，我用力踹開門，把包包和大衣，還有自己，拋在只剩床墊的床上。

自己房間熟悉的天花板。打從國一搬來這裡之後，我就是在這張床上盯著這個天花板長大的。當年我因為離婚無處可去，也是回到這裡生活了幾個月。我對這裡並沒有懷舊之情，有的只是苦澀的回憶。

年紀還小沒搬來這裡之前，我們一家人住在鄰鎮的集合公寓。當時我還不討厭母親。不只不討厭，記得我還努力希望獲得她的肯定。我非常順從母親的話，乖乖穿上自己不想穿的顏色的衣服，所以母親很疼我。但有一天，我不再順從母親。這一天也就是搬來這裡的那一天，從此我和母親成了平行線。

我猛然起身。回到這裡果然是個錯誤，我早就知道會有這種結果。我捲起毛衣衣袖，打開儲藏櫃，裡面塞了好幾個紙箱。我把上次回來時打開的紙箱搬到一旁，從櫥櫃後面部分拉出幾個貼有膠帶的紙箱。

第一個紙箱裝了舊衣服和毛巾，拿開這些東西，底下出現用報紙裹著的餐具。這些都是我結婚時使用的器具，心中不禁泛起逐漸淡忘的感傷。我不停拆開一個個未開封的紙箱，彷彿試圖趕走這些傷感。大學的畢業紀念冊、以前買的文庫本以及雜誌、高中同學寫來的信、泛黃的賀年卡，好多東西沒有整理，胡亂塞成一堆。上回沒找到的那本刊登大師新聞的八卦週刊，似乎也在裡面，我卯足了勁，拚命在紙箱內部搜索。一本英文文法書底下有一個破舊又缺了角的信封袋，上頭印有照相館的名字。我不記得上回打開這個信封袋是什麼時候。離婚前、離婚後，我都記得曾經把它拿在手上，就像現在這樣只能呆呆地望著它，從沒有勇氣打開看。

「美雨。」

父親突然叫我，我潛意識地將信封袋藏到背後。父親站在半開的門縫邊窺視著我。

「我可以進去嗎？」

「可以啊。」

父親客客氣氣走進來。房間裡有我用到高中畢業的鐵製書桌，書桌前擺著一張老舊的椅子，他在那張椅子上坐下。

「找東西啊？」

「……是啊。」

我一邊點頭，一邊偷偷將信封袋塞進包包裡。

「爸，對不起，你介紹給我的工作，我竟然辭掉了。」

不管怎麼說，我想得先道歉。

「沒關係。現在在做什麼工作呢？」

「普通公司的行政。」

對於撒謊，我並沒有罪惡感。因為我知道：就算說實話，也只會造成父親的困擾。離婚時就是如此，我把自己的遭遇一五一十告訴他們，然而他們也只能一臉困惑，我的父母是懦弱的。我了解到：年齡的增長不一定會使人堅強。他們無法接受現實，無法面對女兒並沒有照著自己的期望成長。不過老實說，我自己也時常無法面對現實，沒有什麼資格指責他們。

「那不錯啊。很忙嗎？」

「還好啦。」

我們的對話猶如外人般陌生。可悲啊，我的父親，有話想說又不敢啟齒。

「還有，我遷離爸爸的戶籍不是惡意的。」

父親凝視著自己交握在膝蓋上的雙手。他穿著到處起了毛球的舊毛衣和西裝褲。他的身形還算精瘦，但隨著年齡增長，全身上下覆蓋了一層脂肪，肩膀也下垂了。我瞇起眼睛，仔細看著父親的模樣。父親十八歲就任職當地的工商會，相親結婚之後一路扶養我和母親到現在。父親對我的愛，沒有熱情澎湃的激情，卻以適度的情感對待這個家庭，是個極為正常而平凡的父親。但不知為何，我從小就無法對他產生絲毫感恩。關於這個問題，到現在我還是找不出答案。

「其實，我還真的有點錯愕呢。」

父親用手指輕輕揉了眉間說道。

「對不起。不過如果我一直不遷走的話，保險和年金的帳單都會寄到爸這裡啊。」

出版譯作之後，我退出丈夫公司的員工保險，加入健保。結婚時，健保帳單的收件人是丈夫，離婚之後收件人變成父親。當然，戶長並沒有繳款義務。但帳單是寄給父親的，他總是會拆信，然後順便替我繳款。這也是我希望獨立戶籍、擁有戶長身分的原因之一。

不過真正的原因，或許在於母親剛才泣訴的那段話：我憎恨他們，我難以忍受和他們在同一個戶籍裡。

「媽媽不是恨妳的。」

沉默許久之後，父親小聲說道。

「我知道。」

「妳就原諒她吧。唯一的寶貝女兒對她那種態度，媽媽也會受不了啊。」

如果有兄弟姊妹該有多好，這是我從小到大的渴望，如今我又開始幻想這個不可能實現的願望。如果多一個小孩，「家人遊戲」就可以交給另一個人，不需要我參與了。

「媽媽要的，我做不到啊。」

我心想，好久沒說出「媽媽」這個字眼了。

「做做表面功夫就行了。」

「像你一樣嗎？」

話說出口之後，我才驚覺自己說錯話了。父親低頭咬著嘴唇。

「對不起。」

「沒關係。美雨說的沒錯啊。」

「不要用名字叫我！」

完了，這個要求，就算說出口又能解決什麼呢？心裡雖然這麼想，我卻無法制止自己。

「我討厭自己的名字。」

父親啞口無言看著我。我這才想起，我從沒跟朋友或父母談起討厭自己名字的祕密。

「多數人會讚美我這個名字既好聽又可愛。如果這是別人的名字，我想我也會一樣讚美對方吧。不過這是我的名字，一點也不適合我。」

「妳到底在說什麼？」

「我就是不喜歡嘛！從小我就覺得自己輸給了名字。我從來不希望引人注意，那時候我根本不願意加入劇團啊！」

「媽媽是為妳好，她才會……」

「這是多管閒事！才不是為我好呢！媽媽只想利用我去實現自己未完成的夢想啊！這名字也是啊，像替阿貓、阿狗取名字一樣隨便取的吧！」

我以為自己說話的態度是平靜的，聲音卻相當亢奮。我很清楚自己全身緊繃，手腳是顫抖的。一股莫大的屈辱籠罩了我，這個屈辱，並非來自他人，而是來自於我對自己的羞恥。一大把年紀了，我怎麼還為兒時的事耿耿於懷。我為自己無法隱藏情緒感到無地自容。父親呆滯地杵在那兒，眼神久久無法對焦，然後尷尬地從西裝褲口袋掏出手帕遞給我。

「我要回去了。」我說。

我起身，父親呆望著我。他的臉上沒有任何表情。我避開他的視線，用他遞給我的手帕擦拭淚水，然後將散落在地上的東西丟進紙箱，塞進儲藏櫃。穿上大衣、抓起包包之後，我穿過父親身旁跑下樓梯。在玄關穿上高跟鞋，打開門向外跨出一步時，母親突然叫住我。

「小美雨！」

我不禁停下腳步，但還是鐵了心，決定不回頭。

「妳是不是又不回來過年啦？」

聽著背後傳來母親的聲音，我硬是衝出了家門。跑到大街上時，正好看到一輛公車開過來，我死命奔向公車站。

我在公車還沒開走前急忙上車，氣喘如牛地坐在空位上。因為平常不運動，這麼一跑讓我喘不過氣，只好低下頭壓著胸口。

我聽著自己焦躁的呼吸聲和心跳聲，試圖回想，最後一次在家過年是多久以前的事了？那是高三那一年，也就是十幾年前。那到底是幾年前呢？情緒亢奮得讓我無法好好計算。我開始後悔，我不應該回家的。

我緊盯著露在包包外面的信封袋，裡面裝著我和丈夫的結婚照。我們結婚時沒舉行儀式，也沒有宴客，只是簡單的公證。但在入籍那天，丈夫突然說：「我們該照張相吧。」於是兩人跑到附近的照相館拍了這張結婚照。因為是臨時起意，不要說婚紗了，我根本沒有打扮自己。丈夫也沒穿西裝，只穿了平常的休閒衫和牛仔褲。照相館的阿姨實在看不下去，於是替我梳頭，要我拿著備用的假花。

這時我才後悔帶照片回來。它應該留在家裡的，陪同我的父母以及我成長的那間房子，這一切我該割捨的東西，都應該留在那間屋子裡。

話雖如此，我卻沒有乾脆到可以把照片丟在車站的垃圾桶。我站在新幹線月台的垃圾桶前，低頭哭泣。這叫作依戀嗎？依戀這個字眼好庸俗，俗得像是演歌裡的歌詞。我想，總有一天我會被這叫作依戀的東西給害死。

我身心俱疲，但又不能在外頭大哭一場，於是決定苦撐到家裡再哭。我告訴自己要忍住。我折騰了一番才終於回到公寓，卻發現門沒鎖。我還以為自己忘了鎖門，開門一看，大師竟然在我家裡。

而且他還站在廚房做飯，一副自得其樂的模樣。房裡瀰漫著橄欖油的香味。

「回來啦！」

大師穿著我的花紋圍裙，手裡拿著平底鍋，回頭看我。

「大、大師？」

「人家今天看到一條魚很新鮮，想把它煮成燉番茄呢。妳啊，真是討厭！每次都不開機，人家都聯絡不上妳呢。」

大師邊說邊專心炒菜。

「我是不是忘了上鎖……？」

「沒有啊！鑰匙一下子就找到了，人家就借來打了一把新鑰匙囉！」

他沒要跟我開玩笑，但還是不改那娘娘腔的語氣，繼續說道。我差點脫口說：你做的事，不是犯法嗎？不過我也沒什麼資格說別人，於是決定保持沉默，事實上我真的很高興見到大師。

「妳怎麼悶悶不樂的呢？到底跑去哪裡了呢？」

「您可不可以說話正常一點？」

「妳這女人真是無趣。」

大師哼了一聲笑著說，接著就站在廚房點起菸，但他的嘴角還是掩不住笑意。

「什麼好事讓您那麼開心啊？」

「有！當然有！不然我怎麼會在這裡學女人幹的事？」

我開始忐忑不安，萬一又是女兒的消息該怎麼辦？我不等他回答，立刻故意轉移話題。

「大師您會做菜呀？」

「我有廚師執照呢！」

「啊？真的嗎？」

「不要看我現在這樣，年輕時我也是想很多的。我這種工作沒什麼保障，沒有一技在手，怎麼行呢？萬一哪天混不下去了，我打算開個拉麵店或串燒店，還可以混口飯吃啊。」

像大師這樣有全國知名度的藝人，確實可以隨便開家店，混口飯吃。不過我倒是沒想到，向來桀驁不遜的他，也會盤算自己失去價值的後路。

「不過呀，這都是我太多心啦。」

不論我在脫大衣或到浴室洗手，或到房間換衣服，大師都像個跟屁蟲黏在我身旁，說個不停。

「我入圍文學獎了。」

絲襪正脫到一半，我不禁回頭看著大師。

「內褲都看光光囉。」

「獎？什麼獎？」我急忙問他。

大師故意挺起胸膛，說出那個文學獎的名稱。那是一個相當知名的文學獎，哪怕對文壇毫無興趣的人，都會聽過這個獎項。

「真的嗎？大師，真的還假的？」

「唷？難得妳也會有像年輕美眉的反應啊。」

「萬一得了獎，那該怎麼辦？」

「什麼叫作萬一，講話真沒禮貌。」

大師嘟起嘴，甩了甩手上的鍋鏟。

「我已經知道我沒得獎啦。上次不是公布獎名單了嗎？記不記得？後來是一個莫名其妙的年輕小伙子得獎。不過，聽說我的短篇集是這次入圍名單的候選作品呢。今天出版社的人跑來告訴我的。」

大師曾出過幾本短篇小說集，而他最新出版的作品，就小說技巧和內容而言，確實比過去的作品純熟而精采。我以為是因為自己幾乎沒看過這類日本無賴派文學，才會認為大師的作品特別新鮮，怎麼也沒想到他竟受到如此高的評價。

我訝異得沒法回過神來，大師趁我在發呆，開開心心收拾起餐桌上亂七八糟的書報雜誌，把特地買來的茶花色桌布鋪在桌上。然後他擺上番茄煮沙丁魚和沙拉，再打開冰好的香檳，平淡的餐桌頓時煥然一新，成了洋溢著幸福的美味餐桌，簡直不像是我家了。

大師更準備了高腳杯和小蠟燭。他準備周到，簡直像在玩家家酒。桌上的每一道菜，不論沙丁魚或沙拉，還是從百貨公司包裝袋裡取出的昂貴麵包，樣樣美味可口。我開心過了頭，甚至開始懷疑：剛才幾乎奄奄一息的我，到底跑到哪兒去了呢？

「出版社還請我寫一部長篇小說呢。」

「哇！好厲害喔，果真成了大作家囉。」

「下次不再當入圍名單的候選，一定要正式入圍！」

「別這麼沒自信，乾脆一舉得獎吧！」

「那當然。我只是謙虛。五年後我要靠版稅過悠哉生活囉！」

大師的開心溢於言表，我則陶醉地望著他。他的自我表現欲是如此直率，相較之下，我的性格卻如此扭曲。

「大師當初為什麼會去當藝人呢？」

「藝人想當作家，很可笑吧？」

大師聽我這麼說，開始有些不高興，悶著氣吐了一口煙。我急忙轉移話題。

「我不是這個意思。因為我自己很怕面對人群，所以不太能理解有人可以把自己當作商品推銷，也有點羨慕那種膽量。」

「因為妳的個性很扭曲啊。」

大師說得很乾脆，我停下正要拿酒杯的手。

「看得出來嗎？」

「難道妳自己不曉得嗎？」

「不，我曉得。」

我深思了一會兒。我想到心中的祕密，長久以來總以為沒人能了解這個祕密帶給我的痛，不過此時此刻，突然覺得自己可以說出口。

「我小時候曾經參加劇團。」

大師睜大了眼睛表示意外。

「是啊！原來妳待過劇團啊。」

「那是一個地方性的小型兒童劇團。因為小時候太內向，母親把我送去劇團，希望我開朗、活潑一些。」

「不適合妳吧？」大師問道。

我點了頭。有些無法適應校園生活的小孩在學校裡很消沉，到了劇團卻往往能夠積極展現自我，不過這個方法並不適用於我。劇團會要求你面對人群，勇於表現自我，要求你聲音要宏亮，要求你盡量發揮個人特質，而這些都是我最不拿手的東西。小時候，總是搞不懂母親為什麼要我做這些事。

「為了不讓母親失望，我硬著頭皮去上劇團的課。」

「那一定積了不少怨氣吧。」

大師淡淡地笑著對我說，然後在我的酒杯裡倒了香檳。他的笑容中，沒有半點同情的意思。

「不過我告訴妳，那些怨氣是妳自己高興悶在心裡的。當初是妳心甘情願扮演乖小孩，長大之後卻放馬後炮說：其實當初我是不甘願，不是嗎？妳這叫作自憐自艾、怨天尤人。不要以為小孩就可以為所欲為啊。」

我看著香檳的泡沫如一串項鍊般從杯底升起，慢慢地眨了眨眼睛。他剛才說我是自憐自艾、怨天尤人，是嗎？

「我大概料得到啦，一定是妳老媽年輕的時候有個明星夢吧？正好女兒長得滿可愛的，所以想要利用女兒實現自己的夢想，沒錯吧？老掉牙的戲碼啊，無聊死了。」

「無聊死了？」

「妳以為這麼一點小事，就可以埋怨別人傷害了妳那幼小的心靈嗎？真是有夠無聊。妳到底幾歲啦？學學千花吧！」

「我跟千花不一樣。」

「當然不一樣，真是廢話。不過千花會說自己是受害者嗎？妳能不能改一改妳的被害妄想症啊？就是因為妳這副德性，人家才會跟妳離婚，不是嗎？」

我無言以對，咬著唇低下頭。這時我突然驚覺一個事實，猛然抬起頭問道。

「您怎麼會知道我離過婚呢？」

「我不想再跟白痴說話。」

大師邊開玩笑，邊咬了一口麵包。我紅著臉再度低下頭。仔細想想，他知道我的過去，這也沒什麼好大驚小怪的。我不是已經對美代子和陽子說過了嗎？想當然，這些事一定會傳到大師耳裡。

自憐自艾、怨天尤人、被害妄想，這些字眼在我腦中轉來轉去。大師的話讓我發現了一件事：原來這輩子，我一直深信自己是被迫害的一方。沒錯，我總認為不論是父母或丈夫，都在欺負我。對於自以為親近的人，或是不親近的其他多數人，我都懷有一股難以解釋的敵意。正因為如此，我決定這一生要好好保護自己。然而，大師卻說我這叫作自憐自艾。對我而言，這席話帶給我的震驚大過反感。難道，過去我所做的一切都叫作自憐自艾嗎？

「大師沒想過把女兒送進演藝圈嗎？」

「這不是我送不送的問題吧？如果當事人有意進去，那不壞啊，我也會想盡辦法靠各種關係全力支持她。」

「……您說得沒錯。」

「自己的小孩畢竟是另一個個體。別人的人生干我屁事啊。我要過好自己的人生，都來不及呢。」

我用力點了頭。這時腦中閃過一個念頭：如果這個人是我的父親，那該有多好。如果父母是別人，這樣的假設本身，或許就是一種被害妄想吧。但是我忍不住這麼想：我是他的女兒該有多好。

不一會兒功夫我們就喝光了香檳，接著清空冰箱裡所有啤酒，我家裡一直擱著沒喝完的半瓶威士忌也空了，最後還喝起料理用的廉價清酒。

大師一會兒自言自語，一會兒咯咯大笑，我也跟著瘋了似地狂笑。兩人抱在一起，跌跌撞撞倒臥在床上，有幾次充滿酒氣的吻，但在進行那檔事之前，大師就已經開始打鼾了。我靜靜凝視著他熟睡的模樣。

我到底要這個人如何對待我？而我又希望其他人如何對待我？我那醉濛濛的腦袋，不停思索著這個問題。

到底是因為愛一個人，才會有期待，還是正因為愛一個人，才更不應該有所期待？我認為兩者都對，又覺得兩者都不對。

五歲的時候，母親把我送進劇團。

這起因於當時我極力排斥上幼稚園。我痛恨上幼稚園。一大早被叫醒之後，只要把我送上娃娃車，我就開始不舒服。每當我吃剩便當就會被老師罵，而且當時我又長得比一般小孩瘦小，常成為男生欺負的對象。最令我痛苦不堪的是，我必須和一大堆同年齡的小孩一起玩耍、一起畫畫。我不了解，其他小孩為什麼那麼開心。當時年紀雖小，我卻相當苦惱：為什麼自己會如此不合群？

每天早上我都吵著不要上幼稚園。這樣的狀態持續了半年多，母親大概也受夠了吧。這時候母親聽說鄰近的鎮上開了一間東京大型兒童劇團的分社。校長是曾經紅極一時的流行歌手。由於母親年輕時是那位歌手的忠實歌迷（我確實是遺傳母親這部分的個性），於是拉著我的手，敲了這家劇團的大門。

我不是要往自己臉上貼金，但小時候的我確實比現在可愛一百倍。小眼睛、小鼻子、小嘴巴，我的五官都長得很小。如今年過三十，這樣的長相不過是一張樸素臉，不過小時候的我又小又纖細，翻開當時的照片就會發現，那時我的確像個日本娃娃。那天母親告訴我：今天不用上幼稚園。她帶我到劇團，我記得那裡的講師是這麼誇獎我的：長相可愛的小孩到處都有，不過這個小孩有獨特的特質。我還記得當時母親聽到這句話之後樂不可支的表情。

母親的一句「以後不用再上幼稚園了」，加上她難得露出的笑容，促使年幼的我答應母親參加劇團。劇團不像幼稚園，不需要天天上課，而且只有下午的半天課，這更是吸引我。

我的劇團生活就這麼開始了。不過上課之後卻令我相當失望，因為課程內容和幼稚園沒兩樣。學唱歌、跳一些團康舞，做一些奇怪的發聲練習。雖然一點也不快樂，但劇團的學生人數比幼稚園少，這點倒是讓我輕鬆不少。我曾偷聽到，幼稚園的老師在走廊上說我是個「不討喜的小孩」，不過這裡的講師卻誇我：「美雨不愛理會別人的態度，就是她的優點。」

當然，我在劇團裡並非優秀的學生。每當有選秀或定期公演時，當初誇獎我的那位老師還是推薦其他開朗、伶俐又可愛的女孩。但我從來不羨慕，也不嫉妒她們。我在劇團裡是個不起眼的人物，對這個事實我沒有什麼特別的感覺。對劇團而言，像我這樣沒有任何主張和抱怨的學生，鐵定是一隻大肥羊。

我毫不介意自己是個爛學生，母親卻不同。母親一再向劇團抗議：為什麼我的「資歷」比別人深，卻老是不能參加定期公演？為什麼劇團不替我寫推薦函，讓我去當模特兒或是參加廣告選秀？我也曾看過她斥責講師說：「付這麼貴的學費卻毫無進展，你們在騙錢啊？」每當她展開攻勢，我就羞愧得無地自容。我很想拉住母親說：「別再鬧了！」但我說不出口。劇團裡其他同學的聲音越有精神，我越像個縮頭烏龜，聲音也越變越小。到了小學高年級，不管劇團或學校的同學都習慣嘲笑我是個「陰沉的傢伙」，或是說我「不曉得在想什麼，古怪的傢伙」。

小學畢業的同時，我放棄了劇團。並不是我主動提出放棄。當時的我已經無法說出自己的情緒，無論在任何狀況或場合，我已經不知道自己該做何反應，不知道自己到底是高興還是痛苦、討厭還是悲傷。

「小美雨，要不要放棄劇團？」母親在小學畢業典禮那天問起，我一時無法回答。我當然想放棄。不管是唱歌也好、跳舞或演戲也好，我從不覺得這些有趣，更是始終無法理解其他同學們爭先恐後、拚命推銷自己的心態。現在回想，當時我多少鄙視那些孩子的行為。

但是母親那句話卻重重刺傷了我。這是早已料到的結果，但當時我卻感覺雙腳失去了支撐。劇團的學費比我們住的公寓租金還貴，花大把銀子，卻發現我並沒有潛力成為明星或藝人。因此母親要我放棄，表示她已經不想再投資我了。當初要我去的不也是她嗎？當時我並沒有對她發脾氣，只是默默點頭。母親露出既哀傷又心安的表情。

劇團一事就此默默結束了，當時表面上看來風平浪靜。現在回想，之後的國中三年是我人生中最美好的時期。

小學六年期間，我幾乎沒有餘力好好念書，為了彌補課業上的缺失，必須比別人用功好幾倍。但我不以為苦，因為當時對母親有一種難以解釋的憤怒，而讀書就成了我壓抑情緒最好的避風港。我把讀書當作麻痺情感的手段。每當在背難懂的生字、歷史年分或英文的動詞變化時，我可以完全投入其中。我在班上也交了幾個可以聊上一、兩句話的朋友。母親看我乖乖上學，成績也越來越好，放心了不少。

少了我的劇團學費，父母決定買房子，於是我們一家人住進現在這間屋子。對於學費與買房子之間的關係，我感到有些不自在，不過倒也慶幸有了自己的房間。我可以關在房裡不受母親干擾，不論讀書或看書，高興看多久就看多久。

生活恢復平靜，母親對我的干涉也應該就此打住，因為我已經不是六歲小孩了。但母親卻依舊堅持，希望在親生女兒身上，投射出自己未能完成的某種渴望。

直到今天，我仍舊清晰記得那一天發生的事。那是國三的秋天，白天出席了導師和家長及學生進行的高中志願選填面談。那天導師在面談中誇獎我：「最近水無月同學的成績突飛猛進呢！這是因為她抓到讀書的訣竅，還有過去努力的結果吧。」然後列舉幾所程度相當好的高中。母親原本深信自己的女兒不會念書，聽了導師這番話之後，驚喜不已。她的側臉洋溢著喜悅，頻頻向導師鞠躬。她的樣子讓我想起加入劇團時同樣的光景，也因此我有一種不祥的預感。

那天，那通電話就在我們吃過晚飯之後不到半小時打來。當時我正在二樓的房間翻閱參考書，聽到樓下電話響起，母親接起了電話。她是個大嗓門，即便不想聽，她的說話聲還是會傳到我的耳裡。

對方似乎是母親學生時代的朋友。這個人偶爾會打來，兩人開始長舌，盡聊一些沒營養的話。她們倆一如往常，聊些自己的近況或是友人的八卦。不過只要我專心讀書，母親的聲音就不會再吵到我。我一向如此，但是那天，正要解出數學方程式時，發現她們的對話中突然出現關於我的話題，於是我放下了自動筆。

「對啊，美雨腦筋好像不錯呢！以前上劇團的時候，我總覺得她怎麼這麼沒精神，不過看她念書的樣子好像樂在其中喔！而且也很愛看書。什麼？不像是我生的？太過分了吧。不過她老爸學校成績也不怎麼樣啦。這叫作隔代遺傳嗎？今天啊，導師還說她的將來很有希望呢，我真是高興死了！如果她當個醫生或律師之類的，我就可以拿回花在她身上的劇團學費啦。早知道，一開始是不是就應該把她送去念升學補習班呀！什麼？也對啦，太貪心會遭天譴的！」

母親天真的聲音，就這麼傳到我的耳裡。這一刻，連我都沒自覺，但自己確實已經站起來了。我用顫抖的雙腿走下樓梯，悄悄打開那扇全新的客廳大門。手掌上流出的大量汗水，讓我抓住門把的手滑了一下。當時那個觸感，至今我仍清楚地記得。

打開門，客廳裡還留著晚餐的壽喜燒味道。母親拿著話筒站在那裡有說有笑，發現我下樓，瞄了我一眼。父親坐在沙發上看報紙，我看見父親的後腦勺。母親爽朗地說聲「再聯絡喔」，然後掛斷電話，笑著問我說：「對不起，吵到妳啦？」

母親並不覺得自己的談話內容有什麼見不得人的。她大概作夢也沒想到，自己的話會刺傷我吧。至於父親，想必他也聽見母親剛才的對話，卻沒想過要關心我們母女倆。

這時，我心中的某個部分終於崩潰了。或許我應該當場大鬧一場。如果當時我可以大吵大鬧，提出對母親的不滿，或許今天就不會是這樣的局面。

當時我若無其事地走到廚房泡了一杯即溶咖啡，然後拿著咖啡默默走出客廳。正上樓時，母親在樓下親切地問我：「今天又要讀到很晚嗎？」我慢慢回頭，看見母親滿懷期待的笑容，以及她那紅潤的臉頰。手上的杯子晃了一下，咖啡燙到我的手。但即便燙了手，我卻一動也不動。

「我會替妳準備飯糰，如果肚子餓了，可以下來吃喔。」

母親溫柔的語氣中，沒有半點惡意。我沒有理她，默默上樓去了。從此我再也沒有，真的再也不曾讓母親看過我的笑容。

我經歷了這樣的遭遇，還能說我是怨天尤人、自憐自艾嗎？

我望著大師紅通通的臉和驚天動地的鼾聲。這個男人可曾有過走投無路的莫大無力感？還是說，我的遭遇沒什麼了不起，其實每個人都曾經歷類似的絕望，並且克服了它們？

我落下眼淚，一滴淚珠落在大師的臉上。他只是皺一皺臉，並沒有醒來。

「什麼？妳年底就要辭職了？」

陽子的話令我大吃一驚，不由得從椅子上站起來。

「幹麼嚇成這樣啊。我不是說過不久就會離職了嗎？」

「可是，可是……」

我驚慌失措地坐下。陽子邊抽菸邊望著我。新來的男職員在她背後，以飛快的速度面對電腦敲打著鍵盤，裝出一副與世無爭的模樣。

「可是什麼？」

「陽子小姐不在，我會不安。」

「少來了。妳一定是想說：又可以趕走一個討厭鬼了。」

「我才沒有這麼想。」

「隨便啦。妳就藉機霸占大師吧。」

陽子似乎覺得很無趣，把菸灰彈進菸灰缸裡。我什麼話也說不出來，只能默默地環顧著辦公室。短短期間內，公司改變了不少。千花不再出現，換來一個神經質的男職員，因此這裡多了兩台新機種的電腦，卻少了一套破沙發。各種款式的拖鞋也換成同一種款式，不再有蕎麥麵店或披薩店的傳單亂七八糟地散落一地。馬淵似乎完全取代了陽子的工作（而且幾乎都科技化了），陽子多半只是在這裡抽菸、發呆。至於我更是無所事事，因為大師長期窩在飯店裡撰寫那部長篇小說。

「妳該不會要結婚吧？」

陽子把穿著馬靴的腳翹到桌上，斜眼瞪我。

「別把我當成跟妳同類。」

「我不是這個意思。」

「沒有什麼這個那個。」

「請不要辭職好不好？」我哀求她。

「妳到底在說什麼呀？」

這時馬淵刻意發出聲音站起來。我們不約而同看了這個高個子男人。他對我們露出燦爛的微笑說：「我可不可以去吃晚餐？」

「當然可以。請便。」陽子說。

「一個小時就會回來。」

他手上拿著薄得驚人的筆記型電腦，心情不錯地走出辦公室。他今天穿的不是西裝而是毛衣，挺直的背影給人一種毫無破綻的印象。

「我才不要跟那個人獨處。」

馬淵一走，我就開始吐苦水。

「為什麼？他人很優秀呀，也不會亂說話。」

「就因為這樣，我才不想啊。我最怕那種人。搞不懂他在想什麼。」

「妳才讓人搞不懂在想什麼哩。」

陽子哼笑著說道。

「厚顏無恥的水無月小姐，怎麼會這麼膽小呢？就像當初妳趕走美代子和千花一樣，如果不喜歡他，妳可以趕走他啊。」

「我沒做過那種事啊。」

「少跟我來這一套。妳以為我不知道啊？我不像妳沒朋友，她們都跟我說過啦！」

我無力地嘆了一口氣。陽子似乎認定我是個厚臉皮的人。

「我害怕對方太理性。」

「妳的意思是說，妳不怕感性的人囉？」

「馬淵先生有點像我的前夫。」

聽到這句話，陽子終於露出興致勃勃的眼神。

「是喔。就是妳說的那個正經又愛看書的理工男嗎？」

「是的。」

「所以，妳是害怕對馬淵先生產生感情嗎？」

「不是。絕對不是。」

「那是怎樣？」

陽子翹起下巴，神情自若地看著我。看見她那副德性，我想起大師說過：陽子曾經和一個騙財騙色的經紀公司老闆同居，有一段悽慘的過去。拋開和這個男人的關係之後，她遇見了大師，大概是大師把她從那個痛苦深淵救了出來。但如今她連大師都不要了，往後到底要何去何從？難道她已經能夠拋開這一切了嗎？

「看到像馬淵那種人，我就很想惹毛他。明知會被打得落花流水，但我就是忍不住想挑戰對方。」

陽子聽了突然哈哈大笑。

「妳也真是的！搞不懂妳到底是S還是M呢。」

「我想我是M吧。」

「沒錯，妳的確喜歡讓人欺負。」

陽子笑得眼淚都流出來了。

「請妳不要辭職嘛。」

我再度懇求她。

「唉呀，妳的意思我了解啦，不過我已經拿了退休金呢。」

「起碼做到三月，做到三月十三日就夠了。」

「什麼啊？幹麼選一個莫名其妙的日子？」

「我可以跟妳要電話嗎？」

「妳有完沒完？」

這時候，辦公室的電話響起。電話的子機正好在陽子手邊，她一臉不耐煩地接起電話。應該不是大師打來的，大師要找我應該會打手機才對。「是，請稍候。」陽子客氣地回應對方，然後把子機遞給我。

「男人。」陽子說。

「男人？」

「真不懂，妳到底是有男人緣還是沒有？」

陽子自言自語，我從她的手上接下話筒。

「是我，是我！最近好不好？要不要出來走走？」

對方的聲音特別開朗，不正經的態度不輸大師，原來是荻原打來的。

荻原和我約在一間位於歌舞伎町偏僻住商混雜大樓內的酒吧。我抵達時，荻原正一個人跟媽媽桑喝酒。一坐到他身旁，他就對我發出撒嬌聲，握住我的手說：「小美雨！」我舉起另一隻手，看了看手表。

「還沒八點呢。」

「那又怎樣？喝酒還有分早晚的嗎？」

「怎麼這麼早就醉成這樣啊？」

媽媽桑代替荻原回答：

「小荻這傢伙啊，五點就開始喝了呢。我一來就看到他像隻狗一樣，坐在店外面等我。我說店還沒開，他還是硬闖進來一杯接一杯呢。」

「沒……有錯！」荻原語無倫次地附和媽媽桑的話。

9　S指虐待狂，M指被虐狂。

我甩開荻原的手，從皮包裡掏出手機，確定可以收訊後，再塞進牛仔褲的口袋。

「水無月小姐，好久不見呢。」媽媽桑向我問候。

「是啊，不好意思，太久沒來了。麻煩妳給我一杯烏龍茶。」

「幹什麼！竟然給我點烏龍茶！」

荻原立刻槓上我。他湊上來，全身酒氣沖天，令人難以忍受。我不經意地推開他的肩膀，試圖遠離他。

「臭死了！不要靠我太近。」

「好過分喔！妳不愛我了嗎？」

我無力地望著他裝哭的模樣。是不是因為喝醉的關係，以往總是筆挺帥氣的西裝今天看來皺巴巴。我還發現他的名牌領帶上有一塊污漬。

「小荻，你怎麼了？發生什麼事了嗎？」

「水無月，妳才怎麼了？怎麼不喝酒呢？」

「我還有工作啊。喝了酒怎麼開車啊？」

荻原彷彿在鄙視我，「喀」的一聲，吐了口口水。

「聽說妳在當創路功二郎的司機？」

「是啊。」

我立刻承認，讓荻原大感意外。他的表情突然變得嚴肅起來，專注凝視著我。

「這是妳要的嗎？」

「酒味很臭耶，離我遠一點啦。」

「何時何地電話一來，妳就立刻衝過去接他是不是？他要帶別的女人上賓館，妳也樂意替他接送是不是？」

「沒錯啊。」

我並不在意荻原的話，倒是比較關心他為什麼會爛醉如泥。

「妳那叫奴隸，妳懂不懂？」

「奴隸也無所謂，我拿了我該拿的薪水啊。」

「妳結婚的時候也是這樣。妳啊，至少要注意別再重蹈覆轍了。」

荻原用充滿血絲的眼睛看著我，他的關心似乎是認真的。

「我拜託妳啊。」

「我懂。我懂了，所以別再聊這些了吧。倒是你，到底怎麼了？工作上出問題嗎？」

「妳怎麼不猜我是為情所困呢？」

這次換我發出冷笑。荻原不是那種會為情所困的人。

「有什麼不順嗎？真難得啊。你不是到哪都吃得開啊，怎麼會變成這樣呢？」

「少看扁我，我順得很呢。」

「你的一切努力，都是為了安然度日，對吧？」

荻原不回答，只是把手肘靠在吧台上，凝視著自己的杯子，然後喃喃自語說：「這女人真惹人厭。」這一生中，已經不知道多少人說過這句話。儘管表達的方式不一定相同，但我確實從各種人的口中聽到這句話。母親說我不討喜，班上同學則說我冷酷、古怪、莫名其妙、陰沉，叫我不要看他們。

「我老爸住院了。」

我訝異地看了他，這時有人打開酒吧的門，看似上班族的三個客人上門。媽媽桑原本面無表情抽著菸，此時立刻露出招牌笑容，以高亢的嗓子迎接來客。我們退到吧台角落，順便請媽媽桑為荻原的空杯子添了威士忌。

「水無月，妳也來一杯吧。」

「我是很想，不過上次喝了一點酒，結果遇到臨檢呢。」

「……沒事吧？」

「沒事啦，檢查駕照就過關了。」

「是喔，小心一點啊。」

「我知道。謝謝你的關心。你爸爸還好嗎？」

荻原搖著杯中的冰塊，嘆了一口氣。他的父親開了一家經營多年的房屋仲介公司。我雖然沒仔細問過荻原，不過他似乎無意繼承家業。

「其實我並不擔心老爸的事。他現在會落得全身都是成人病，都要怪他年輕時太享受了，自食惡果啦。該玩的都玩夠了，我想他也死而無憾吧。」

我默默喝著烏龍茶。剛才上門的三個客人當中，有一個爛醉男子大吼大叫、吵鬧不休。為了取悅他，媽媽桑刻意發出大笑聲。同樣是酒店的媽媽桑，相較之下，美代子果然是貨真價實的銀座大牌媽媽桑。這家店的媽媽桑穿著舊式套裝，臉上的妝數十年如一日，她也從不刻意隱藏敷衍了事的態度。店裡的角落堆滿了大紙箱，酒杯看不出擦拭過的痕跡。事實上，這裡的媽媽桑天生對人不感興趣，所以也不會管客人的私事。這樣的態度，說是輕鬆嘛，倒還滿輕鬆的，加上消費又便宜，所以其實我還頗喜歡這家店。

「其實說不上是什麼問題啦。不過怎麼說，水無月妳也是獨生女，應該了解吧？」

隔了很久，荻原才終於開口說了這句話。

「你得照顧你媽，所以要帶她回家一起住對不對？」

「沒錯。這麼一來，我老婆就不高興啦。」

荻原早就結婚，有小孩了。但我只在婚禮上見過他老婆一次，而且他從不曾提起家人的事，所以我時常忘記他的已婚身分。知道他要結婚時，我和丈夫的關係也很甜蜜，或許正因為如此，我沒有為荻原的婚事吃醋，他的婚姻也未曾危及我和他之間的友誼。

「小荻，你怎麼會為了這點小事沮喪呢？」

荻原慵懶地搖搖頭。

「我想找妳說話，可能是想跟妳討論這件事的後續問題吧。」

「什麼事？」

「老爸死了之後，我可以拿到一筆可觀的財產。我能自己創業了。」

我似懂非懂，張大了嘴巴。

「你要繼承仲介公司嗎？」

「不，我想開一家編輯工作室。」

「你要開工作室？」

我大吃一驚，不由得放大音量。

「有那麼意外嗎？」

「嗯……有點。不過，其實小荻，你的自尊心滿強的，或許不適合在別人底下做事吧。」

關於這一點，他並沒有反駁我。我想他可能在公司發生一些不愉快的事，嚴重打擊了他的自尊心。

「我曉得我老婆、我媽都會反對我創業。要作自己家裡的生意也就罷了，工作室的生意，可就不一定能賺錢嘛。如果繼續留在現在的公司，我和家人都可以過得安安穩穩。」

「不過，你很想創業對不對？」

荻原整個頭埋在雙臂裡，像個小孩似地喃喃自語：「我不知道。」我第一次看到總是充滿自信的荻原如此徬徨。我發現店裡突然安靜了下來，抬頭一看，原來剛才那個大吵大鬧的男子進廁所去了。媽媽桑帶著慵懶的微笑走向我們。

「唷，小荻要睡覺覺啦？」

「我差不多要帶他走了。」

「沒關係啦。你們都一把年紀了，多少有一些不為人知的煩惱嘛。」

媽媽桑的話令我發笑。的確，當年常來這裡的時候，我們都比現在年輕好幾歲。

「對了！我想起來了。」媽媽桑邊替我倒烏龍茶邊說道：「那是什麼時候？半年前吧。藤谷突然到這裡來呢。」

荻原猛然抬頭說：「真的嗎？什麼時候？」

「我說我記不太清楚嘛，大概是夏天之前吧。時間已經很晚了，他忽然一個人出現在店裡。一開始我還沒認出他呢。他說：好久不見。我才認出來是他。不過，因為還有其他客人在，我也沒跟他說上什麼話。水無月小姐，妳有跟他聯絡嗎？」

「……沒有。」

「是嗎？他看起來還不錯啊。不過感覺有點變了。」

「妳說變了，是變怎樣？」

我已經完全失了神，所以荻原代替我問了媽媽桑。

「怎麼說，或許是因為他已經在別的地方喝了點酒吧，感覺老了好幾歲。我也沒什麼資格說別人，不過他那天不是穿西裝，而是不怎麼乾淨的外套，所以看起來特別老。」

我的沉默讓場面有些尷尬。這裡曾是丈夫藤谷常來的店。有幾次，我們和荻原一起在這裡喝通宵。丈夫和其他常客滿熟的，我喜歡和丈夫到這裡，看他和其他客人閒聊的樣子。丈夫平時不善於社交，不過說也奇怪，一到這裡，他就可以完全放鬆。我聽荻原說，我們離婚之後，他就再也沒到這家店。丈夫徹徹底底從我眼前消失了。

「差不多該走了吧。媽媽桑，我要結帳。」

「我把帳記在你的公司啦。」

荻原想了一會兒，然後苦笑點點頭。我和荻原出了店，搭上又小又髒的電梯。我難得看到荻原腳步蹣跚。我們一語不發，讓電梯載我們從地下到達地上，然後一起走向街上。北風吹襲，我不禁立起大衣的領子。

「我要回公司。」我說道。

「那我送妳吧。」

他招了車。一輛計程車正好在他面前停下，一個看似作陪小姐的女乘客從車上下來。荻原一上車連咳了好幾次，似乎很不舒服。司機從後照鏡對我們露出傷腦筋的眼神。

「還好嗎？」

「沒事。水無月妳過年要怎麼過？」

「跟平常一樣啊。」

「不回家嗎？還是要陪創路功二郎？」

我微微笑道：「怎麼可能跟他在一起。一個人在家看看紅白歌唱大賽，隨便喝個酒，然後睡覺囉。」

「別再鐵齒了，該回老家看看吧，住個一天也好啊。」

「不用你多管閒事。」

我的語氣強硬。荻原疲憊地揉了揉脖子說道：

「我呀，總覺得對妳有些責任呢。」

「為什麼？什麼責任？」

「身為妳的第一個男人，我沒辦法放著妳不管啊。」

我在昏暗的計程車裡凝視荻原。霓虹燈從他背後流逝。

「不用了。你差不多可以不用管我了。」

「我也想啊。」

他慵懶地仰躺在座位上，當然，他並沒有握住我的手。這時臀部口袋裡的手機響了，我急忙挪了身體拉出手機。

「是我。」

大師的聲音沙啞，聽起來很疲憊。

「我還是決定睡在這邊，妳今天可以回去了。」

大師連我在哪裡也不問一下。我只是乖乖地回答：「是。」

「明天不用開會，也沒有採訪，我打算整天待在這裡寫稿。妳可以放假一天了。」

「是。」我卑微地重複回答同樣的話。大師沒再說話，直接掛斷。我懶懶地將手機收進皮包裡。荻原手伸了過來，輕輕握住我的手。我抬頭看他。充滿在他的眼神中的，並不是對我的愛意，而是對我的憐憫。

隔天，我無事可做。

迫不及待買來的書，高高堆在床邊。打算在車上聽的好幾張唱片，連包裝都還沒拆下。但是這一天，我卻無事可做。

這些日子以來，我辭掉便當店，然後跟了大師。而這一天，我第一次為這一連串的決定感到後悔。認識大師之前，買不起想看的書，還得到圖書館預約好久才能拿到新書。儘管有些徬徨，在便當店的工作之餘，我仍致力從事翻譯。下次領薪水，就去看一場電影吧！下次放假，就帶著犒賞自己的新書，到植物園走一趟吧！雖然這些都只是小小的幸福，但還是鼓勵自己，認真過每一天。

但今天，我不想做任何事。喜愛的作家出了新書，我特地從國外訂了這本原文書，最近也學會買時尚雜誌，但我無心翻閱這些東西。車子髒了好幾天，原本打算洗車，但又嫌麻煩。我只好意思意思，外出到附近的便利商店採購食物，卻沒有食欲，只好把買來的東西整包塞進了冰箱。

其實，我想做的事情並不是沒有。到了傍晚左右，我隱隱發現了這個事實，心裡也不得不承認它了。我意興闌珊橫躺在床上，望著儲藏櫃的把手，發呆了好一陣子。然後我放棄掙扎，慢慢起身，打開了儲藏櫃。上次回家時用的皮包放在雜誌堆上。皮包上，沒有拉起拉鍊的地方，可以看到裝著那張照片的信封袋一角。

帶回照片後，我克制了一個禮拜不去看它。但在這一刻，我還是拿起了那個泛黃的信封袋。我又打破了自己定下的原則。我用絕望又沉重的心情，打開了信封袋裡的厚紙板。

我和丈夫的照片，放大為雜誌大小的尺寸，裝訂在精美的厚紙板上。好久沒翻開這張照片了。丈夫是長這個樣子的嗎？感覺有些陌生。但我清楚記得當天發生的事。那天，丈夫提議去照相，真正要拍照時卻因為害羞而鬧彆扭，所以照片上的他，竟是一張苦瓜臉。而我呢，一來是丈夫不高興，二來照相館的人不斷要求我們「多笑一點」，因此我的表情也是一臉困惑。那幸福的一瞬間，就定格在這張相紙上。

我心想，就算是荻原約我，我也不應該去那家店。否則我也不會聽到丈夫的消息。聽說有些人為了戒毒，以必死的決心克服毒癮，但這些故事卻完全無法打動我。我已經心亂如麻，無心做任何事了。

一旦翻開了照片，我就再也無法闔上它。當初決定不再看那張臉，現在已經看了，封存在記憶底層的回憶頓時湧現，歷歷呈現在眼前，讓我在床上無法稍動。早知如此就不該看，早知如此就不該去，早知如此就不該認識。這一天，我整個人陷入後悔當中。

我回想起荻原結婚那一天，我們夫妻倆受邀參加喜宴。這是我們第一次也是最後一次，穿著正式的裝扮出門，我快高興死了。荻原的喜宴華麗又俗氣，丈夫平常愛數落人，但這一天並沒有調侃荻原，始終面帶微笑，表現得恭恭敬敬。那天就像是我自己的婚禮。每當藤谷向大學時代的教授或學長們報告「我們已經結婚了」時，就好像自己已經長大成人，覺得既驕傲又甜蜜，幸福得叫人融化了呢。

「妳結婚時就像個奴隸」，昨天荻原是這麼說的。現在回想，或許是如此吧。丈夫說什麼都是對的。雖然內心覺得不對，但我還是把丈夫的話當作是對的。即便他把黑說成白，我也要站在他這一邊，我自認為這就是我應盡的任務。直到現在，我未曾改變這個想法。放縱對方等於愛對方。不這麼做，要如何區分自己人和外人？而丈夫他就是我唯一的自己人。

我的眼前開始昏暗，放在大腿上的照片也開始模糊，這時我才終於放下照片。我站在電話前，猶豫要不要再打給藤谷。一如往常，我決定會立刻掛斷電話，於是拿起了話筒。但這一瞬間，丈夫訣別的話語，忽然在我心中甦醒了。於是我放下話筒。

「不要看這邊！不要看我！」他是這麼說的。丈夫以往總是不喜歡我和別人見面或讓我單獨出門，但他那天說的話，卻與過去背道而馳。是丈夫比較希望我們能夠緊緊依附在一起。我和丈夫兩人的小小世界，越來越排外。我們的世界裡，最後只剩下丈夫一人獨大的價值觀。我放棄了思考，我想自己這麼做，丈夫比較舒服自在。我就像一隻狗，總是乖乖聽話卻又時常挨罵，最後被人一腳踹開。當時，我的心四分五裂、無所適從。

荻原說他對我有些責任。現在的我，對他沒有任何怨恨，反而有一種感恩。年輕時我的精神狀態雖然低迷，但也還算穩定，而當年讓我走向不歸路的人，確實是荻原。

那一年，我離鄉背井在外度過了第三個新年。考上東京的大學之後，我就在外租房子。第一次過年我便沒有回家，一個人留在套房裡。其實這沒有想像中嚴重。不論除夕夜或是初一，只要保持平靜的心，日子自然會過去。唯一令我頭痛的事，就是母親會不斷打電話來，大哭大鬧說：

「為什麼不回來！」隔年開始，只要一進入十二月，我立刻拔掉電話線。結果，這次換來幾通電報，於是我寄了一張明信片，上面只寫了一句話：「我不回去」。

那是發生在大三除夕夜的事。當時我和荻原參加同一個英語社，那是超過百人的大社團，而我不常出現，因此只和荻原見過面但不熟。

我已經有兩次留在套房獨自過年的經驗，那一年也不例外。我自己到新宿的百貨公司採買年夜飯和稍貴的好酒，買完東西走到出口時，巧遇了荻原。荻原對任何人都非常友善，對我也非常大方，親切地向我打招呼。他說和朋友約好待會兒要去神奈川最大的寺廟參拜，邀我一起去，但我拒絕了。他看我急著回家，感到相當不解，勸我不要回去。他說：「過年為什麼不回家呢？不回家的話，幹麼一個人過呢？應該和朋友一起過啊。」

「我沒有朋友。」我記得那時說了類似的話。他非常驚訝，反問我：「那妳也不把我當朋友囉？」

我不太記得接下來的來龍去脈，總之後來荻原就跑來我家了。我想應該是荻原自己跟來的吧。而我也不能否認，獨自過年確實有些淒涼，因此不排斥荻原纏著我到家裡來。

我早就知道荻原有女朋友。在做那檔事之前，雖然已經醉茫茫，他仍舊一再用心提醒我，他是有女朋友的人。即便如此，我還是很開心。我並沒有愛上荻原，但他那健康的思維，讓我感到新鮮。一開始我還會試著防他，後來漸漸解開心防。我發現，原來這世上也有像他這麼特別的人，覺得他好有趣。

沒錯，當時我並沒有喜歡荻原。但是，上了床的那一瞬間，我心中萌生某種情感。當時誤以為這就是戀愛。但現在我很清楚，那是錯的。過去因為找不到出口而淤積在心中的膿，一古腦兒發洩到他的身上。事情不過如此罷了。

從這一天開始，我展開對荻原的騷擾。我每天打電話到他家，知道他在躲我，我就到車站或是路邊堵他，也曾打電話騷擾荻原的女朋友。我無法克制自己，更害怕自己的情緒。我的行為令荻原毛骨悚然，但他不敢直接面對我，向我發火，只能一臉惶恐地到處閃躲。我就像在陡峭的滑雪道急速滑落，這時出面攔阻我的人，就是藤谷。

那天，我抱著雙膝蹲坐在荻原停放於大學附近的車子前。天色漸暗，到了晚上，荻原還是沒有出現，我堅持等下去。我的身體早就凍僵了，寒風刺痛地吹在指尖和臉頰上，但我還是無法離開那裡，只能死盯著好幾雙腳踝從眼前經過。路上行人竊竊私語，把我當成可疑人物，直到這些聲音也消失了，這時藤谷正好經過我面前。

他一語不發，拖著因為淚水和鼻涕而顯得落魄不堪的我，回到他的住處。我始終哭個不停，他遞了一杯咖啡給我，自己坐在書桌前開始寫報告。不知過了多久，我因為哭得筋疲力盡而睡著了，直到忽然聞到一陣香味才醒了過來。書桌前已經沒有藤谷的身影，只聽到小小廚房內傳來的一些聲響。我悄悄湊過去，看見他正在炒菜。

他面無表情，把做好的炒麵分成兩盤，將其中一盤放在我面前。自從因為荻原的事精神脫軌之後，我就完全失去了食欲，沒好好吃過一頓飯。因此我毫不客氣地拿起筷子，大口大口吃了起來。藤谷把麵炒得太軟，而且只放了高麗菜，卻是我吃過最好吃的東西。我哽咽地吃下那盤麵。藤谷邊看電視邊吃炒麵，絲毫不關心我的樣子。

用完餐，喝了藤谷泡的茶，我總算回復神智，能夠好好向他道謝。當我正要說明事情的原由時，他卻露出招牌冷笑阻止我往下說。他只說了一句：「妳的事情已經傳遍，我早就知道了。」

當時我感覺全身的血液都湧上臉來。

自從那天起，我就賴在藤谷家不走。他也沒叫我回去。我連衣服都沒回家拿，一直在他家住到春天。後來我總算恢復正常，回到自己的住處，這次換藤谷賴在我家。我們就這樣一起生活到畢業，然後結了婚。我們不在乎外面的所有人，包括家人、朋友。

是他救了我。是他撿到我。所以藤谷就是我的主人。我深信這個人應該不會惡意遺棄撿來的動物。我對他深信不已，但對這位主人還是有某種程度的不信任感。這是為什麼呢？我為什麼無法相信他呢？

至今，我依舊很疑惑我們為什麼會離婚。當然，這一切結果都是我自己的選擇累積而成的，但我仍然無法面對自己當下的處境。我總覺得，現在的我只是個幻覺，真正的我還留在那間小公寓，和藤谷生活在一起。我早已失去了這一切，但就連這個事實，我都無法接受。

我發現電話在響。我凝視著電話，但它沒有顯示來電。我似乎在哪裡聽過這個來電鈴聲。這時我才想起這是手機的聲音，急忙站起來。刺耳的鈴聲，從冰箱旁的皮包裡傳來。我抓起皮包，顛倒過來，讓裡面的東西散落在地上。我從一堆雜亂的東西裡抓起手機。

「水無月小姐嗎？」

是女人的聲音。我原以為是大師打來的，因此嚇得完全說不出話。

「我是ＩＴＳＵＺＩ，上次真是謝謝妳。」

她的聲音既有禮貌又甜美。我花了一段時間才了解ＩＴＳＵＺＩ就是創路。

「您是夫人嗎？」

「是的。現在方便說話嗎？」

她的語氣似乎不是打來罵人的，比較接近處於劣勢的態度。該不會打來找大師吧？不，先不想這個，重點是她怎麼會知道我的電話號碼呢。

「方便，不過大師應該留在他平常住的飯店吧。」

「我知道，我剛才和他通過電話了。他寫不出稿子，好像很辛苦呢。」

「……喔。請問您是向大師要了我的電話號碼，是不是？」

「不是啊。他記在他的筆記本上啊。」

她答得很爽快，我差點沒愣得把電話丟到地上。他們這對夫妻是不是有問題啊？

「水無月小姐，妳正在做什麼呢？」

「啊，沒有，沒特別做什麼事……」

「那太好了！」

我不懂到底好什麼。我摸黑找出電燈的開關繩，點了燈。房間突然一亮，讓我有些眼花。

「妳現在不是在工作，對吧？」

「嗯，應該沒有。」

「方便的話，現在要不要到我家來玩？」

我無法相信自己的耳朵，更不能理解她說的話。

「什麼？」

「來我家玩嘛。我烤了蛋糕呢。」

「現在嗎？」

「睡衣、牙刷這裡都有，妳不用擔心。因為很無聊，我在家烤了蛋糕，可是老公又不回來，所以啊，我正想找個人聊聊呢。」

她的語氣猶如孩子般天真。拒絕吧！我直覺這麼想道。就在這一刻，她留下一句「我等妳喔」，然後立刻掛斷電話。手機發出嘟嘟嘟的聲音，我只好無力地將它放在沙發上。

我也想過不要理她。我才不要拿哭得腫脹的臉去見大師的太太。但是內心深處有些癢癢的，像被蚊蟲叮咬似的。明知最好不要去抓它，又很清楚我沒有能力克制自己。

如果能有一些變化，即便是更糟的結果，我也希望能夠遠離現在的低潮。我對自己做了這樣的解釋，然後準備出門。

我起身，忘了拉上窗簾的玻璃窗，映照著我的模樣。

我總是輸給自己。明知對方要給予重擊，妳為什麼還是堅持要去？夜色玻璃上的我，向我投訴。

抵達創路家時，已經過了八點。我心想不應該餓著肚子到人家家裡作客，於是吃了之前買好的三明治才來這裡。後院有一個可以停放兩輛車的停車場，當時空無一車，我刻意把車子停在正中間。大師家的窗簾後透著燈光，我抬頭看這個屋子，然後又回頭看了自己的車子。倘若真的不想來，那就別來，何必用如此陰險又諷刺的方法表達不滿呢？我覺得自己很沒用。刻意買了東京土產諷刺母親，也不認真傾聽荻原的煩惱，我真是糟透了。

雖然不明白太座邀請我的用意，但我打算盡量不要耍一些小把戲，把所有想問的事情問個清楚，把想說的話說出來就走。我擬好策略，正要按下後門的門鈴時，門突然開了。

「歡迎。我正在等妳呢。怎麼那麼晚呢？」

太座微笑道。

「真的不會打擾到妳嗎？」

「怎麼這麼說呢！是我邀妳來的，不是嗎？進來吧。」

她身後的房間裡，映著明亮的燈光，就像背光的景象。

「……我空手來，真不好意思。」

我不知道該如何出招，只能說出雞同鴨講的話。

「不用介意啊。水無月小姐，妳真有禮貌呢。陽子比妳差多了。我啊，好開心喔。」

太座手舞足蹈地領我進門。屋裡散發著淡淡香草精油的味道。正值寒冬，她卻只穿了一件灰白色的短袖毛衣，打扮讓人聯想到甜點，和這個房裡的香味非常相襯。我跟在穿著獨具光澤的喀什米爾毛衣的她身後，繼續往前走。夏天時，大師同樣帶我到這個光鮮亮麗的客廳，不過這次是從反方向進屋。通往院子的門上，覆著一層淡粉紅色的厚重窗簾，暖爐裡沒有放柴木，而是擺了一台大型瓦斯暖爐。整間客廳烘得有點熱，難怪她穿短袖。

「要來杯茶嗎？還是酒？」

「嗯，不用管我，沒關係。」

「當然要管囉！妳會在這裡過夜吧？」

「啊？」

我這才想起，剛才她好像說過什麼牙刷、睡衣之類的。我啞口無言，她嚴肅地對我說：「都已經這麼晚了耶。」這麼晚叫人來的，不就是妳嗎？我心裡這麼想，但沒說出口。

「那麼，我可以喝杯啤酒嗎？」

「當然可以！坐著等我，看看電視吧。」

一說出啤酒這兩個字，我才發現自己渴得不得了。我坐在和夏天來的時候坐的同一張沙發上，拿起桌上的遙控器打開電視。最新型的大畫面電視上，正播出機智問答的綜藝節目。大師偶爾會上這個節目。以前總覺得這些節目很沒營養，如今身邊的人參與其中，我對這類節目的看法也改觀了。就像我在便當店領薪水一樣，藝人也得靠這些節目來糊口。不能夠全然否定這些節目，職業是不分貴賤的。

太座和大師那天一樣，端出兩大杯比利時啤酒。她非常有氣質地以嫩白纖細的手將杯子放到桌上，修得相當精緻的指甲上塗著透明指甲油。「呵哼，」她含笑著說：「人家偶爾來一杯也無妨吧。來，乾杯！」

我已經好久沒看過有人裝可愛成這樣。和她乾杯之後，我拿起啤酒一飲而盡。吐一口氣，放下酒杯之後，我發現太座的杯子也空了，杯裡只剩泡沫。這一刻，我和她視線相對。

「為什麼……？」

我不禁溜出了這句話。太座扭了扭脖子問道：

「什麼東西為什麼？」

「為什麼會叫我來呢？」

「我不是說過好幾遍了嗎？烤了蛋糕又想找人聊聊天嘛。對了，有一鍋奶油燉菜，要不要嘗嘗？」

「不用了，我吃過了。」

「為什麼？」

這次換太座說出我剛才的台詞。她的大眼睛睜得更大，疑惑地盯著我。

「我請妳來吃晚餐，妳為什麼會先吃東西？」

「不，嗯，因為妳說是蛋糕。」

「啊，也對。我說得不夠清楚。真是抱歉。」

她皺起了眉頭，一副怕別人不知道她在內疚的樣子。我記得太座和我一樣大，但怎麼看都不像，橫看豎看都只有二十來歲。光滑的臉頰和下巴，嫩白的脖子和纖細的肩膀；光澤動人的髮絲輕輕覆在耳朵上，比夏天見到時稍微長了一點；不曾間斷的笑容和銀鈴般的甜美聲音，蘊含著少女的嫵媚及包容一切的母愛。她就像個小孩，又像大人，有一股不協調的魅力。我終於了解，大師為什麼會從美代子、千花、陽子，以及其他眾多女人當中，特別挑了這個人。她在各方面想必都是個不簡單的人物。

「妳是在哪裡認識大師的呢？」

我單刀直入地問她。

「在飛機上，他坐在我旁邊。」

「什麼？」

「我記得是從英國回來的時候吧。那一次頭等艙裡只有我和他，自然而然就聊起來了。我啊，平常不太看電視，只覺得這個人好像很面熟，怎麼也沒想到他是個藝人呢。只覺得他是個風趣的大叔，所以有了一點好感。後來他就約我出去……」

我打斷她的話。

「等一下。妳剛才說頭等艙，是嗎？」

「對啊，那一次是剛好啦。因為商務艙客滿了。」

也就是說，平常都搭商務艙囉，我在心中喃喃自語。就如外表所見，這個人果然是家財萬貫的千金大小姐。

「當時，妳一個人去旅行嗎？」

「嗯，怎麼說呢？這也算是返鄉嗎？現在我爸爸和媽媽住在英國嘛。」

我已經無心再問下去了。她該不會說，父母住在城堡裡吧？

「妳也真大膽，竟敢嫁給那個大師啊。」

聽我這麼說，她完全愣住，接著如彈簧般抖動，咯咯地笑起來。她猛力拍打沙發，大爆笑。

「有那麼好笑嗎？」

「沒有、沒有，等等、等等。啊，肚子好痛。」

我等她停止狂笑。太座笑到眼淚都流出來了。我望著她，這才想起，我連這個人叫什麼名字都不知道，於是問她：

「我可以冒昧問妳一個問題嗎？」

她壓著胸口深呼吸，努力克制自己的笑意。

「不要問太好笑的問題喔。」

她氣喘喘地回答。

「請問妳的大名是？真抱歉，我連妳的名字都不知道。」

啊哈哈哈！果然，她又笑了。我無意逗她笑，所以她的舉動讓我相當不舒服。

「水無月小姐，妳真是、妳真是的。」

她拍打我的肩膀，繼續笑。

「妳這個人，真是太有趣了！」

「會嗎？」

「很有趣啊！妳說：竟敢嫁給那個男人，這不就暴露了妳是他的情婦嗎？妳也該隱瞞一下吧。而且連我的名字都不知道。難道妳真的只是個祕書嗎？」

我心想，果然。這世上不可能有那麼天真的女人。太座對所有事情瞭若指掌。

接著她說：「那就好說話了，妳是不是這麼想？」

被她說中了，我默默低下頭。這個人到底想怎麼樣？灌醉我，然後設計讓我吃下毒蛋糕嗎？還是讓我住一晚，趁我睡覺時，在我脖子上劃一刀？

「別那麼沮喪嘛。我越來越喜歡水無月小姐了。妳想問什麼，我都告訴妳。我會嫁給創路是因為，其實只要對方有一定的財力，又是個風趣的人，誰都無所謂。還有，我的名字叫野玫瑰。還有其他問題嗎？」

「野玫瑰？」

「開在野外的玫瑰，野玫瑰。」

她說得得意洋洋，我則目瞪口呆。這名字真適合她。如果一般女性取了這種名字，我可能會同情她，太座卻絲毫沒輸給名字，而她本身似乎也意識到這一點。

「還有其他問題嗎？」

我愣愣地沒作答，她從沙發上跳起來說：「慢慢想吧。要不要來點奶油燉菜呢？」

話一說完，她就消失在廚房那頭。我已筋疲力盡，不由嘆了一口氣。我早已預設她是個強敵，強勁的程度卻出乎意料。我明知來這裡會被欺負，偏偏自投羅網。正如陽子所說的，我確實是不折不扣的被虐狂。我似乎已經無力對抗她了。這時玫瑰姑娘回到客廳，在桌上擺了盛裝奶油燉菜的盤子和麵包，以及葡萄酒杯。她理所當然地將葡萄酒和開瓶器遞給我，我費了好大功夫才打開瓶塞。接著她又理所當然地要我倒酒，然後我們又莫名其妙地乾杯。奶油燉菜有一股市售的濃湯塊味道，沒有特別好吃，但我還是奉承她說：「好吃。」

「會嗎？不怎麼好吃啊。」

既然煮的人這麼說，我也差點說「是啊」，但急忙吞回去。

「現在請的女傭啊，雖然很喜歡打掃，可是她不太會煮飯呢。」

聽到女傭，我再次感到驚訝。她帶著甜甜的笑容附帶說：「不過，蛋糕可是我親手做的唷。」仔細想想，以他們的財力，請個女傭沒什麼大不了。就算大師和這位傭人有一腿，我也不會意外。

「水無月小姐，妳喜歡做菜嗎？」

「不是特別拿手。」

「可是，妳不是在便當店工作嗎？」

因為肚子不餓，我早已放棄奶油燉菜，小口小口酌著白酒，聽到這句話不由放下了酒杯看著太座，太座以如花嬌媚的笑容回應我。原來，大師早就把我的事情一五一十告訴這個女人。大師應該不至於大膽到宣示我是他的情婦，不過我非常氣憤他竟然擅自告訴別人我的事情。

「對了！聽說妳在做翻譯啊？創路曾經拿妳的譯作給我看呢。真厲害，我好崇拜喔。」

我完全不覺得她在誇獎我。或許是我多疑，但她話中似乎帶有輕微的鄙視意味。

「啊！對了！」
她放下吃奶油燉菜的湯匙，突然拉高嗓門。
「我想到一個好點子！過年的時候，妳要不要跟我們一起去關島？」
這個人到底在說什麼呀？我只能目瞪口呆聽她往下說。
「創路和我要一起去關島，我們訂了很大的房間，所以一起去吧。反正那個人也沒什麼時間陪我，水無月小姐一起來，我就不會無聊了。」
她露出孩子般燦爛的表情，緊握住我的手。「女王」，我想起大師曾經這麼形容她。
「那真是個好點子呢。」
我以充滿諷刺的語氣說道。
「妳也這麼認為嗎？妳不必擔心機票，只要打電話給我爸，他會替我們想辦法。」
「不過我看還是算了。你們夫妻倆好好享受吧。」
「真的不用客氣啦。一定要來喔！一定會很好玩。啊，真是太好了。」
我心想，死女人，什麼叫太好了？不知道她有沒有發現我內心的吶喊，她已經篤定我非去不可了。「我去切蛋糕。」她說著喜孜孜地起身。
「需不需要幫忙？」
不經意說出這句話真是個錯誤。她回頭看我，微笑著爽快地說：「那就麻煩妳。」
我把奶油燉菜的盤子端到廚房，裡面的光景只能以「壯觀」兩個字形容。她確實親手烤了蛋糕，因為用過的攪拌碗和攪拌器堆滿在流理台上，上面還留著白粉。一開始她就不打算自己收拾這些器具。明天女傭一來就會替她收拾吧，雖然這麼想，但我還是試著伸手拿起了菜瓜布。

「唉呀，謝謝妳。真是太好了。」

她邊切蛋糕邊回答。果然不出所料，雖然待人親切，但她的口吻卻隱藏不了習慣使喚人的態度。以前在一本書上看過，據說在一夫多妻制的國家，當老公有了二老婆，大老婆不但不嫉妒，反而非常高興。因為在一夫多妻制裡，二老婆的出現，等於為大老婆帶來聲威。對大老婆而言，二老婆不但可以替她做家事，還可以當她的朋友。最重要的是，二老婆可以提高自己的地位，也提升自己的自尊心，所以絕對不會產生嫉妒。

我心想，我確實敗給她了。如果她會吃醋，我還可以逆向操作，趁機反攻。但是她這一招，我可就束手無策。

因為我和她的成長背景差距懸殊。即便是大師，對我來說都像個外國人。至於這位玫瑰姑娘，簡直就像外星人。她永遠不會體會我的感受，而我也一樣，就算費盡心思也無法了解她的想法。

「水無月小姐真是個好人。」

她就像小孩在玩辦家家酒一樣，把切好的蛋糕擺在盤子上，我就站在她的旁邊洗盤子。我苦笑，然後狠狠地酸她一句：「妳有工作嗎？」

「有啊，做一點點。」

我猜想她應該回答「沒有」，意外的答案讓我停下洗碗盤的手。

「一週只做三天左右啦。植物園後面有個叫清風園的地方，妳知道嗎？」

「……不知道。」

「那是一間養老院。我沒有拿薪水，只是去幫忙而已。」

她的語氣既沒有炫耀，也沒有謙虛的意味。

「義工嗎？」

「可以這麼說。」

我腦中閃過車禍身亡的英國黛安娜王妃，以及她的笑容。一股無力感壓迫著我，我垂頭喪氣繼續洗碗。義工是相當偉大的行為，我真的這麼認為。不過，這不也是上流人士的象徵之一嗎？無論就經濟面或是精神面而言，「義工」這檔事，我既無餘力也沒這樣的想法。從來不曾有過這樣的念頭，我想往後也不會有吧。

之後，太座開始喋喋不休，一個人說個不停。她烤的蛋糕相當美味，這令我更加沮喪。我說開車不方便喝酒，太座卻說：「那就住我這兒嘛。」硬是勸我喝葡萄酒，但我堅持不沾酒。我不喝酒並沒有掃她的興，她逕自開開心心談論著關島的旅遊行程，以及購物計畫。她說到一半，忽然閉上嘴巴，接著說了句「好睏喔」，便縮在沙發上，不一會兒功夫立刻呼呼大睡。一瓶葡萄酒幾乎被她喝光了。

她側臉埋在軟墊上，好一個天真無邪的睡相。我站起來，看著玫瑰公主熟睡的表情，悄悄拿起吃蛋糕的銀叉。我幻想拿叉子用力刺在她嫩白的喉嚨上，卻沒有任何真實感。吐了一口氣之後，我放下叉子。我把沙發上一個摺得整整齊齊的毛毯蓋在太座身上，悄悄離開這棟屋子。

不巧，我竟然在外面遇到大師。

當我坐上車發動引擎時，看見車燈那一頭一輛看似禮賓車的黑頭車滑進停車場。我一時無法辨識下車的男子就是大師。大師先發現了我，尷尬地舉起一隻手。今天他沒有戴眼鏡，一件及膝的羽絨外套包得緊緊的。
我急急忙忙打算下車，大師用手勢阻止我。外面非常寒冷，他縮著脖子打開前座的門坐進來。車身搖晃了一下，突然感覺車內的溫度上升。一股菸味和體味撲鼻而來，就像一隻黑猩猩坐進了我的車子。
「現在才回家嗎？」
問了之後，我才發現這是多麼沒大腦的問題。
「正如妳所見啊。不過怎麼了？我老婆叫妳來的嗎？」
「正如你所見。」
大師淡淡笑了一下。外面只有微弱的街燈，雖然看不清大師的臉，不過他的氣色不是很好，一臉疲憊不堪的模樣。
「您今天不是打算住那邊嗎？」
「原本是有這個打算，不過老婆說她不舒服，打電話要我回來看她。」
胡說。我立刻了解她的用意。她要我和大師不期而遇，藉此誇耀自己才是大老婆。
「她身體好好的啊。」
「是嗎？反正那傢伙老是喜歡裝病。」
大師似乎並不介意老婆撒謊。
「大師您吃過了嗎？要不要去吃東西？或者，可以到我家。」
「不，不用了。我吃過了，而且今天實在是太累了。」
大師無心的一句話，卻重創了我的心。連我都沒料到，自己會傷得這麼深。原來，大師歸心似箭，不想和我聊天，只想回自己的被窩裡睡覺。

「這陣子真的忙翻了。預計過完年我就可以完成小說，到時候就比較輕鬆。」

大師似乎在對我解釋。至少他還願意向我解釋，這是我唯一的希望。

「您太太約我去關島。」

我移開視線，盯著浮現在黑暗中、發出藍色光芒的儀表板。大師沒有立刻答話，羽絨外套發出微微的沙沙聲。身旁這個壯漢肩膀痠痛，扭了扭脖子。

大師說：「要不要一起去？」

我早有預感他會這麼說。

「可是，您太太知道我們的事情喔。」

「應該知道吧。這話聽起來或許有點怪，不過我想她應該不會欺負妳啦。」

「或許吧。」

「一起去吧。我打算過年期間完成長篇小說的初稿。」

雖然以溫和的語氣懇求，但他知道我絕不會拒絕他。明明知道卻要拜託，這是為了要我承認是自願的，他可以撇清自己的責任。

「好吧。」我答應他。

如果說，排除一切禁忌，就是我和大師相處上唯一的武器，那麼我也只能接受這一切。

「太好了。謝謝妳。要妳做這種麻煩事，真是過意不去呀。妳不用擔心機票和飯店，我這邊會安排。」

大師的語氣突然變得開朗，這個人真的很現實。

「就這樣囉，我再打給妳。」

伴著外套磨蹭的聲音，大把手伸了過來。我以為他會吻我，卻只是輕拍了我的肩膀，便匆匆忙忙打開車門。大師的大鞋子踏出車外。他穿過車燈前面往屋內走去，對我輕輕揮揮手，然後消失在玄關裡。只聽見遠處傳來他們家愛犬陽子妹妹的叫聲。

心頭一陣劇痛，好比有人狠狠地撕下你胸口的膠帶。這不是比喻，而是真的痛到我整個人縮在車內無法動彈。好想告訴他：不要走；好想求他：多陪我一會兒。

總不能一直留在創路家的停車場，我只好勉強自己開離了車子。胸口的疼痛依舊，心臟蹦出詭異的心跳聲。好想吐。但我咬緊牙根，假裝大師就坐在身旁，若無其事地開回家。

夜裡的空氣，冰冷得叫人刺痛，我逃命似地奔向自己的窩。跑上階梯之後，我用凍僵的手指勉強打開了房門，連滾帶爬地躲進屋內，然後燈也不開，衝到電話旁。我拿起話筒，遲疑了片刻，按下藤谷家的號碼。

那一夜，電話那頭傳來的聲音，並不是我熟悉的呼叫聲，而是機器錄音的女人聲音。「您撥的電話號碼是空號。」女人殷勤地說著。話筒從我手上滑落。電話那一頭，可以接聽我騷擾電話的人，已經不存在了。

第五章

我把大師在峇里島買給我的泳衣帶去關島，以備不時之需，事實上這件泳衣卻完全沒派上用場。年底年初這幾天，有人要求我不准離開太座片刻。這並不是大師的要求，而是野玫瑰的命令。

出發前還是我載她到機場，大師則工作到最後一刻，自己從長期住房的飯店趕來機場。靠關係得來的機票中，有兩張商務艙，另外一張則是頭等艙。為了實現這趟關島行，大師不眠不休地趕進度，太座體諒丈夫，把頭等艙讓給他，這麼一來，我必定得和太座一起坐在商務艙。野玫瑰天真地笑著說：「創路都不聽我講話，幸好有妳可以陪我聊天，我好開心喔。」

我早就有不祥的預感。果然，連飯店我都和野玫瑰同房。出發前，我就已知道我們將住進蜜月套房，房間內的客廳兩旁，各有一間寬敞的臥室，一邊是雙人房，另一邊是擺了兩張大床的單人房。每個房間都有一個面海的陽台，以及獨立的衛浴設備。野玫瑰立刻叫服務生把她和我的行李搬進雙人房。也就是說，我得忍受和野玫瑰朝夕相處，不過這樣安排，至少不會讓我胡思亂想，幻想創路夫婦在另一間房裡做些什麼事。而且大師打算趁這趟關島行專心寫稿，因此我們兩個女人必須給他一個能夠獨處的空間。

儘管如此，我還是抱持著一些期待。我以為這趟旅行中，應該有一些機會能和大師聊聊，或是遠離這對任性夫妻，一個人散散心。然而，這樣的期待卻完全落空。因為從早到晚我都得陪在太座身邊，回房後則必須陪她聊天，直到她睡著為止。

她每天都要搭計程車到大型免稅店報到。今天也是同樣的行程，她在店裡看著已經逛了好幾次的商品，然後拿起一條項鍊回頭看著我說：

「怎麼樣？」

「很適合妳啊。」

「不是我要用的，是送朋友的。」

「不錯啊。」

「會嗎？這麼貴，可是沒什麼質感。」

她把項鍊隨手一扔，繼續走到下一櫃。我無奈地只好跟在她後面。來到關島之後，她都是這副德性。野玫瑰實在太愛逛街了，從名牌店到雜七雜八的土產店，她不放過任何一個可以逛街的機會。沒多久我就已經逛膩了，只好求她：「我可不可以找個地方等妳逛完啊？」她卻言詞犀利地駁回我的要求。

「水無月小姐，妳別趁機跑去找創路喔！」

就因為這個原因，她連個五分鐘都不讓我單獨行動，上廁所都不放過，硬要跟到廁所來。她早已打定主意，打算用盡一切方法阻礙我和大師獨處。其實，我可以試圖逃開她的魔掌，不過反正大師也只是關在飯店裡寫稿，我無意打擾他。更何況，我花的是他們夫妻的錢，無論如何都有義務陪在太座身邊。

沒幾天，我就決定認命一點順從太座。但是跟一個不喜歡的人，而且還是喜歡的男人的老婆，整天膩在一起，這樣的處境實在不好受。我總是和她兩個人共進早餐和午餐，晚餐則有大師加入我們。三餐都在海邊的高級飯店餐廳，有時吃法國菜，有時享用義大利菜，還有中國菜、關島菜，我卻嘗不出什麼滋味。只有太座一個人最開心，總是心情愉快、大快朵頤，大師總是掛著淡淡的微笑，不太說話。不知道他是因為整天面對稿紙累壞了，還是看著自己的老婆和情婦每天一起上街，親密地睡在同一個房間，不知該如何對待這兩個女人才好。

「啊，水無月小姐，要不要吃冰淇淋？」

我們走出免稅店時，野玫瑰看到冰淇淋攤販問道。她甩著白色洋傘，走向攤販。我在後面理所當然地提著她採購的戰利品，當她的跟屁蟲。

「妳看、妳看，有芋頭冰淇淋耶。好奇怪的顏色喔。」

攤子上賣著好幾種冰淇淋，我選擇比較保守的草莓口味，她則不聽我的勸告，好奇地點了芋頭口味。我們坐在購物中心的長椅上吃起冰淇淋。果然，野玫瑰吃了一口立刻說：「好難吃喔。」然後把她的冰淇淋遞給我。我什麼也沒說，將自己的草莓口味和她交換。

正如我所料，芋頭冰淇淋果然不好吃，我一邊舔著，一邊偷瞄野玫瑰。儘管正值過年期間，關島現在卻是酷熱的夏天。多數觀光客都是日本人，攜家帶眷的旅客比我想像中多，他們都穿著T恤和短褲，和在江之島[10]的打扮沒兩樣。除了一家大小的觀光客，其他遊客都是穿著小洋裝的年輕日本女孩，她們盡情曝曬自己的肌膚。太座戴著墨鏡撐著洋傘，一身長袖襯衫和長裙，在人群中顯得特別奇異。她那白皙透明的肌膚，在日本確實很美，一到南方的度假勝地，卻顯得有些

10　位於東京近郊、神奈川縣的小島，是著名觀光勝地。

病態。

面前的柏油路上，車輛川流不息，簡直就像在環七[11]旁吃冰淇淋。若能離開飯店區，應該可以找到一些清靜的地方。然而在這裡，即便眼前有一片大海，滿是灰塵的環境也雜亂得讓人誤以為自己在東京。

「關島滿坑滿谷都是日本人呀。早知道就去大溪地。」

野玫瑰穿著高跟涼鞋，腿晃來晃地去說道。

「不想晒黑，就不應該選海邊吧？」

「說得也對。不過，沒有海就不像在度假吧。」野玫瑰繼續說道：「對了，夏天的旅遊計畫該選哪裡好呢？因為工作的關係，我以前去過西班牙。那裡很好玩喔，我想找個時間再去一趟。要不要一起去啊？」

我想起陽子和千花說過，她以前曾是模特兒，於是問她：「妳說的工作是模特兒嗎？」

「對啊。不過也稱不上是什麼工作啦，只是人家拜託我，穿幾件衣服拍拍照而已。」

野玫瑰的嘴唇上沾滿冰淇淋，嘟著嘴說道。她的語氣似乎對自己有工作經驗感到羞愧。接著她突然轉移話題。

「我跟妳說，我真的好喜歡水無月小姐呢！」

我心想，她以前也說過同樣的話。

「所以，我想拜託妳一件事。」

她就像隻可憐兮兮的小狗，用哀求的眼神盯著我看，我暫時停下口中的芋頭冰淇淋。我在內心哀求她：求妳別再拜託我了。

「請妳不要結婚好嗎？求妳永遠留在我和創路身邊，好不好？」

我訝異地看了看太座。我們就像一對女同性戀，含情脈脈地看著對方。我知道她這句話並沒有惡意，而是真心話，這更是讓我無力到極點。我寧願她像美代子一樣，罵我「狐狸精」，起碼我會好過一些。

「今天是最後一天了。該去吃什麼好呢？」

野玫瑰興高采烈地問我，我小聲回答：「隨便。」

沒想到，旅程最後一晚，我竟然意外獲得了自由。因為大師把野玫瑰帶到別家飯店用餐去了。她雖然強烈主張：「一定要帶水無月小姐一起去！」大師卻說服她說「有重要的事情要談」，於是太座心不甘情不願地跟著丈夫離開飯店。我不知道他們是不是真有什麼要緊事不想讓我聽到，還是大師體諒我，給我機會獨處，總之我是自由了。

我點了飲料，獨自躺在寬敞蜜月套房陽台的躺椅上。我心想，該出門呢？還是難得來應該去游個泳呢？但這幾天來，我已經飽受了精神折磨，只想望著落日的天空，靜靜地發呆。溫暖的海風，吹拂在我的雙腿上。陽台下有個弧形游泳池，這時水中的燈光正好亮起。藍色水面悠悠蕩蕩地畫出波紋，池畔環繞著火把和椰子樹，游泳池外則是一片黑色大海，白色浪濤沿著大海浮現在海岸上。

我怎麼會在這裡呢？我重新體認到這個奇妙的事實，不知不覺又想起了藤谷。這幾天來，野

11 東京的高速公路名。

玫瑰整天黏在身邊，確實很痛苦，但也因此抑制我不去想藤谷。一旦自由了，不覺憶起年底那通無人接聽的電話，那件事像一片烏雲籠罩了我的心。

藤谷已經不存在了，我這麼告訴自己。他不告而別，逕自搬家了。這個舉動代表他想告訴我，別再打電話來了。

每年過年，我都和他一起度過，那些日子真的很幸福。他開心地吃著我做的年夜飯，我們一起走在細雪紛飛的街道上參拜，也曾在過年時買新的電腦遊戲回家一起玩通宵。可是為什麼，為什麼現在的我，過年時會在關島呢？為什麼我會穿著小背心和短褲，聽著海浪聲，喝著水果酒呢？這是我真正想要的結果嗎？

我用手背按住額頭，深深嘆了一口氣。老是喜歡回憶過去，這是我的壞習慣，不如想想未來吧。

或許，野玫瑰的想法是對的。讓我永遠當個大老婆公認的情婦，這麼一來，日子也算安定，不是嗎？雖然出遊在外時，無法與大師獨處，但只要在東京，我可以充分享受和大師獨處的時光。而且大老婆也認可，哪個情婦能擁有這樣的相處模式？

但是，我為什麼不能像野玫瑰那樣，天真地慶幸這個結果呢？我該不會想奪取大老婆的寶座吧？怎麼可能。我決定不再步上婚姻這條路。不再結婚，也就不必離婚了。

我左想右想，煩惱了半天，不知不覺在陽台上睡著了，直到聽見門鈴聲才醒了過來。我急忙開門，大師站在門外，背上揹著野玫瑰。

「怎麼了？」

「喝太多了。」

野玫瑰險些從他背上滑下來，大師重新調整姿勢，踩著穿帆布鞋的腳步直接走進臥房。他就像抱著一個嬰兒入睡般，輕輕地將身著白色洋裝的妻子抱到床上。野玫瑰口中呢喃著些什麼，不過大師為她蓋上被子後，她立刻發出微微的鼾聲。

「這傢伙啊，不會喝酒又愛喝，真是的。」

大師自言自語。在他的話中，我感覺到他對野玫瑰的愛意，一陣刺痛閃過我的心。

「吃過飯了沒？」

「還沒……我剛才睡著了。」

「這幾天都在當她的保母，妳一定累壞了吧。要不要一起去酒吧？」

好久沒聽到他如此貼心的話，我急忙點頭。我說要去換件衣服，他卻不耐煩地阻止我：「穿這樣就行了。」我只好套上針織衫，迅速塗上口紅。大師等得沒耐心，自顧自地走到門外，我立刻追上他。

我們到一間可以眺望游泳池的陽台酒吧，我點了三明治和啤酒，大師想必已飽餐一頓了，只點雙份蘇格蘭威士忌。一開始，我們沒有任何交談。酒吧的桌上只有一盞小蠟燭，整個店裡一片黑濛濛，只看得見自己手邊的東西。我們倆靜靜地望著暗藍色的游泳池。這裡的白天炎熱如夏，一到晚上卻立刻轉涼，我的腿寒得受不了。我心想，早知道應該換上牛仔褲才對。

「這幾天麻煩妳很多事，辛苦妳了。」

飲料一上桌，大師終於開口了。

「不會。稿子寫得怎麼樣？」

「嗯，多虧有妳，趕了不少進度。」

大師這番話，讓我覺得這幾天伺候野玫瑰總算有了代價。我感動得好想哭一場。

「當她的保母，很辛苦吧？」

「是啊。」

我沒有否認他的話，直點頭。

「她約我夏天一起去西班牙。」

「啊，她剛才也跟我說過。她說：一定要約水無月小姐一塊去。」

大師含笑說著。

「看來，她跟妳真的很合得來嘛。」

大師說得有感而發，讓我不禁錯愕。我凝視著大師喝威士忌的側臉，大師難道真的不知道我是忍氣吞聲，勉強自己去配合野玫瑰嗎？

「真是多虧有妳，妳真的幫了我不少忙。」

他說了同樣的話，但這次我沒有任何感動。老婆耍任性的目標對象轉移，這才是這個男人感激我的真正原因。

「那傢伙呀，從來沒吃過苦，有錢人家的任性大小姐嘛。」

你自己不也一樣，這句話湧至我的喉間，但是我的下一句話是更直接的疑問。

「那麼，你為什麼會娶她呢？」

大師點起一根菸，沒回答我。黑暗中，一道光線瞬間照亮了大師的臉龐。我想起自己曾經問過同樣的問題。當時大師是怎麼回答我的呢？「老子也想要有個溫暖的家」，是這樣的回答嗎？

「妳問過她這個問題嗎？」

他反問我，我摸著冰涼的膝蓋回答他。

「我聽她說，你們在頭等艙認識，她覺得你很有趣。」

「對啊，記得那時候我老媽還活著。」

「什麼？」

「我沒跟妳說過嗎？我一直和老媽相依為命。那時我老爸雖然還在，不過從我小時候，他就一直住在小老婆家，過世的時候也在那邊，所以我算是沒有父親的小孩。」

大師手中酒杯裡的冰塊發出一聲碰撞的聲音。

「我老媽是個開朗活潑的人，不過有一天在院子裡摔了一跤，從此無精打采。當時我嚇壞了，人怎麼會為了這點小事就不行了呢？最後三年，她已經嚴重痴呆，沒辦法一個人上廁所，就算請了傭人，家裡也照顧不來，只好把她送進附近的養老院。」

我從沒聽說這件事，不祥的預感隨著海浪聲逐漸擴大。

「其他女人對我老媽完全沒興趣，但是野玫瑰就不同了。」

說到這裡，大師沉默了一會兒，像在精挑細選字句般，慎重地再度開口。

「我的意思不是美代子或陽子冷酷無情，每個女人多少都會關心一下，也替我擔這個心。不過野玫瑰不是說說而已。剛好她沒在工作，家裡又是代代相傳的富裕人家，早習慣作義工這類的事吧。野玫瑰竟然每天到我老媽住的養老院照顧老人家。從三餐到換尿布，她都義不容辭。這樣一個女人要你娶她，怎能拒絕呢？」

我靠在膝蓋上的拳頭微微顫抖著。當然，不是因為這則孝順故事令我動容，而是我心有不甘，痛恨自己沒在那時候出現。

「老媽死了之後，那傢伙還是定期到那間養老院。真是個怪女人呀。我總以為她既傲慢又愛亂花錢，沒想到她竟然主動照顧毫無關係的老頭子、老太婆。」

「……我想如果是我，我也會這樣做。」

好不容易擠出來的這句話，聲音微弱得連我自己都聽不清楚。大師反問：「妳說什麼？」

「如果大師的母親現在還活著，我想我也會照顧她。」

我一字一句清楚發音，就像在說一串不通順的英文字句。

「應該是吧。」

大師微笑著拿起酒杯。我絕望地低下頭。大師清楚得很。就算母親還活著，交往的對象不是野玫瑰而是我，大師知道，我不是那種在他的母親死後還會繼續當義工的人。

「美雨。」

他叫我的名字，我驚訝地抬起頭。

「妳為什麼會離婚呢？」

到現在他還問這種事，讓我不知所措。

「妳曾經想過，最後怎麼會落得和一個誓定終生的男人分手的下場嗎？」

我彆扭地點了頭，回答：「我經常想這個問題，但就是找不出原因。」

「那就別再想了。」

我的拳頭在膝蓋上顫抖著，大師靜靜地將手放在我的拳頭上。

「不要老是拿『如果』去想過去。」

大師的手又冰又乾，和他第一次在壽司店觸碰我的時候，截然不同。大師愛著自己的老婆。

我不得不承認這個不願承認的事實。我在心中默念著：神啊！

隔天野玫瑰的心情壞透了，我從未見過她脾氣這麼惡劣。她說宿醉頭痛，不吃早餐，出發前一刻都還賴在床上不起來。沒辦法，我只好替她收拾化妝品、衣服以及採購的東西，將所有行李一一塞進皮箱。我們退了房，到機場等候登機。一路上她都不願意開口說話。大師似乎已經習慣她的怪脾氣，完全不理會她。

「水無月小姐，妳聽大師說過了嗎？」

和去程一樣，我們目送大師登上頭等艙。大師一消失，野玫瑰立刻開口問起。

「說過什麼事？」

「女兒的事啊。」

野玫瑰邊咬指甲邊說。

「妳是說大師的女兒嗎？我只聽說他女兒最近要回國。」

「為什麼妳知道，我卻不知道？」

她這樣挖苦，我也無話可答。大師大概是昨晚告訴野玫瑰這件事的吧。告知老婆之前，大師先告訴了我，這讓我有些許的優越感。不過，大師應該早有盤算，認為我可以安撫他老婆今天暴躁的脾氣。一想到這裡，我就不怎麼舒服。這時，野玫瑰向經過的空姐點了香檳，飛機都還沒起飛呢。

「昨天他告訴我的。聽說這個月就會回來了。」

「什麼？真的嗎？」

「創路還希望女兒可以跟我們住在一起。」

我和野玫瑰互看了對方。這一剎那，我了解我們之間有了共通的情感。

「所以，妳要和她住在一起嗎？」

「開什麼玩笑！要是這樣，我看我先離開算了。不過聽說他女兒不願意，可能會讓她在外面租房子。創路還拜託我好好照顧她。有什麼好拜託的！煩死人了。妳說對吧？」

「是啊。」

我不假思索立即點頭。正好兩杯香檳送到，我們不約而同喝下。

「到時候，一定是水無月小姐照顧這個女孩。他一定會要妳幫忙找房子。妳就幫她選一個環境惡劣的地方，怎麼樣？譬如說小鋼珠店樓上啊。」

我盯著香檳的空杯，咬著嘴唇。野玫瑰說得沒錯，大師一定會要我去照顧他的女兒。如果是以前，我可能會慶幸大師如此器重我。現在看到他把照顧老婆的差事都推給我，卻沒表示半點感激，我已經無法天真地慶幸這件事了。

「大師的女兒現在幾歲？」

「十九。正是惹人厭的年紀。不管突尼西亞還是哪裡啦，國外長大的小孩一到這個年紀呀，說話可是很大牌的。啊，我受不了！」

野玫瑰皺起鼻頭，猙獰地說道。我也有同樣不舒服的感受，但她的反應似乎太激烈了。她曾經為大師的母親無怨無悔地付出，怎麼換成女兒便如此厭惡？

「不過，應該不會對妳造成直接的困擾吧？反正不需要住在一起啊。而且，比起當時照顧大師的母親，這次應該輕鬆多了吧？」

我試圖安撫她，她卻不耐煩地邊啐著舌邊繫上安全帶，然後攤開毛毯蓋到脖子上。

「水無月小姐，妳有沒有腦袋啊？人都快死了，當然可以對她好啊，可是女兒會一直活著呢。創路是她的父親唷，肯定希望為女兒付出一切金錢和時間啊。如果不能早點把這個乳臭未乾的臭丫頭嫁出去，我們都會被打入冷宮的。」

狠狠地說完之後，野玫瑰立刻把毛毯蓋到頭上，用模糊的聲音說：「到成田之前都不要叫醒我。」飛機緩緩滑動。我心神恍惚地握著空杯子，這時飛機逐漸加速，機身搖晃了一下便離開地面。

野玫瑰的成長過程，必定備受父親的關愛。想必她至今仍然認為父親是全世界最愛自己的人。從小缺乏父愛的我，可就無法體會這一點。

大師給我的愛、大師給老婆的愛以及大師給小羊們的愛，這一切的愛，都可能被一個女兒奪走嗎？

怎麼可能？好色的大師，怎麼可能成為品行端正的好父親呢？我一邊望著空姐婀娜多姿的腰枝一邊想道。大師喜歡有利用價值的女人。一個十九歲的女孩能做什麼？年輕的她，不可能照顧自己的父親，更何況，這個女孩沒辦法和大師上床呢。我這樣說服自己，卻無法拭去不祥的預感。

一過完年，大師的工作也越來越忙碌。自從馬淵進公司之後，不管電視也好，雜誌專欄也好，他接下了一大堆工作回來。

陽子在的時候，只負責與大師聯絡工作邀約，馬淵則細心地跑業務，積極爭取許多工作。週一的時候，馬淵會拿一張排滿的行程表給我，我依照上面的時間，送大師到電視台、廣播電台，有時接他到攝影棚及長期住宿的飯店接受採訪。大師則在忙碌的空檔中寫稿，他總是能在截稿日前完成。

以前，我總會趁待命的餘暇到公司幫忙，自從陽子離職之後，除非特地叫我去，否則絕不會踏進公司。和馬淵獨處的時候，我們無話可聊。我清楚知道，他把我當成「大師的司機兼情婦之一」。我想他一定很瞧不起像我這樣的女人，而我也不喜歡馬淵這樣的男人。我總覺得，他把我和大師耍得團團轉。

不過，大師卻對馬淵的話百依百順。他沒有半句怨言，為忙碌的工作東奔西跑。有時我抱怨太忙，他反而安慰我：「現在是賺錢的好時機啊。」

我沒興趣到公司，待命時間也就無所事事。有時我會留在車上，有時到附近的咖啡館坐坐，但不論做什麼，心情總是好不起來。以前總會在待命時間看看書、逛逛街，度過充實的時光，但不知為何，現在我只能靜靜地等待大師。

我感覺已經好久沒和大師好好聊天了。不知不覺中，大師不再到我家過夜。大師沒叫我上去，所以我好久沒走進飯店房間。當然，我們也好久沒有上床了。

我心中充滿不安。即便一再勸自己：「沒什麼好擔心，我替大師做事，大師也需要我」，不安的情緒仍在心中隱隱作痛。

這陣子如果半夜送他回飯店，他總是只有一句「辛苦了」，然後立刻下車離開。以前，他偶爾會跟我說：「在我這裡過夜吧。」或是離別時握住我的手。但如今，我們倆的關係變得似乎不曾發生過任何曖昧，他的態度似乎在告訴我，一開始兩人就是單純的老闆和員工的關係。從關島回來之後，野玫瑰也音訊全無，不再找我麻煩了。當然我不希望她找我，不過，當初夫妻倆異口同聲地說「有妳在真好」，現在卻異常冷淡，讓我非常納悶。

然而，一個細雪紛飛的夜晚，將大師從電視台送回飯店時，大師忽然問我：「今天要不要到我那裡過夜？」

我早已預設大師今天又只會在飯店門口冷淡地對我說聲「辛苦了」，因此錯失了回答這個問題的時機。以前我會毫不猶豫立刻回答「好」，這次卻沉默不語，於是大師開始不高興了。

「怎樣啊？不想是不是？」

「不是，不是不想。您今天不必寫稿嗎？」

過去大師願意讓我過夜，大多是在隔天一早有工作的時候。這或許是他體諒我的作法，不過我記得明天並沒有任何行程，他計畫整天窩在房裡寫稿。

「要啊，不過這陣子太忙，都沒空陪妳，我覺得對不起妳呀。而且下雪了，妳車上沒有鐵鍊吧。」

「天氣預報說，半夜會轉為下雨。」

大師一向只顧自己的方便，一會兒溫柔、一會兒又冷淡，我受不了讓大師耍弄自己的情緒，只能用反話來氣他。

「妳真是不可愛耶，不要就算了。」

大師啐了一聲之後，從口袋掏出面紙擤鼻涕。昨天開始他就不停地擤鼻涕和咳嗽。

「您感冒了嗎？」

「或許吧。」

「發燒呢？」

「或許有吧。」

我深深嘆了一口氣。不知道這男人是心機重，還是不自覺，他引人同情的功力可說無懈可擊。我也深知，忙碌的程度讓他不可能為一個小感冒休息。這麼忙的男人願意為我撥出時間，我怎麼拒絕呢？

「我可以上去過夜嗎？」

最終，我還是在大師的強勢下說出這句話。

「我不是說過了嗎？」

「對不起。」

「知道就好。」

大師把大鞋子翹在儀表板上，一副桀驁不遜的樣子。我再次體會到，反抗這個男人只是徒勞，然後苦笑了起來。我接受了自己對他的投降，隨之而來的是可以再次碰觸大師的期待，這樣的期待終於在內心深處冒出了頭。以前總會在包包裡藏放換洗的內衣，今天卻沒帶來。我也實在鬆懈了不少。

儘管如此，大師那句話讓我的心情豁然開朗，像從寒冷的東京到了南洋的小島。我開開心心地打了往飯店停車場的方向燈。

「對了，臨時有一件事要拜託妳。」

大師一臉裝作沒事地忽然說起。

「明天，我女兒要回來了。麻煩妳去接她好不好？」

冷冰冰的雨從昨夜一直下到今天中午仍未停歇。儘管外面下著雨，飯店裡和車內的暖氣都開得很強，因此整個肌膚像撲上一層白粉一樣，非常乾燥。上次載著太座到成田機場時，我已經夠憂鬱了，但是今天更憂鬱十倍。

大師利用女人的伎倆果真高超。有求於對方時，他會讓對方深信「這個男人不能沒有我」，使對方陷入一種無法拒絕的狀況，然後輕輕鬆鬆地達到目的。

大師原打算自己單獨去接女兒，但臨時有會議走不開。我試圖拒絕，說道：「叫馬淵去接好了。」大師在床上稍微思考了一下說：「突然來一個不認識的男人，不太好吧。不如找一個和善的阿姨。」他邊吻我邊說。原來，大師把我當成「和善的阿姨」呀，這麼一想，心情沉重了起來。

無論如何，我都無法拒絕大師的請求，況且與其胡亂猜想他女兒的模樣，不如早點見面，比較有利於精神健康吧。話雖如此，在出境大廳等待大師的女兒時，我的心情仍舊極度焦躁不安。她搭乘的班機已經降落，等辦妥通關手續，再過幾分鐘，大師的女兒就要出現了。

我把寫著「創路」的紙張拿在胸口，站在其他接機的人群裡。似乎有一班來自夏威夷的班機降落，一身古銅肌膚的年輕人，還有一家大小的旅客，推著裝滿大包小包行李的推車走了出來。沒多久，出現一位看似學生、一臉不知所措的年輕女子。她沒有推推車，只拿著一個布製大行李箱。我直覺：就是她！這時對方也發現了我，睜大了眼睛走向我。

「嗯……我是創路的……」

說這句話的人並不是我，而是創路的女兒。

「奈奈小姐嗎？」

「是的。」

她是花枝招展還是平庸樸素？自大傲慢還是怯生膽小？待人好不好？美女還是醜女？見到她之前，我用盡一切想像力幻想她的模樣，當本人出現在眼前，我卻愣住了。因為她太普通了。她穿著普通的牛仔褲和普通的深藍色海軍外套，還有一頭過肩的直髮。長年旅居國外的人通常有一種有別於一般日本人的穿著品味，她的打扮卻極為正常，就算這樣走在澀谷也不會引人側目。她的樣子不特別時髦，也不土氣，就是一般的年輕女孩。不過，嘴角的輪廓確實神似她老爸。

「我聽說爸爸會來接我。」

她似乎有些緊張，我急忙遞出名片。大師公司的名片上印有我的名字，職稱是助理。馬淵進公司之前，我根本沒有名片，不過他說工作場合不拿張名片很奇怪，於是雞婆地替我製作了一份。叫作奈奈的女孩，看看名片再看看我，然後點頭，不過似乎還沒有解除心防。

「我是創路大師公司的員工，敝姓水無月。原本大師要來接妳，不過臨時有事，所以由我代替他來。傍晚妳就可以見到他了。」

「原來是這樣。」

「我開車來的，我們先走吧。妳應該聽說了吧，我已經在大師長期住宿的飯店為妳訂了一個禮拜的房間。對了，肚子餓不餓？要不要上廁所？」

這時她總算露出靦腆的笑容，搖了搖頭。我要替她提行李時，她客氣地婉拒：「我自己來就行了。」她似乎並不健談，走向停車場的路上一句話也沒說。開車離開機場之後，她的視線一直停留在窗外。反而是我耐不住沉默，開口問奈奈：「妳多久沒回到日本了呢？」

「剛好一年。」

「啊？我還以為妳都沒回來過呢。」

「我沒有告訴爸，不過每隔兩年左右，我會和媽媽回她的老家。」

我發現她叫自己的父親「爸」[12]，稱母親為媽媽，這樣的稱呼和我家一樣。不過跟她說這個挺無聊的，於是我再問她其他問題。

「妳母親的老家在哪裡呢？」

「在新潟。從市區開車半小時的山裡。」

「常下雪嗎？」

「聽說是，不過我沒有在冬天回去過。日本的冬天真的很冷呢。」

「會嗎？今年東京還算是暖冬唷。昨天下了一點雪，不過馬上就變成雨了。」

「原來是這樣啊。」

她說話的方式以及日語口音都沒有任何奇異之處，不過我和她卻聊不起來。她又陷入沉默，直看著窗外的景象。周遭的車子不知不覺增多，車流也逐漸緩慢下來。車上的衛星導航立即通報車禍地點和塞車的公里數。

「哇！這就是傳聞中的衛星導航嗎？」

就像一般年輕女孩一樣，她發出驚喜的叫聲。我也跟著笑了。

「有時候確實是方便，不過這東西很吵呢。」

「是嗎？好厲害喔！我聽說有人裝了這個，結果電瓶就掛了。」

12 譯文中，將奈奈對父親的稱謂「otohsan」譯為「爸」。

「這我就不懂了，其實我也不常用它。小奈奈，妳有駕照嗎？」
我發現自己順口叫了她「小奈奈」，我想我不需要對她用敬語吧。
「有啊。聽說日本考駕照很貴，趕緊在那邊拿了駕照。」
「那麼，先叫爸爸幫妳買一輛車吧。」
「對啊，我就臉皮厚一點，跟他要要看。不過先得找地方住呢。」
她說話的方式不會讓人不舒服，給人一種乖巧又開朗的印象。她這討人喜歡的個性，不知道是遺傳自父親或母親，還是在國外學來的智慧呢？
「您叫作水無月小姐，對吧？我可以問妳一個問題嗎？」
她的聲調忽然變得低沉，我跟著忐忑不安。
「可以的，請說。」
「請問，我爸爸是一個什麼樣的人？」
這個讓我意外的問題，使我把視線從前方車輛的方向燈轉向她。這個女孩用她沒修過的眉毛、脂粉未施的乾淨臉龐，嚴肅地看著我。
「妳該不會沒見過他吧？」
「父母離婚的時候我還小，所以不太記得他。不過以前在新潟的時候，我曾經在電視上看過他的樣子。」
我用指甲摳了摳方向盤上的皮革。我不知道這時候該說什麼才是對她好，也不知道我有沒有必要對她好。她隻身從國外回來，投靠從小離異的父親，是否對父親懷有任何幻想？還是打從一開始，她就不對父親抱持任何期待？重點是，她怎麼會離開長年相依為命的母親，投靠素未謀面的父親呢？我聽大師說過，她母親要再婚了。

「妳怎麼會想回日本呢？」

我沒回答她的問題，反問她。「媽媽她，」說到一半，她改口說：「我母親她……」

「我母親她要和當地人結婚。所以我想，她也該可以不必再管我了。」

「妳是說，妳媽媽很黏小奈奈嗎？」

「不完全是啦，她的工作也很忙。不過，嗯，嬌寵……應該說是溺愛吧，她確實是溺愛我。我想我也該思考媽媽以外的事情。畢竟我是個日本人，我喜歡日本，所以不想只是偶爾回來，希望可以住在這裡。」

果然是歸國子女，我似乎從沒想過，因為自己是日本人，所以喜歡日本。這時我突然想起一件事。

「妳母親的父母住在新潟嗎？」

「沒有。外公早就過世了，外婆也在去年去世，所以去年回來參加喪禮。不過舅舅和阿姨都在新潟。」

那妳就回親戚家嘛，我心裡想，但沒說出口。與其住東京，不如在新潟更能夠體驗傳統的日本生活吧。

「我和爸爸偶爾會通通信，也在電話裡講過幾次話，不過還是不太清楚爸爸到底是一個什麼樣的人。媽媽很擔心我，她說如果有什麼不對勁的話，立刻回新潟。」

說完，她調皮地伸出舌頭。從她的表情中可以窺探到一個年輕女孩的好奇與不安，我打從心底覺得她「好可愛」。

「創路大師是個好人啊。他為人正派，善解人意。」

看了她的表情，我忍不住替大師撒謊。不過，脫離高速公路的大塞車，逐漸接近市區時，我心裡突然出現一股不尋常的騷動。

看見那棟在大樓群中格外醒目又熟悉的高樓時，我打手機到大師的房間。大師已經回到飯店，說會在大廳等我們。

我把車停到平常使用的停車位，幫奈奈取下行李走進電梯。一到大廳，電梯門向左右開啟，我看到大師坐在櫃檯前的沙發上。大師緊張兮兮地站起來，雖然戴著墨鏡，但我知道他的視線直直地注視著我身旁的女孩。

他們倆沒有像親人重逢的電視節目那樣相擁而泣。這對十多年沒見面的父女，只是恭恭敬敬地打了招呼。兩人緊張的神情，透著莫大的不安與莫大的喜悅。

我感覺後悔莫及，那就好像不小心把美麗又愛玩的女性朋友介紹給自己的情人一樣。我發現自己犯了致命的錯誤，膝蓋在裙底下不停發抖。

完成賺人熱淚的重逢之後，這對父女隔天開開心心地前往東京迪士尼樂園。迪士尼樂園呢！大師一大清早打電話到我家報告這件事。他說：「女兒想去，今天只有一個訪問行程，我想取消行程陪女兒去。」他之所以向我報告行程，是要我打電話給馬淵取消工作。

「迪士尼樂園？」

打電話回公司，馬淵的反應和我一樣。

「他女兒幾歲啊？」

「十九。」

「水無月小姐，妳昨天不是去接她嗎？她是那種會想去迪士尼樂園的女孩嗎？」

奈奈算不上成熟，但也看不出會和離異多年的父親去迪士尼樂園。如果是千花，我還能理解，很難想像是奈奈主動提議的。

「大概是大師主動提出的吧。女兒只好遷就他，陪他去囉。」

我這麼一說，馬淵刻意嘆了一口氣。

「我了解了。今天的採訪延期應該是沒問題。反正長篇小說也完稿了，可以稍微鬆一口氣吧。」

「小說寫好啦？」

馬淵立刻不說話，似乎自覺說溜了嘴。為什麼大師和馬淵都不告訴我呢？我心中不禁怒氣漸生。

「是啊，春天就會出版了。」

「我想看。還是說你有什麼隱情不想讓我看呢？」

我問得直截了當，馬淵咳了一聲說道：

「才沒那回事呢。妳來公司，我就可以拿給妳看。」

「你不希望我囉哩囉唆評論一堆，對不對？」

馬淵不回答，立刻掛上電話，我也粗暴地摔下話筒。我知道馬淵嫌我煩，但是做得這麼露骨，怎能不火大？大師為什麼這麼重用這個男人？對大師而言，陽子比他有用多了。

我氣沖沖地開車前往公司。一反昨天的壞天氣，今天晴空萬里。想到那對父女正悠閒地逛著迪士尼樂園，我不禁嫉妒他們。況且，我從來沒去過那裡。我曾經約前夫一起去，但他說無聊，立即遭到否決。

到了公司，馬淵果然不在。他大概不想見到我吧。桌上放了一個大信封袋，上面寫著「水無月小姐」，我拿了它立刻離開公司。我在車上打開信封袋，裡面並不是打樣稿，而是大師手寫原稿的影本，分量相當可觀。

我想盡快讀這份文稿，但不希望在咖啡館閱讀，而想找一個無人打擾的地方一口氣看完。我猶豫了一會兒，決定驅車到大師的飯店。他把兩張卡片鎖的其中一張交給我，當然，我從不曾未經大師同意擅自入內。不過，就這麼一次，只有今天，我決定允許自己這麼做。

地下停車場的電梯可以不經過大廳直接通往住房，我走到前天住過的房門前，插上卡片鎖。全身上下好像只剩下一顆心臟，砰砰砰地加速跳個不停。但是，一打開房門踏進屋內，我的罪惡感就如海水退潮般，漸漸消去。這間雙人房已經清潔完畢，床單也更換過了，多少乾淨了一些，不過桌上一如往常堆滿了大師亂放的資料書和稿紙、報紙，地上則丟了幾個露出衣服的行李箱。熟悉的景象讓我不由放心不少。

我坐在沙發上，開始閱讀大師的作品。別人的手稿讀起來特別吃力，不過隨著劇情進展，凌亂的字跡已經不構成我閱讀上的困擾了。

我一口氣看完稿子。讀到三分之二的時候，因為覺得手邊有些昏暗而點亮檯燈，除此我連個咖啡也沒喝，全神專注在稿子上。讀完最後一頁，我把目光移向窗外。冬天的空氣格外清澈，夜景美得令人炫目，我用手指按住微微顫抖的眼皮。

讀完，我的心情是錯愕的。大師竟打算出版這樣的東西，我必須阻止他。

不是不好看，但是我手上這篇故事，顯然是抄襲之作。這部小說的內容，竟然是和大師去宮里島時，我在泳池邊說給大師聽的那個故事，劇情原封不動，只是場景搬到日本而已。

那部小說敘述一個父親愛上自己的女兒。女兒出生沒多久就離異的父女多年後重逢，共同生活。父親對女兒產生愛意，女兒明白父親的感情，故意叫男朋友到家裡，或是親吻父親，做一些超越父女關係的親密動作，刻意挑逗父親。

如果這部原著的內容還存留在大師的腦海裡，他只是對照自己的情境，重新改寫成自創的作品，那麼我可以了解。但是大師寫的故事，不只是以這部小說為底，而是將整個劇情以至結局，徹頭徹尾抄襲成自己的小說。雖然多少參雜了私小說的風格，但是原著中令人印象深刻的對白，還有人物的定位乃至人數都一模一樣。當時我只是把大致的劇情說給大師聽，他或許是找人調來這部小說，請人翻譯成日文吧。

我按捺不住激動，在房間裡來回走動，思考該如何是好。總之我想立刻聯絡上大師，但是都到了這緊要關頭，大師卻還沒給過我手機號碼。或許馬淵知道。雖然百般不願，我還是打電話到公司詢問號碼。馬淵客客氣氣地接了電話，知道是我也沒露出不悅的語氣。

「大師的稿子，我已經看完了。」

「是嗎？好看嗎？」

他的語氣平淡，不是真的想知道我的感想，只是禮貌性地問一問罷了。

「很好看。你已經把稿子交給出版社了嗎？」

「是啊。打樣就快出來了。」

馬淵答得極為自然。大概還沒有任何人知道這是一部抄襲之作。搞不好馬淵根本沒看過這篇稿子。

「馬淵先生，你知道大師的手機號碼嗎？」

「知道啊。」

「告訴我。」

「恐怕不行喔。很抱歉，大師不准我這麼做。」

「我有急事。」

「我知道。要不是有急事，水無月小姐怎麼會為難我呢？如果妳要留話，我可以代為轉告大師。」

「如果這件事留個話就可以解決，我也不會拜託你。」

「說得也對。」

「我打電話到迪士尼樂園算了。」

「迪士尼樂園不會替妳廣播喔。」

這時我的耐性已經到了極限，用力甩下話筒，氣得差點眼花。知道大師手機號碼的人，只剩太座和過去的小羊們了，但是，大概沒有一個人願意輕易告訴我吧。我束手無策，苦惱不已。

「奈奈小姐，歐洲妳都玩遍了嗎？」

野玫瑰優雅地拿起高腳杯，從容婉約地問奈奈。

「沒有。我只有跟著母親出席學術研討會，去過劍橋和蘇黎士而已。」

「沒去觀光嗎？」

「沒有。當時我還小，只是一個人留在飯店。英國那一次我已經十五歲了，所以到街上逛了一下。」

「我以前也和家人到劍橋住過一個禮拜。妳是住在哪家飯店呢？」

那天，野玫瑰和和氣氣地與丈夫前妻的女兒有說有笑，她的和藹可親，不像過去對待我的態度。

大師和野玫瑰、女兒奈奈及我四個人，到一家位於高級住宅區內的法國餐廳用餐。當然，我不是自願參加的。這個聚餐的目的是引見現任妻子和前妻的女兒，照理我是個局外人，但我竟然同時接到大師和野玫瑰以及奈奈三個人的電話，他們異口同聲拜託我務必出席。說好聽是拜託，不過他們只是想把麻煩事推到我身上而已。

我憂心忡忡來到這裡，心想會是多麼糟糕的飯局，沒想到野玫瑰始終保持微笑，不失大體。當然，她壓抑了滿腹的不滿和牢騷，這點我和大師都明白。她只是發揮家庭環境中學來的社交技巧罷了。因為野玫瑰絕不會問起奈奈今後的打算，也絕不會透露絲毫奈奈可以和父親同住的訊息。大師則和在關島時一樣，話不多，只是在一旁露出淡淡的微笑。

「迪士尼樂園怎麼樣啊？」

每當無話可聊，我就會擠出無傷大雅的提問。

「非常好玩。說不定比洛杉磯的還要大，而且漂亮呢。」

「是嗎？我沒去過洛杉磯的，歐洲的迪士尼倒去過。」

野玫瑰插嘴進來。

「聽說歐洲的沒什麼人。」

「對啊，空空蕩蕩的。」

「東京的迪士尼樂園，人潮剛剛好。不過每個東西都好貴，我好驚訝喔。」

野玫瑰擺出一副貴婦的姿態，讓奈奈有些膽怯。不過奈奈有問必答，而且喝了一杯紅酒之後就向服務生要了一杯白開水，一個十九歲的女孩可以做到這樣，給人一種相當有分寸的印象。她穿了一件大概是大師買給她的Burberry洋裝，配上米老鼠的銀色手表，相當適合她。但是，不管三個大人如何大費神思，話題中實在有太多禁忌碰不得，等甜點上桌時大家都已經筋疲力盡。野玫瑰似乎到達忍耐的極限，匆匆忙忙解決掉點心和咖啡。我假裝上洗手間，起身到櫃檯結完帳回到座位時，三人竟然已經穿好了大衣。大師要帶奈奈坐計程車回飯店，我只好載野玫瑰回家。

「唉唷，累死我了！搞什麼鬼啊！」

車子一離開停車場，野玫瑰就狠狠地吐了一句。

「早知如此，我就不會跟她見面。什麼嘛！一點都不討人喜歡，對吧？」

她坐在前座，像隻貓一樣伸著懶腰。今天的聚會確實沒什麼意義。父親只能嬉皮笑臉，觀望事情的發展，後母則絲毫不打算照顧前妻的女兒，而女兒卻認不清自己的處境。祕書兼情婦的我呢，只能顧著不要斷了話題和飲料，因此幾乎食不下咽。

奈奈這時已經回國一個禮拜了，期間我只見過大師一次，那次是我開車從市中心的飯店送他回郊區的自宅。自從看了大師明顯抄襲的小說之後，這是我第一次與他獨處，卻始終找不到機會問他關於抄襲的事。因為大師為了女兒高興過了頭，幾乎到了渾然忘我的境界，只管一個人喋喋不休，說個不停。

大師果然要我替他女兒找房子。奈奈喜歡攝影，過去只是自修，不過等安頓好住處之後，她打算上攝影的專門學校。大師拿出奈奈拍的照片，得意洋洋地說：「充滿藝術天分，看不出是十幾歲的女孩拍的吧？」我看了幾張，老實說，連我這種外行人來看，都只能說大師的意見不過是一個父親偏袒女兒的評語。

「喂，她打算怎麼樣啊？上大學嗎？妳聽創路說過什麼了嗎？」

我在開車時，野玫瑰邊咬指甲邊問道。看來大師沒有與太座商量奈奈接下來的動向。

「聽說等一切安頓好之後，就要讓她上攝影的專門學校。」

「攝影？呵，學那幹麼？」

野玫瑰嘟著嘴，一臉漠不關心。

「據大師說，奈奈很有才華。」

「哼，父母自作多情啦。」

野玫瑰說得極為不屑，我也笑笑點了頭。

「她到底要在飯店住到什麼時候啊？該不會要住我家吧？」

她喃喃自語。我瞄了她一眼，發現她香奈兒套裝下的雙腿抖個不停，看來已經完全失去耐性了。

「不會的，我現在在替她找房子。」

「我們家附近嗎？」

「應該是，不過會比較靠近新宿。」

其實啊，我很希望她能和我一起住，可是野玫瑰不可能答應嘛。不過老實說，要和那麼大的女兒同住一個屋簷下，我也有些難為情，分開住或許比較好吧。

這是上次大師在我車上說的話，他的臉上掛滿了笑容，彷彿有了新戀情似的，開心不已。剛才我和野玫瑰上車時，大師和女兒站在一起對著我們揮手，當時大師的樣子就像個十幾歲的男孩第一次交女朋友，充滿天真純潔的神情。仔細想想，他們倆既不接吻也不牽手，兩人的關係可說是真正的柏拉圖式愛情。我雖然不清楚女兒是怎麼想的，不過大師完完全全沉溺在兩人的純愛遊戲當中。

「我決定了。」

沉默許久之後，野玫瑰忽然開口說道。她的聲音實在太低沉，我聽不太清楚，不得不反問回去：「妳說什麼？」

「我決定回娘家住一陣子。」

「啊？」

「不要老是聽不清楚好不好？我說我要去倫敦一陣子。這實在太荒謬，我受不了。」

「……一陣子是多久啊？」

「誰知道。半年、一年，或更久吧。」

野玫瑰的話太令我震驚了，頓時錯過踩煞車的時機，一輛大卡車的尾燈直逼我們面前。我緊急煞車，野玫瑰沒繫安全帶，慘叫一聲之後，往前撲了上去。

「很危險耶！水無月小姐，搞什麼鬼啊！」

「抱歉。」

前面的大卡車排出大量廢氣之後前進，我才緩緩踩下油門。野玫瑰在我身旁露出不屑一顧的表情。

「野玫瑰小姐，不可以走啊。」

我對表情冷淡的她說道。野玫瑰不回答我。

「這不就中了大師的詭計嗎？一旦野玫瑰小姐不在家，那女孩一定會大搖大擺闖進你們家的。」

「妳不也是大搖大擺闖進我家？」

野玫瑰嗤鼻一笑，我無話可說。

「我已經沒興致了。」她慵懶地撥開瀏海說道：「今天創路那副德性，妳也看到了吧？不曉得在得意什麼，噁心死了。沒想到他竟然是個戀童癖。如果創路要我分手，我馬上答應他。那種人，我才不要，送妳好了。」

「怎麼可以這樣，野玫瑰小姐，別那麼快下決定嘛。」

「幹麼那麼哀怨啊？妳也真無聊耶。不喜歡就說不喜歡嘛，幹麼整天愁眉苦臉，還硬著頭皮跟我們吃飯？妳真是個窩囊廢。」

儘管野玫瑰把我說得這麼難聽，我還是無力反駁。她說得沒錯。不用別人說，我也明白自己所做的一切，盡是一堆窩囊事，而且清楚知道自己今後還是會繼續做下去。不管如何掙扎，我還是無法改變自己窩囊的個性。

我向野玫瑰苦苦哀求到最後一刻，但她仍舊不聽我勸說，三天後就要我開車到成田，前往英國的娘家去了。

野玫瑰說走就走，毫不留戀。而大師現在眼中只有女兒，因此根本沒挽留她，連送機也沒有。至於奈奈，她完全不了解自己就是趕走野玫瑰的人。這些當事人都一副置身事外的樣子，只有我這個局外人窮緊張。

原以為堅不可摧的太座，竟如此輕易消失，我為此莫名受到極大的衝擊。到底為什麼，我自己也搞不懂。野玫瑰只是個礙眼的女人，我對她不曾有過絲毫情感。但我卻感覺猶如親近的人無情地捨我而去。

另外，大師開始防我了。他大概猜測我會想奪取野玫瑰的地位，閃躲我的態度日益明顯。通常我會在大師電視台錄影結束時接他回家，那天他卻說要搭計程車回去，要我自己先回家。照理說，老闆要妳先回去，應該高興才對，如果我能這樣該有多幸福。沒多久以前，這支手機還響個不停，令人厭煩，現在卻斷了氣似地沉默不語。

「水無月小姐，發生什麼事了嗎？」

媽媽桑憂心忡忡地問我，我勉強微笑，搖搖頭。

「沒什麼事。我只是來打發時間。」

「妳跟人家約在這裡嗎？」

「是啊。」

我坐在新宿那間酒吧櫃檯最角落的位子獨自飲酒。媽媽桑聳聳肩之後，轉身去招呼其他客人。

我到底該怎麼辦？托腮凝視著眼前的酒瓶，然後將視線移到手邊的手機，我心想找個人談談好了。找陽子嗎？還是找千花、美代子？還是荻原呢？我想像陽子就坐在身旁……

「這不是水無月小姐該煩惱的事，妳自找麻煩做什麼？」

她會拿起酒杯上的巧克力棒，學指揮家亂揮棒，然後嘲笑我。

「妳說抄襲，但他不是完全照抄的吧？那本小說又不曾在日本翻譯出版，而且是個不知名的作家，沒有人會發現啦。或許專業譯者或是學者會發現，不過這些人怎麼可能自掏腰包告大師呢？況且妳不必打什麼如意算盤啊，大師的小說不可能會賣到讓人提出質疑啦。」

她一定會爽快地這麼回答我。我喝下一口酒，告訴自己：沒錯，陽子說得沒錯。

大師有女初長成，正為她著迷得無法自拔，更以（自以為）原創的小說反映現實生活，陶醉其中。這個女兒大概神似前妻剛結婚時的模樣吧，再加上自己未能陪伴女兒成長，這樣的罪惡感造成雙倍效應，因而對女兒產生一種假性戀愛，這是一般父親常見的現象。大師卻把它解釋為自己對苦命親人的愛戀，並且沉溺在自己的幻想裡。

不過，興致越高昂，冷卻的速度相對越快。雖然現在陶醉在甜蜜的感傷當中，但是他這個人鄙俗不堪，對方可是貨真價實的親生女兒，沒多久他自然會發現，自己無法對女兒下手。女兒也是一樣，她現在或許會為了父親的存在感到新鮮，但是沒多久，她會交到新朋友或愛上某個男人，自然不再理睬這個父親。隨著離開學校，開始自己賺錢之後，她也會忘了養育之恩，把父親忘得一乾二淨。我就等到那時候吧。如果現在大吵大鬧妨礙他們，大師肯定會捨棄我。大師要尋找新的小羊並不困難，但只有我，願意徹頭徹尾服從大師，也只有我，願意接受大師的一切。就連他的齷齪，我也願意包容。

我只要靜觀其變，乖乖地照大師的話去做就行了。我醉意醺醺，但意志堅定地告訴自己。

這樣的想法仍舊無法消弭我心中的忐忑不安。我一動也不動，凝視著酒吧狹窄的門，幻想丈夫開啟那扇門走進這裡。這不是不可能，幾個月前藤谷到過這裡。或許，今晚他會心血來潮，來到這家店。見到他，我想我可以若無其事地對他微笑。他也會靦腆地露出冷笑吧。如果真能遇見他，我想自己就能脫離這無底洞般的不安與恐懼。

然而，不論我等待多久，那扇門始終不曾開啟。為什麼丈夫不願出現在我面前呢？一股自私無理的怨恨湧上心頭。他的怪脾氣，他那高傲的自尊心以及自尊心背後的懦弱，我以為我能接受這一切，事實上我也不曾違抗過他。但是丈夫卻說出這樣的話，當時我只求他不要離婚，他筋疲力盡地說道：

「不要看我。」丈夫頭撇到一邊，確實這麼說道：「和妳在一起，我總覺得有人整天監視我。求求妳，不要再盯著我看。」

當時，我該如何是好？而今後，我又該如何是好？

大師說過：「不要老是拿『如果』去想過去。」但我卻無法停止回頭。我不知道如何愛一個人才是對的。我自認為已經做到盡善盡美，但如今，我為什麼會在如此潦倒的酒吧，喝著廉價的威士忌，死盯著不曾響起的手機，等待不可能出現的人？

每當空了酒杯，我便為自己仔細挑選加水威士忌。我用長匙在酒杯中攪拌，冰塊發出微弱的聲響。身旁有個肥胖的穿西裝男子對下屬說教。男子越喝口氣越高傲，媽媽桑不時加入他的談話，緩和現場氣氛。我只是靜靜地坐在那裡，彷彿等待著些什麼，然後幻想每一個「如果」。

如果我沒有遇見大師，繼續在那家便當店工作，現在會是怎樣呢？或許，我已經成了便當店的正職員工，負責掌管一家店，默默為便當店效力。偶爾打騷擾電話給丈夫，然後我還是繼續幻想著每一個「如果」。如果我的父母不是他們，如果翻譯的工作順利，如果結婚的對象不是他……

「水無月。」

忽然有人搖醒我，抬頭一看，發現荻原站在身旁，原來我已經不知不覺睡著了。

我看見荻原憂心的神情。我心想，我總讓荻原露出這樣的表情。

「怎麼了啊？」

「小荻，你才怎麼了？」

「妳在說什麼啊？媽媽桑打電話跟我說：妳一個人喝酒又喃喃自語，然後醉倒了。」

「那真是不好意思。」

「妳在哭是不是？妳跟創路功二郎發生什麼事了嗎？」

我搖搖頭，一站起來，視線忽然左右搖晃。我心想得付錢，卻只能勉強靠在牆邊，呆滯地望著荻原替我結帳。荻原把大衣遞給我，我用不聽使喚的手，手忙腳亂地想套上大衣。我才穿上一隻袖子，荻原就硬是把我拖出店外。

「小荻，對不起。」

「沒關係，反正明天放假。」

「你明天打算去哪裡玩嗎？」

「沒有啊。來啊，振作一點。」

「我好想去迪士尼樂園。」

「好、好。改天啦。」

荻原答得很不耐煩。我們下了電梯，荻原在馬路上招了計程車，奮力把我塞進車內。一股怒氣猛然湧上心頭，我立刻甩開他的手，大聲吼道：「你早就知道，對不對？」

他皺起眉頭看著我。一群醉漢路過，在他身後嘲笑我們說：「感情糾紛喔。」

「什麼事啊？」荻原問我。

「你早就知道藤谷搬家了，對不對？」

荻原知道丈夫的去處。我沒有任何證據，但總覺得他們不可能不保持聯絡。荻原明知丈夫住在哪裡，卻不願告訴我。我知道自己沒有資格抱怨他。荻原平時總是照顧我，但他終究是站在丈夫那一邊，這讓我氣憤難平。如果要這麼做，我寧願他不理我，不希望他對我好。

我留下啞口無言的荻原，迅速上車。但是，計程車開不到五分鐘，我就連滾帶爬地下了車。我在不知名的路邊，手靠著柵欄，把胃裡的東西吐了出來。

我不停咳嗽，痛苦不堪，卻始終吐不出全部的東西，然後在眾目睽睽下放聲大哭。大師禁止我再提起過去的「如果」，但我又開始在腦海深處，偷偷幻想著「如果」。如果我不是「我」，或許現在不會如此潦倒悽慘。活著好痛苦，但我始終想不出解脫的方法。

奈奈的住處確定了。她的房間陽光充足，還有一個閣樓，是適合學生居住的小套房。我和她一起看了幾間租屋，最後她自己決定租下這間。從她住的地方，步行十分鐘就可以到車站，搭電車十五分鐘就會到市中心，到大師和我居住的郊區則需三十分鐘車程。大師願意為她付房租，提供的預算足以讓奈奈租到適合新婚夫妻居住的二房一廳，但奈奈說自己不需要太享受，於是決定這個地方。

起初，因為擔心而且溺愛奈奈，大師竟然說趁野玫瑰不在，讓她和自己一起住，不然也可以和我同住，但是奈奈堅持要一個人住。等奈奈確定住處，大師又改口說：「或許保持一點距離，對彼此比較好。」就像一對交往不久的情侶般，笑得合不攏嘴。

明天要搬家，奈奈決定在家具送來家裡之前來個大掃除，於是我和奈奈一起在她家擦地板。奈奈說一個人忙得過來，但是大師指派我去幫忙。回國時，奈奈身上只帶了一件行李，稱不上是大搬家，明天只有大師買給她的床和家具會送來而已。我們打算今天結束掃除工作之後，到車站前的超市採買一些日常用品。我最近總是恍恍惚惚，在質疑自己為什麼得做這些事之前，身體和嘴巴已經不自覺地動起來，照著多年的習性任人使喚。

我們大致擦完地板後，奈奈氣喘吁吁地說：「啊，好累喔。」然後洗好抹布，晒在小陽台的欄杆上。

「多虧水無月小姐幫忙，沒想到這麼快就做完了。真是謝謝妳。」

「不用對我客氣啊。我們休息一下吧。」

我把買來的罐裝烏龍茶遞給奈奈。兩人坐在灑滿陽光的地板上，喝著冰涼的茶。這裡沒有冰箱，也沒有電視，空無一物的嶄新房間就好比奈奈的寫照，充滿對未來的期待。

「日本的罐裝飲料真好喝！」

「會嗎？」

「外國的飲料都太甜了。對了！還得買茶啊、調味料之類的。」

「妳會做菜嗎？」

「我只會烤麵包，煎個蛋和火腿。」

奈奈俏皮地聳聳肩膀。最近她越來越放得開，在我面前就回到一般十幾歲女孩的樣子，說起話來也自然多了。「我怕野玫瑰小姐，不過水無月小姐很和善，我比較好開口。」她說。

「每次和媽媽回新潟，我都會吃到燉菜或是烤魚，每樣東西都好好吃，好感動喔。我好想學做菜呢。」

「如果妳想學燉菜的話，我可以教妳啊。」

我不經意說出口是心非的話。

「真的嗎？好棒喔！太好了。水無月小姐比我媽媽還要可靠呢！」

「妳媽媽是什麼樣的人呢？」

「嗯，就一個學者來說，她算是很優秀吧。不過怎麼說呢，對自己不感興趣的東西，她總是心不在焉。我聽說她和爸爸是大學時代認識的。那時候爸爸已經在寫廣播劇本，媽媽說爸爸的領域和她完全不同，所以覺得爸爸特別有趣。」

沒人問她，這女兒卻自動聊起父母邂逅的故事。我低頭苦笑。

「他們後來怎麼會分手呢？」

「這個嘛，我長大才知道呢。據說當年爸爸外遇，還被週刊大肆報導。我在媽媽的書櫃找到那本週刊，當時真是嚇壞了。」

奈奈就像在透露天大的祕密似的，眼中露出了光芒。那本週刊就是我始終找不到的雜誌吧。

「我好像也在哪裡看過那篇報導。」

「我戰戰兢兢問媽媽，結果啊，媽媽竟然大笑說：好像有過那麼一回事吧。她說，這件事確實是導火線，不過不是真正的原因，是她自己原本就不適合婚姻。剛好當時她正想出國留學，所以就決定帶我出國啦。」

剛認識奈奈時，我還以為這女孩不愛說話，熟了之後卻發現她滔滔不絕，似乎已經把我當成自己的朋友。

「妳不恨他們嗎？」

心中的魔鬼蠢蠢欲動，於是我問她。她睜大了眼睛，愣愣地看著我。

「妳爸爸和媽媽高興離就離，要結婚就結婚，小奈奈總是遭殃，不是嗎？」

奈奈的臉不上妝肌膚就光滑細緻，現在我看見那粉嫩的臉頰漸漸失去光采。奈奈咬著嘴唇看了窗外。

「當時很痛苦。住在國外，語言又不通，媽媽整天不在家，一回來就躲進書房，所以我總是一個人。當然，我在學校裡交了不少朋友，可是還是很寂寞。有一次我和媽媽回新潟，我很想留在那裡，所以硬是在那邊住了一個月。可是那裡畢竟是別人家，總覺得不自在，我很希望可以自己住外面。可是當時不滿十四歲，媽媽和外婆都反對，我真的好難過。」

奈奈的眼角泛著淚光。我是發問者，但這段話並沒有讓我感動，我只是冷靜地觀察她的表情。

「我想，我第一次遇到了解我的人了。」

奈奈突然這麼說道，這次換我目瞪口呆。

「水無月小姐，妳能夠了解我的心情，對吧？我好高興喔。」

我想刺傷她的話，竟被她當成體會她的內心世界。我渾身無力地喝乾了罐裡的飲料。

「有件事，我沒跟爸爸說過。」

奈奈裝出調皮的眼神凝視我。這雙眼睛，我好像在哪裡看過。對了，那隻狗，陽子妹妹。大師家的狗也是這樣，搖搖尾巴用那雙水汪汪的眼睛看著我。野玫瑰不在家，那隻狗誰在照顧呢？

不過，反正大師和野玫瑰平常也沒空理那隻狗，應該都是傭人照顧牠吧。

「我以前有個要好的男朋友，不過我被甩了，所以才決定來日本。」

當時我還在想那隻狗，一時無法對奈奈的話做出反應，只是心想：「那又怎樣？」

「我在那邊的學校認識他，他大我兩歲，是個法國人。」

我很想說：「他只想玩玩妳吧。」但忍住沒說出口。

「這是我第一次談戀愛，所以當他跟我說有了新歡，真的很傷心。為了失戀這種小事就一蹶不振，很可笑吧？不過當時我真的覺得，身邊的一切都很討厭。」

「我可以了解。」

我知道討厭身邊的一切是什麼感覺，所以表示認同。

「水無月小姐，妳結過婚，是吧？」

原本因為無聊而把玩著手上的飲料罐，奈奈忽然這麼說，讓我停下手上的動作。

「抱歉，這是爸爸跟我說的。」

「是喔。」

「我是不是讓妳不愉快？」

「不會啊，這是事實嘛。」

「我的前男友竟然寫信給我。媽媽把信轉寄到爸爸那裡，我昨天收到的。他信上說要來日本，希望和我見見面。」

我的結婚經驗和奈奈的戀愛故事，到底有什麼關聯？算了，先不管它，我繼續點頭。

「他在信上注明飛機的班次，要我去接他。他一定是認定我會去接他。太自私了吧。我現在連他家的電話都不知道呢！」
啊，原來她是想向我徵詢感情上的疑難雜症啊。我並不打算收服她，她卻越來越黏我。
「肚子餓了吧？要不要邊吃邊聊啊？」
「啊，好啊。」
我很想打斷她的話，於是隨便找個藉口起身。連我這句話，奈奈都把它當成一種安慰，面帶微笑表示同意。兩人穿上大衣離開房間，身旁的奈奈不停聊著法國人，我只是敷衍地隨便點頭，腦中想著別的事情。
保持現狀，不就好了？大老婆已經不在，女兒也收服了。我到底還需要怕什麼？如果和奈奈認識的過程不是現在這樣，與野玫瑰、陽子或其他女人相較，我想她更能成為我真正的朋友。但此時此刻，我卻希望這個身旁說個不停的女孩背上有一個開關。如果可以的話，我希望關掉她的開關，停止她的喋喋不休。
「唉，該怎麼辦呢？去接他，我不甘心；不去接他，又顯得我不夠成熟。」
我們走到車站前的商店街，望著一整排店家，煩惱該吃什麼。這時奈奈還在喃喃自語。
「小奈奈，妳想吃豬排、中國菜還是義大利麵？」
「我都可以。水無月小姐想吃什麼我就吃什麼。啊！對了！我不想再煩下去了，乾脆和爸爸一起去旅行算了。」
當我正伸手拉開豬排店的門時，奈奈透露大師要出國的訊息。
「什麼？」
「我前男友來日本的時候，爸爸剛好要到紐約出差。爸爸問我要不要一起去，我的生活費還有一切開銷都是爸爸出的，還讓他帶我去旅行會過意不去，所以原本打算不去了，不過我想還是去好了。不在日本，我就不用煩惱了，而且也想去拍點照片。」

我沒聽說大師要去紐約。若他果真下個月要出國，那麼行程應該已經安排好了。我手放在豬排店的門上，一動也不動，又開始幻想「如果」。如果奈奈不在，我一定能夠和大師一起去紐約。我們可以同住一間房間，然後趁著工作的空檔，到自由女神像前面拍一張勝利手勢的照片。

但如今，大師卻嫌我煩，只想帶女兒出國。

「水無月小姐，怎麼了？」

奈奈看我不動，疑惑地叫我。

「對不起，我……」

連我都知道，自己的嘴唇在顫抖。

「我忘了有個會議。我得走了。」

我隨口撒了一個容易戳破的謊，奈奈卻信以為真，反而客客氣氣地和我道別。為了盡可能表現自己的冷靜，我以非常緩慢的步伐走向車站。回頭一看，奈奈站在商店街的中央，用力對我揮手。

這天，我難得回到公司。一樓的信箱裡塞滿了信，我抽出信件上了電梯。公司上了鎖，我拿出備份鑰匙進屋。馬淵似乎出門了，公司空無一人。

屋內到處都整理得乾乾淨淨，舊沙發換成了新的鐵櫃，裡面整整齊齊擺滿了資料夾。以前這裡是陽子的私人空間，現在完全被馬淵取代了。我也是大師雇用的人，而且還有備份鑰匙，並不是在做壞事，卻有一種闖空門的罪惡感。另一方面，我也氣自己為什麼要如此提心吊膽。我應該大方一點，於是把馬淵的信件丟到一旁，一一拆開寄給大師的DM和雜誌，最後拆開一個大開本書籍的包裹。

「啊！」我不禁叫出聲。包裹裡是一本大開本寫真集，封面設計相當特殊。那是一個女孩的裸體特寫，卻沒照出眼睛，只出現鼻子以下的部分。封面中間是細長的脖子和鎖骨，宣傳書腰正好遮住了女孩的胸部。我忍不住拆開書腰，出現一對小而美的胸部。封面角落印有銀色的字樣，寫著「CHIKA」[13]。打開封面，裡面出現一個穿著泳裝的女孩，她坐在椅子上舔著冰淇淋，對讀者微笑。

正如千花所說，她的寫真集裡確實有幾張露毛照片，不過穿著衣服的照片也不少，絲毫沒有猥褻的感覺。性感的成分差強人意，不過我可以從千花坦率而討人喜歡的開朗笑容後面，窺探出她少女的詭計多端。沒有錯。千花是堅強的。自從換了公司之後，她經常參與一些連續劇或電視廣告的演出，這本寫真集也一定能夠引起話題。她就這樣，一步步實現自己的夢想。

翻開千花全裸躺在白色沙灘上的照片，我呆滯地望著她那未成熟的私處，忽然頓悟了一個事實。對了，一開始我就沒怕過千花。我的確曾經因為她是大師的小羊而嫉妒她，但從不認為她能夠奪走大師，對我構成威脅。而美代子、陽子、甚至野玫瑰，我也並不那麼害怕。因為她們沒有真正地依賴大師。

她們對大師多少懷有不信任感，因此絕不會把所有重心放在他身上。因為如果把一切依靠都

13　「千花」的日文羅馬拼音。

放在大師身上，不知哪天會遭到他的背叛。大師實在太危險了，不能夠把唯一的救命繩索繫在他身上，所以她們會投保在其他男人或是工作上。

大師完全了解這些女人如何看待他，因此利用這些女人的弱點。大師只要自己好就好，他並不是喜歡可憐的人，只是喜歡利用別人的不幸罷了。他是個極端自私的人，所以我才會企圖利用他的自私。沒有人會把救命繩索交給他，只有我把它綁在大師身上。我絕不會背叛大師，我的忠誠就是這個救命繩索。不曾有人對大師誓言忠誠，因此我深信，我的忠心耿耿能帶給他慰藉。

但是，為了女兒，大師竟然連我的忠誠都不要了。連同行旅遊的權利也被他的女兒給奪走，我的信念開始出現裂痕，不知道該相信什麼。

我所害怕的局面，來得比預期早。幾天前馬淵傳了一張傳真，那是我下週的行程表，上面幾乎是空白的。沒多久以前，我的行程表裡排滿了接送大師的行程，現在卻只剩兩趟，只需要把大師從灣岸的電視台送回飯店。而且只需要回程，去程則不需要。

奈奈說的紐約行依舊讓我耿耿於懷，於是我打電話到大師住宿的飯店。但是不論怎麼打，飯店的轉接人員只跟我說：「他不在房間。」我留了話，請他回電，然而不論等多久，他都不曾找我。

大師打算捨棄我嗎？我有一股衝動，立刻衝到大師的房間興師問罪。我勉強克制自己，悶著頭獨自思索答案。野玫瑰走了，大師已經擺脫定期回家的義務，所以，我這個司機已經用不著了嗎？不過我還有他女兒的保母這個重責大任，難道連這個都不需要了嗎？他已經不打算給我任何工作和情感了嗎？

我所做的這一切努力，到底是為了什麼？我願意聽從大師的一切指令，是因為我寵他，但是，空白的行程表和不曾響起的手機，代表他已經不需要我了。不過，大師沒說過半句捨棄我的話。他沒說過我很煩，也沒說過愛上其他女人了。更何況，前陣子奈奈租下房子時，大師曾打電話跟我說：「多虧有妳，妳真的幫了我不少忙。」我無法相信他已經不需要我了。

我很混亂。煩惱好比一個迷宮，我在這個迷宮裡面轉來轉去，最後終於找到一個出口。大師是個無情的人，如果真的不要我，他會大膽地告訴我。這麼說來，空白的行程表並非大師的意圖，而是馬淵企圖逼走我的手段。這個假設才合乎邏輯。

總之，我希望今天把事情問個水落石出。我再也無法忍受懸空的狀態。

這時忽然聽到後面有人開門，我急忙站起來。我以為馬淵回來了，但不是他。進門那個人讓我大吃一驚，對方也張大嘴巴愣住了。

「啊，水無月小姐，好久不見。」

來的人竟然是陽子。她把長髮剪到下巴的長度，顯得清爽多了，手上還提著百貨公司的紙袋。

「妳怎麼會來這裡呢？」

「沒有，沒什麼事啦。馬淵先生呢？」

「我想他很快就會回來吧。妳有事嗎？」

「嗯，沒什麼啦。」

陽子含糊不清的態度，讓我頓悟了一件事。我咬了咬嘴唇。過去我沒發現這個事實，是自己太遲鈍了。

「妳和馬淵先生在交往對不對？」

我極力保持溫和的口吻問她。

「嗯，算是吧。我正好到附近買東西，所以順道過來看看。」

陽子靦腆地笑著，脫下了大衣。她坐在椅子上點起菸，這些動作一如往常，但整個人像是脫了一層皮似的，光采奪目。她身上有一股被愛女人特有的味道。

「水無月小姐最近怎麼樣？還好嗎？」

「還好。」

「那就好。」

氣氛顯得有些尷尬。以前我也曾對她產生些微的親近感，現在的陽子卻像個陌生人，特別冷淡。她刻意躲開我的視線，伸手拿了桌上的寫真集。

「這本寫真集，我也收到了。千花拍得很可愛嘛。」

「妳和千花還有聯絡啊？」

「偶爾啦。」

沒想到陽子和千花還有聯絡，更沒想到這個事實會打擊我。陽子和千花從沒告訴我電話號碼或地址，我自己也不想知道，但有種遭人排擠的感覺。

我們沉默了許久之後，陽子轉頭凝視我。我一個反射動作，撇開她的視線。

「水無月小姐。」

「妳也該放棄大師了吧。」

陽子用充滿憐憫的口吻說道。對了，她和馬淵交往，表示馬淵已經把關於我的所有情況都告訴了她。他們一定在床上嘲笑我是個笨女人。

「我好像看到以前的自己呢。好心疼喔。」

一個女人，從新的男人身上得到新的感情，說出如此傲慢得意的話。我很疑惑，那個馬淵怎麼能夠談戀愛？馬淵對我總是態度冷漠，難道在陽子面前也會像個小孩一樣嬉鬧嗎？

「會嗎？」我問道。

「大師這個男人，竟然抄襲外國小說，還厚顏無恥要拿它來賣錢呢。妳不要再美化他了。」

我看了看陽子。她所說的話並沒有打擊到我，令我震驚的是，馬淵和陽子明知大師的小說是抄襲的，卻一臉若無其事，同意他出版。

「妳有什麼資格說我？」我無法克制高漲的情緒繼續說道：「妳的情人，明知自己的老闆要出版抄襲小說，卻不阻止。他只把大師當作斂財工具吧！」

「妳說什麼！他才不是呢！」

「哪裡不是？美化對方的人是妳吧！我才不相信馬淵可以談戀愛哩！妳也一樣！大師那麼照顧妳，妳竟敢說那種話。我以為妳是個聰明人，算我看錯人了！」

「妳才沒資格說我！」

陽子拍打桌子，起身離去。她滿臉通紅，我第一次看到陽子如此猙獰的表情。原來，一個人的自尊心受摧殘時，會出現這樣的表情啊，我恍惚想著無關緊要的發現。陽子抓起大衣，衝向出口，然後聲音低沉地吐了一句：「妳以為大家都不曉得嗎？妳的緩刑期還沒期滿呢。」

後來，我意外地找到大師。我打電話到飯店，結果輕易地通上話，我說有話要問大師，他爽快地說：「那今天就一起去吃飯，然後一塊回家吧。」

就像剛認識大師的時候一樣，我帶著緊張的心情前往兩人曾去過的餐廳。大師已經到了，而且不是一個人。同席的還有一個比大師稍年輕的男子，以及一個和千花差不多年紀的女孩。大師和平常一樣開朗，他為我介紹，說男子是電視監製，女孩是年輕時尚雜誌的專屬模特兒。兩人都應付性地對我微笑。

當時我實在沒心情和不認識的人，而且還是喜歡喧鬧的人，開開心心共進晚餐。但我心想，只要撐過這頓飯，就可以和大師獨處，因此耐著性子等待時間過去。我不能不讓自己醉一點，所以就算監製男不斷替我倒酒，我也沒拒絕。還好我沒開車來。

我把硬邦邦的笑容掛在臉上，看著三人吱吱喳喳說個不停。我從他們的對話中了解，這個男子企畫了一個新節目，希望邀請大師擔任主持人。大師沒有正面回答，只說「我是有意願啦，不過行程滿檔，現在還不知道會怎樣哩」之類的話。大師話裡有話，透露自己的老婆回娘家了。女孩佯裝驚訝的聲音說：「什麼！您已經結婚啦？」監製男逗她說：「妳要小心這個人唷。」我不覺得好笑，但三人不約而同哄堂大笑。我想也得說幾句話，於是問女孩：「妳也會參加這個節目嗎？」結果不知為何引來三人的嘲笑。笑完之後，女孩諂媚地對監製男說：「你也讓我上上電視嘛。」

喝完第三瓶紅酒，模特兒女孩已經不顧形象，大膽地貼在大師身上，監製男對我完全不屑一顧。我只能靜靜地坐在那裡，替他們三人默默倒酒。看樣子，他們肯定會續攤，那我該怎麼辦？雖然無法再忍受他們的無聊喧鬧，但是我的精神狀態卻不允許我獨自回家。無論如何，我都得和大師說上話。

果然，監製男提議續攤，大師卻意外地說：「今天就到此吧。」女孩向大師撒嬌說：「為什麼？」大師曖昧地撫摸著她的大腿說：「下次再找妳。」他們顯然很不滿意這個局面，我們留下兩人離開了餐廳。大師招了一輛計程車先上車，我緊隨其後，坐進車內。當初，吃壽司那天，是大師先把我推進車裡的。

「要。」

我對司機說了目的地，司機問我：「要不要上高速公路？」

「從哪兒上呢？」

「都可以。」

「從用賀[14]可以嗎？咦？你不是電視上那個人嗎？」

「吵死了！閉嘴！」

大師狠狠地罵了司機，車內的氣氛頓時凝重了起來。大師剛才開心的模樣已經不見，變了一個人似的盤起手，拉下臉。他的心情突然變糟，這氣氛已經不適合與他談話了。

「今天為什麼沒開車來？」

大師忽然開口。最近不愛開車，是因為我無法忍受獨自開車返回郊區的家。只有剛開始開車會興奮，習慣了之後，疲倦時還得開車，對神經質的我而言是莫大的痛苦。雖然人擠人的電車好不到哪裡，但至少能讓我發呆。然而，我回答大師的理由卻不是這些。

「馬淵先生給我的行程表上，今天沒有排任何行程啊。」

「幹麼啊？妳是在諷刺我嗎？」

---

14 地名。

「我被炒魷魚了嗎？」
「怎麼可能。別囉哩囉唆，我可是付妳很高的薪水呢！」
大師不屑地說道。他說話的態度惹毛了我，我反駁他。
「我為什麼要讓你罵？」
「妳怎麼都聽不懂啊？妳知道我為什麼要付妳那麼多薪水嗎？妳剛才那是什麼態度啊？妳是我的員工耶，怎麼可以在那種場合板著一張臉呢？」
我心想，這個男人到底在說什麼？
「我到底是大師的什麼人？」
我不經意脫口而出，大師在昏暗的車內皺起了臉。
「連妳都要說這種無聊的話啊？妳也和其他女人一樣是不是？」
「你為什麼不回答我？我是大師的什麼人？」
我繼續逼問，大師用力啐了一聲。
「員工。」
「那為什麼要奪走我的工作？」
「聽好，妳仔細想想看，妳做的事，那叫工作嗎？只不過到處接送我而已啊！」
「是你要我這麼做的。」
「是嗎？那就別囉唆，從一到十，乖乖照我的話去做！」
「我有。」
「那妳剛才那是什麼態度？」

我們一來一往，話題在同一個地方打轉。我到底該怎麼說，這個男人才會滿意呢？

「請問……」

這時司機插入問話。

「不好意思，打擾你們，我可以上高速公路嗎？」

「你這傢伙吵死了！我要下車！靠邊停啊！」

「你說人家吵，最吵的人是你啊！司機先生又沒說錯話，你這樣太過分了！」

「妳說什麼！渾蛋！」

大師大聲怒斥的同時，計程車發出誇張的煞車聲，停在左邊的路肩。司機面無表情，不知道是在生悶氣，還是早已習慣這樣的乘客。司機打開了車門，我隱約感覺到車內司機的怒氣。大師塞了一萬圓給司機，我們隨即下車。我和大師站在人行道上，望著匆匆離去的計程車尾燈。面前一個高速公路閘口的看板，懸掛在寒冬的夜空中。

我看著自己的指尖，沉默許久。大師縮起脖子，嘴裡喃喃自語說：「冷死了。」附近所有店家都打烊了，沿路只有一整排拉下鐵門的無情店面，過去一點有個斑馬線，再過去只看見一家進口車的展示中心。整條街上沒半個人影，視線所及連個公車站牌也沒有。只有大卡車和載著乘客的計程車，從我們眼前呼嘯而過。站不到幾分鐘，我的雙手就凍僵了。我們的沉默持續凝結在寒風中，我不曉得該如何是好。

「妳啊，休息一陣子吧。」

大師把雙手插在羽絨外套裡，口氣突然溫和起來。

「你已經不需要我了，是嗎？」

「妳還在說這種話，妳給我好好聽著。一年內，我還是會照付妳薪水，這段期間妳就回去好好做妳的翻譯。」

我抬頭看他，大師慌張地撇開了視線，從口袋裡掏出香菸。看著他含著香菸、愧疚的嘴角，我知道他要拋棄我了，因為大師這句話，不可能出自他的善意。

到底為什麼？我到底做錯了什麼？我自以為每一步都走得小心翼翼。我把前一段婚姻當作教訓，不容許自己出任何差錯。

「妳也老大不小了，該振作一點吧。奈奈都比妳成熟多了。她說要獨立自強，不再依賴媽媽，打算靠攝影養活自己呢。」

他這段話，讓我的胃抽搐了一下。

「你在說什麼啊？」

我無法克制自己，反駁他。

「她那樣哪叫獨立自強啊？房租、學費不都是你幫她出的嗎？找房子也是我幫她找的。我看她連個電燈泡都不會自己換吧！說什麼攝影，也沒看到她要做一間暗房啊！不要拿我和只有一張嘴的小孩比好不好！」

「妳說什麼！渾蛋！」

「渾蛋」這句話，他今天已經說了兩次了。我好怕他，卻無法克制自己的嘴。

「你總以為自己了不起，可是你寫的散文內容都是假的！這次寫的小說不也是把我在峇里島說過的小說，直接拿來抄的，不是嗎？」

這時，大師猛然舉起了手。我以為他要打我，因此僵住了全身。他的手粗暴地抓住我的下巴，把我推到一旁的電線桿上。一陣疼痛閃過了我的背。

「人家的好意，妳怎麼聽不懂啊？」

他就像個流氓在恐嚇我，嚇得我兩腿發軟，頻頻顫抖。

「乖乖聽我的話！」

「……我有。」

「那就繼續聽話！暫時不要出現在我面前，錢我會照付！」

「我又沒工作，才不想拿那種錢。」

大師用力踹下電線桿上的看板，匡啷一聲，發出巨大的聲響。我驚恐地縮了起來。大師狠狠地甩開我的下巴。

我全身虛脫，跪坐在地上，大師理都不理，到馬路上招計程車，卻始終沒看見空車。大師整個人跨出車道，不曉得吼些什麼。

大師瘋了似地對著車道揮動雙手，我看著他的背影吼道：「你的手機號碼，為什麼不告訴我呢？」

不知是沒聽到還是故意不理，總之他硬是不回頭看我。

「你不是說過，以後都要一起去旅行？為什麼這次不帶我去，而是帶你女兒？」

一輛空車滑至大師面前。他像個有夫之婦的外遇對象，行動鬼祟地坐進車子。他終究沒瞧我一眼，就這麼離開了。

人行道上只留下我一個人。我的心情就如同當年丈夫拋棄我時一樣，一種無法釋懷、蠻橫無理的悲傷壓垮了我的心，讓我久久無法起身。

我想已經完了，已經結束了。我沒有發出聲音，坐在路邊哭了好久、好久。

「哇！好香喔！」

一進到我家，奈奈親切地說道。

「房間很大呢，而且整理得乾乾淨淨。啊！好可愛的沙發喔！」

我和大師吵架分手後，不知道已經過了多少時日。這段日子裡，我每天悶在家，肚子餓就到便利商店買些吃的，想睡就在沙發上打盹，不過睡沒多久又會立刻醒過來，醒來之後卻也無心做任何事。我只能用又痛又麻的腦袋，不停思考著同樣的事情。

如果我照大師的話，乖乖做翻譯，大師就願意回到我這裡來嗎？不，那只是打發我的話。我又沒在工作，他怎麼可能付我薪水，總之他已經厭倦我了。不過，不管翻譯也好，其他工作也好，只要我能自立自強，或許能再度引起大師的興趣。我反反覆覆想著這些事情，想累了，便依照慣例撥打電話到藤谷家，然後聽著「您撥的電話號碼是空號」的錄音聲，暗自啜泣。

我不知道自己在家裡關了多久，有一天電話突然響起，我立刻撲向它。結果來電的人卻是奈奈，令我好失望，不過我勉強故作平靜地應付她。她要我教她燉菜的作法，說那個法國人要提早來日本，想煮一道日本菜給對方一個驚喜。我心想，她說的話怎麼跟上次不太一樣？不過我還是答應她：「那就今天到我這兒來吧。」

我已經好幾天沒洗澡，掛上電話之後立刻去洗了澡，再把髒亂不堪的房間打掃一番。身體和房間都乾淨了，頓時精神也來了，於是開著車到大師夫人去過的超市，大肆採購。根菜類、雞肉、調味料等等，我採買了一大堆日本料理所需的材料，然後到酒櫃買了年輕人喜歡的紅酒和日本清酒各兩瓶。這家超市有大型書店和雜貨用品店，我還替奈奈買了初學者專用的日式料理烹飪書和一件圍裙。

奈奈準時到我家，她一直興奮不已。

「啊！羊栖菜！我好喜歡吃這個耶！」

「豆子已經煮好了，妳帶一些回去吧。」

「哇啊！好像我外婆喔！水無月小姐，妳真貼心呢！」

看到奈奈笑咪咪的表情，我打從心底覺得她好可愛。我終於可以了解大師為什麼那麼疼愛她。奈奈率真開朗，不會畏畏縮縮，卻也很懂規矩。她知道如何對大人撒嬌，也深知對大人撒嬌是年少者的某種義務。

奈奈穿上我買給她的圍裙站到廚房。我應奈奈的要求，打算一起煮筑前煮[15]和炊飯[16]，順便再烤個竹筴魚干。奈奈拿起菜刀，戰戰兢兢地削芋頭皮，我邊洗米邊對她說：「要小心喔。」

「決定學校了嗎？」

「我看了幾所學校，大致決定了。學校在代代木，四月就會開始上課。」

「所以妳可以休息到三月囉。」

「是啊。不過，我好擔心和爸爸一起旅行呢。」

「沒問題的，其實創路大師沒有想像中囉唆啦。」

15　筑前煮：雞肉和蔬菜、蒟蒻燉製而成的日本傳統料理。

16　炊飯：加料炊煮的飯。

我們聊得很融洽。奈奈烤焦了竹筴魚干，我們一起大笑了起來。我把大師以前買來的桌布鋪在餐桌上，擺上做好的菜和冰好的酒，那個男人的女兒便在餐桌前坐下。

奈奈說她的情人不太會喝日本酒，我拿出冰清酒說：「這一瓶味道不錯喔。」奈奈沾了一口說道：「這個酒好順口喔。」

「很像紅酒吧？」

「對耶，我想他應該可以接受這個口味吧。」

「這裡還有一瓶，妳就帶回去吧。」

「這樣好嗎？我跟妳拿東拿西的，不太好意思。」

「這可是攸關小奈奈的戀愛呢。我當然要幫妳囉。」

不管是啤酒或紅酒，在父親面前奈奈都只敢喝一杯，不過我發現她還挺能喝的。

「今天那個囉唆的爸爸不在，妳就多喝一點吧。妳也可以睡我這裡啊。」

「真的嗎？那我就不客氣囉。」

「我還有買紅酒呢。」

奈奈面帶桃紅，一會兒吃菜一會兒喝酒，我也配合她的速度，一口接著一口不停喝酒，但連自己都很意外，我的腦袋竟然異常冷靜。

「他會在日本待多久呢？」

「五天左右吧。他說還要順道去韓國和台灣。」

「他一定是捨不得小奈奈吧？」

「啊，是嗎？我總覺得他只是想利用我呢。」

隨著醉意越來越濃，奈奈的眼神也越顯迷茫。吃完飯，我勸她坐到沙發上。清酒已經喝完，於是我開了紅酒。我把準備好的醃白菜和黃瓜當作下酒菜，我們繼續喝著紅酒。她不愧是年輕人，酒量不錯，喝酒的速度也越來越快。我假裝喝酒，卻偷偷放慢了速度。再這樣下去，先醉倒的可能會是我。

「啊！對了，我有個東西想拿給妳看！」

奈奈猛然想起，搜尋起自己的包包。她露出調皮的笑容，遞出一個東西給我。那是一本泛黃的週刊。

「這，該不會是……」

我疑惑地接下她手中的雜誌。封面是一個偶像歌星的婚紗照。她早已離了婚，如今以中年婦女藝人的姿態活躍於演藝圈。仔細一看，好幾個標題中有一行寫著：「創路功二郎的情婦，自殺未遂遺書大公開」。我記得這篇報導並非頭條，但印象中應該是一樁大緋聞，原來其實當時沒有大肆報導。

「怎麼會保存到現在呢？」

「媽媽把我書櫃裡的東西統統寄給我，這本雜誌混在裡面。來，妳看、妳看，爸爸很年輕吧？」

她翻開的那一頁裡，有一張大師的照片。雖然是粗糙的黑白照，不過那確實是比現在年輕許多的創路功二郎。美代子遺書的手寫稿被登在上面，內文中並沒有刊載全文，只擷取讀者想看的部分，上面寫著：「當初我好想生下你的孩子，如今我卻失去了生育能力。每當看到你在電視上嬉笑，我就痛苦得想死。」以前看這篇報導時，我覺得這個女人只是裝可憐、誇大其詞。現在重新再看，才發現這個報導本身就有問題。我甚至認為，這個八卦根本不是美代子向週刊報料的，而是某個人刻意編出遺書，或許美代子本人也是受害者。

「媽媽說，看了這個之後，她就覺得一切都沒什麼意義了。」

「是嗎？」

「夫妻間就是這麼一回事嗎？就算相愛而結婚，也會有一天突然冷掉嗎？」

奈奈的語氣有種挑釁的意味，她在沙發上抱著雙腿凝視我。我沒有坐在沙發上，只是面對著奈奈坐在地板的坐墊上。和大師喝酒時，我也是像現在這樣，從下方仰望著大師。這張舒適的橘色沙發是大師喜歡的，是他自己要的，如今坐在上面的，為什麼會是他的女兒呢？

「水無月小姐，妳是怎麼樣呢？」

奈奈又問起，我繼續裝傻說：「妳說什麼東西怎麼樣？」

「為什麼會離婚呢？」

「我不太記得。」

「水無月小姐總是喜歡敷衍別人，愛探聽別人的事，卻不願談到自己。」

醉鬼嘟起嘴巴，我無奈地笑了笑，然後說：「我丈夫搞外遇啊。」

「啊，那就跟我爸一樣囉。」

「應該是吧。」

「妳沒辦法原諒他，是不是？」

她一臉天真地問我，我頓時答不出話。我根本沒必要認真回答她，卻苦思了起來。我從來沒有不能原諒他的念頭，不管外遇也好，其他事也好，我都打算原諒他。不過就結果而言，或許這就是我不得不和他分手的原因吧。

我遲遲不肯回答，奈奈似乎已經等煩了。她從沙發上站起來，這時忽然失去了平衡。

「還好嗎？」

「嗯，啊，我好像喝太多了。我可以借個廁所嗎？」

「可以啊，在這邊。」

我扶著奈奈的手，打開玄關旁廁所的門。她搖搖晃晃走進裡面關上門。喀一聲，我聽到上鎖的聲音。

奈奈造訪之前，我在廁所門外裝上了小型門閂。我悄悄地鎖上廁所的門。這是我今天在超市的五金賣場找到的。我從門外側耳傾聽裡面的聲音，先是聽到奈奈方便的聲音，接著沖水的聲音。我繃緊神經，猜想她下一步即將打開這個門。結果慢了半拍之後，聽到的卻是她的嘔吐聲，不禁令我發笑。

名為「隱私保鑣」的內門鎖，一個五百圓，外表雖然粗糙，威力卻相當驚人。起初奈奈不了解自己被鎖在廁所內，就像故障的玩具一樣，不斷重複同樣的話：「水無月小姐，門打不開！好奇怪喔！救救我！」我沒有回應，她試圖強行開門，不停衝撞廁所的門，門卻一動也不動。我忽然擔心萬一公寓的其他住戶察覺異樣，那該怎麼辦？不過，這棟小公寓一層樓只有兩戶，隔壁是不曾打過招呼的獨居上班族，樓下的住戶似乎是特種行業的女子，總是徹夜不歸。住戶之間完全沒有交集，除非發生什麼天大的意外，否則他們絕不會通報房東。

我無視奈奈的大吵大鬧，開始清洗廚具、碗盤，擦拭碗盤後放回櫥櫃，然後收拾垃圾。這時，廁所裡已經安靜了，於是我到浴室沖澡。雖然不雅，不過我也在浴室的排水口解尿。沖完澡，醉意也退去了，我穿著浴袍站在廁所門前。裡面寂靜無聲，她已經筋疲力盡睡著了嗎？

「小奈奈？」

我叫她，她立刻做了回應。

「水無月小姐嗎？門打不開呢！救救我！」

原來她還不了解自己的處境啊，我聳了聳肩。她發現我沒有回應，猛力敲打著門。

「為什麼？為什麼要這麼做？求求妳幫我開門！」

她總算了解自己被囚禁了。

「閉嘴！」我說。

「再吵，我就關妳一輩子！」

「怎麼會這樣……」廁所門的另一端傳來哽咽的聲音。

「妳以為這樣做對嗎？」

奈奈又大聲叫囂。

「當然不對囉。」我回答她。

「水無月小姐，妳瘋啦？」

「現在才知道啊。」

我離開廁所旁，轉頭看了牆上的時鐘。已經快深夜兩點了。我打了哈欠走向臥室。廁所不斷傳來哭喊聲和敲打聲，但我不理她，沒多久屋裡便安靜了下來。

判刑一年，緩刑三年，這就是我所受到的懲罰。

不論是丈夫、雙親、友人，還有所有認識我的人，都為這一連串事情的始末感到錯愕，然而最錯愕的人卻是我自己。

我始終不了解，為什麼只有我，需要承擔這個罪行？我假裝內疚，發誓贖罪，內心深處卻充滿疑惑，耿耿於懷。難道這是我一個人的錯嗎？

有一天，丈夫突然對我冷淡了。丈夫宣稱：這並非突然，他對我的感情是經過很長一段時間，漸漸耗盡的。但在我心中，那確實是突如其來的意外。

有一天，丈夫突然不笑了；不看我的眼睛，也不再理我了；吃飯總是在外面解決，回家之後電視也不看立刻躲進被窩；假日則不吭一聲就出門，就算在家也像躲在一層保護膜裡，只顧著看他的書；面對我的問話，只回應最低限度的話語。

光是這些事就足以讓我陷入恐慌，因為我想不出任何原因。過去即便有一些小爭吵，我們之間也不曾有過大爭執，導致他拒我於千里之外。我不知道是什麼原因，讓丈夫對我築起了一道牆。當然，我曾經詢問過他，但他只用一句冰冷的話回應我：「沒什麼。」

雖然痛苦，我還是強忍了半年。我告訴自己：他天生神經質，情緒起伏比較大，雖然不知道原因，不過就隨他去吧，總有一天自然會好起來。

然而，我們倆畢竟同住在一間屋子裡，不論何時，我都得面對丈夫的冷漠。他原本就是個木訥的人，這時更是變本加厲。我必須和一個不願與自己交談的人，同住在一個屋簷下，為此飽受精神折磨。該怎麼做，才能回到過去平靜的生活呢？我百思不解。我在雜誌和書上看過，婚姻生活久了，夫妻便開始產生倦怠，兩人不再聊起生活以外的話題，然後漸漸形成有名無實的婚姻狀態。我對這些人能夠在如此詭異的氣氛下安然度日感到驚訝。

那時我真的快瘋了。不，不是快瘋了，我想當時應該已經瘋了。

我的忍耐已經到了極限，卻又害怕一旦哭鬧譴責丈夫，反而引來更壞的結果。於是我試圖冷靜，打算在外過夜一晚。結婚六年多，我不曾離開丈夫身邊，因此對我而言，這是鐵了心的一大決定。我騙他說：自己有事需要回娘家住一晚。以前我曾為了參加高中同學會返鄉，那時丈夫說：只要我能當天來回就准許我去。因此這一次，我還是期待他提出同樣的要求，但是丈夫卻露出難得的笑容說：回去好好休息吧。在他面前，我強忍住了淚水。

我到只離家三個車站遠的地方，找了一間簡陋的商務旅社，在充滿菸味的狹窄房間裡，哭哭啼啼過了一晚。出門前，丈夫那滿是喜悅的表情，似乎在慶幸這一晚總算能夠擺脫我了。一想到這裡，我的心都快碎了。我哭累了，不知不覺睡著。隔天清晨醒來，我總算有了一些面對這個事實的勇氣。我不想失去丈夫，問題的原因在於我們相處太久了，如果這樣的關係令他窒息，我可以常到外面過夜，每個月一次、兩次我都願意。如果可以因此減少他的壓力，我們之間也能恢復以往的關係，我想我應該做得到。

我下定決心，壓抑著歸心似箭的心情，大約在中午前返家。丈夫沒收好床鋪，房間裡留下趕忙外出的痕跡。餐桌上有幾罐空啤酒，還散落著一些吃剩的魷魚絲。房裡有一股淡淡的菸味。我心想，丈夫平常不抽菸，但每次在外喝酒回來身上都會沾滿菸味，大概就是這個味道吧。昨天他可能在外喝了酒，回家之後又繼續喝。我想他可能還在宿醉，今天下班之後應該會立刻回家。我打算煮一道好消化的菜給他吃。這時候，我忽然發現答錄機的燈在閃，於是按下了再生鍵。錄音的內容，令我傻眼。

「昨天玩得好開心呢！下次換你到年年家來玩囉！我等你的電話唷。」

擴音器裡傳來女人肉麻的撒嬌聲。我實在太驚訝，頓時搞不清楚到底發生了什麼事。倒帶之後重聽一次。昨天玩得好開心呢下次換你到年年家來玩囉我等你的電話唷。昨天玩得好開心。換你到年年家來玩囉等你的電話唷。換你到年年家來玩囉等你的電話唷。我一而再、再而三，重複撥放那個女人的聲音。

停止聽答錄機之後，我記得自己在地上呆坐了好久、好久。後來，我總算有了答案。原來這個女人就是罪魁禍首，我找出元凶了。我甚至有種如釋重負的快感。

我認識這個叫作年年的女人。我和丈夫偶爾會到車站後面的居酒屋用餐，她是那間店的兼職員工，本名叫年子，不過自以為叫年年比較可愛，所以要人叫她年年。她總是叫自己年年，年紀不小了卻老是裝可愛，對任何人都喜歡擺出親暱的態度，我最痛恨這種類型的女人。她明知我和丈夫是夫妻，卻故意在電話裡留下這段話，想必是希望我會聽到這個留言。我心想，她在向我宣戰。

接下來，我刪除了電話語音，清洗他們可能用過的床單，到陽台晒棉被，然後清掃房間裡的每一個角落。當丈夫帶著尷尬的表情回家時，我還是一如往常，帶著笑容迎接他，若無其事地對待他。趁丈夫睡著，我從他西裝外套的口袋裡找出通訊錄。我時常偷看這本小冊子，只要有新名單，一眼就能看穿。果然不出所料，最後一頁有一行新的筆跡，寫著英文字母T[17]和電話號碼。號碼的開頭和我家的電話號碼一樣，她大概住在附近吧。我抄下號碼，再把通訊錄歸回原位。

17 「年子」的日文發音為Toshiko。

他們說，我做的事從頭到尾都是違法行為。我被逮捕時，警察人員這麼對我說。自從答錄機事件那天開始，只要老公一出門，每隔十五分鐘，我就打一通無言的電話到年年家騷擾。年年從居酒屋下班後，我跟蹤她回家，打開她家的信箱，撕碎她所有的信件，然後再一一塞回去。另一方面，我依舊面不改色地維持婚姻生活。丈夫的態度還是相當冷漠。我一再壓抑著即將爆發的情緒，再把無處發洩的能量，轉化為對年年的騷擾。

一個月、兩個月、三個月過去了，我持續以這種方式警告她。無言的騷擾電話已經不能滿足我了，後來她把電話轉為答錄機，於是我對著答錄機說：「我要妳馬上離職，然後搬離這裡！」開庭時，他們放了這卷錄音帶給我聽，我知道這是自己說過的話，然而卻非常震驚。我對年年的警告越來越沒有分寸，甚至說過：「妳膽敢繼續留在這裡，我就讓妳不得好死！」、「下次妳要是再見我丈夫，我就殺了妳！」那確實是我的聲音，但我的記憶很模糊，不確定那是我說過的話。

不過我倒是記得，自己用盡一切想的到的手段騷擾她。例如，叫披薩店送幾十份披薩到她家，或是寫一張地下錢莊的討債函傳真到她店裡。也曾經在車站前偷了一輛腳踏車，用油漆寫上她的名字和住址，偷偷放在她家公寓後面。丈夫不在家時，我們家的電話也會轉成答錄機，有幾次錄到她歇斯底里的聲音說：「妳鬧夠了沒！」我不清楚當時丈夫是否知道我的行徑，不過他的態度日漸冷淡，幾乎無視於我的存在。但我還是故作平靜，背地裡卻持續加倍騷擾年年。每當丈夫外宿時，我就把各種東西塞進年年家的信箱，有時候是廚餘，有時候是用力摔破的啤酒瓶，還有昆蟲屍體、燒焦的報紙。

我不記得自己是在幾月幾日遭到逮捕。那是一個平常日子的清晨，我和丈夫都還在熟睡。當時有人按了門鈴，我覺得奇怪，這麼一大早會是誰？一開門，門外站了兩名男子。我心想，他們的打扮和連續劇裡常看到的刑警一模一樣。結果果真是刑警，他們遞出了一張逮捕令。仔細回想，這一切都是理所當然的結果，但當時的我，真的搞不清楚到底發生了什麼事。後來丈夫也起床了，然而他卻異常鎮靜。我還佩服他連在這種狀況下都能夠保持冷靜。我聽丈夫的話，乖乖換上衣服，讓刑警們把我帶走，獨自坐上車。他們的車並非警車，而是一般轎車。我也沒被銬上手銬，因此當時還沒有體會到，自己已經被逮捕了。

但是，進了警局之後，他們要我留下指紋，拍下照片。女警扒光了我的衣服，搜查我全身，這時我才了解，事態不妙了。拘留所其實比我想像中現代化而且乾淨，偵訊的刑警和警衛也沒有虐待我，我只是呆滯地面對這一切。在拘留所裡，警衛以號碼代替每個人的名字，起床、熄燈、吃飯都在一個號令下進行。我的房間還有另外兩名女子。比較年輕的女孩，總是抱著雙腿一個人喃喃自語。另一個是中年婦女，她一派輕鬆地問我：「我是詐欺罪，她是嗑藥，那妳呢？」她的問話令我啞口無言。

當我漸漸體會到自己犯下不可彌補的錯誤時，開始嚎啕大哭。那不是出自於罪惡感，而是我知道，自己再也無法挽回與丈夫的平靜生活。為什麼會是這個下場？一想到這裡，我的眼淚就流個不停。不管在偵訊，或是見丈夫請來的律師時，我都只能不停哽咽。一到晚上，我總是哭到睡著，詐欺罪的中年婦女時常罵我：「吵死了！」

那段日子的記憶非常模糊，我不清楚自己到底在拘留所關了多久。後來聽人說，因為我坦誠接受偵訊，而且哭個不停惹來同情，法官讓我提早離開拘留所。每隔一天律師就來探望我，安慰我說：「不會有事的。」但丈夫卻始終不肯見我。父母只來過一次，母親哭喊說：「我再也不想管妳了！」父親則沉默不語。我回到父母身邊之後，他們都閉口不談這件事。後來，我稍微恢復平靜，心想自己的罪行引來這麼多麻煩，至少該向母親道個歉。然而，母親卻說：「我不想聽。」立刻從我眼前逃走。

在拘留所期間的某一天，他們要我坐上車到法院。當時我的腦袋已經麻痺，無法正常思考，所以在法庭看到久違的丈夫、哭喪著臉的母親、神情沉痛的父親、瞪著我的年年，我沒有任何反應。但眼淚卻違背了我的意志，流個不停，還因此受到律師的誇獎。他說：「對方拿了不少證物，要不是妳一直哭，表現出懺悔的誠意，事情就不妙囉。」

判刑上附帶了緩刑，因而我當庭獲得釋放。我呆站在法庭裡，不知道該跟隨父母還是丈夫，不過他們似乎已經有了共識。丈夫牽著我的手，坐上計程車回公寓。他在車上告訴我，他想離婚。我想那是應該的。然而，下了車，進屋看到房內一如往常，看不出我離開這個地方已有一段時日，連棉被也擺了兩套，和當初被捕時一模一樣的時候，我心想，我不願意離開這裡。我對他說：「我願意做任何事來贖罪，所以求求你，別和我離婚。」我不想離開他。我只有他。除了他，我一無所有。但是丈夫的態度相當堅決，不管我如何哭鬧都沒有用。最後我總算領悟，我只能接受這個事實，這是自作自受的結果。

至今我仍舊不了解，當時丈夫對年年的感情，只是單純的偷吃，還是真正的戀愛？但他對年年的感情，並不是重點。只因為他留下了證據，讓我確信「丈夫和別的女人睡了」，這就足以讓我失去理智。

於是我和丈夫離婚了。我以為緩刑期間會有觀察員隨時跟在身旁，事實上並沒有，沒人管我。只是，如果我在履歷表上填寫「無犯罪紀錄」，就等於偽造文書。

我打了大師的手機，結果立刻通上電話。我說：我是水無月。我聽到大師在吵雜的聲音中，忽然愣住了。

「我一直想找妳呢。」

大師內疚地說。

「大師現在在哪裡？」

大師說了一間位於六本木的和風牛排館，那是我和大師曾經去過的地方。

「我有話想跟你說，現在方便過去嗎？」

大師再次愣住了，不過立刻恢復正常，爽朗地說：「好啊，來吧。」他身旁應該還有別人。廢話，他怎麼可能一個人在餐廳吃飯呢？

我掛上電話下了車，把車子停在新宿辦公室底下的停車場。到六本木最好不要開車，於是我搭上計程車。

大師的手機號碼是向他的女兒要來的。我威脅奈奈：「如果不肯說出妳老爸的手機號碼，我就不放妳出來！」囚禁兩天之後，奈奈才終於鬆口。當然，我還是沒替她開門。

拐過好幾條巷道才到那家店，門外只掛了一個不起眼的小招牌。我曾經和大師以及其他工作人員一起在這家店用餐。飯後代大師付帳時，發現金額驚人，我還誤以為店員多打了一個零呢。

一進店裡，我看到大師和美代子坐在角落。

「哎呀，好久不見。」

看到我時，美代子露出微笑。她穿了一件米白的亮色針織衫，臉頰豐潤了些。

「來，先坐下吧。妳開車來嗎？」

大師當作沒發生過任何事，笑著對我說道。我緊閉著嘴搖搖頭。

「那就來杯啤酒怎麼樣？肚子餓的話，點些東西來吃吧。」大師說道。

他們已經吃飽了，瓶裡只剩四分之一紅酒。

「不，不用了。」

「水無月小姐，妳是不是瘦了啊？要不要吃這個？很好吃喔。」

美代子像個母親般為我夾了海鮮沙拉。服務生把酒杯放到我面前，恭恭敬敬地倒入小瓶啤酒。大師和美代子看我喝下啤酒，吃起沙拉，立刻聊了起來。他們聊起兩人共同認識的朋友，我沒聽過那些人。他們倆有說有笑，我只能靜靜地坐在那裡，喝喝啤酒、吃點沙拉，消磨時間。

「以後，您還是可以約美代子小姐出來吃吃飯啊！」記得上次和大師去呇里島的時候，我曾經說過這麼一句話。當時大師正為美代子的婚事感嘆。事實上，根本不需要我提醒，他們倆自然會相約見面。只要他們想見面就見面，第一次和美代子碰面，她捏了我臉頰的時候如此，或早在那之前更是如此。見了面之後，就像現在這樣，兩人開開心心地共進晚餐。想必今後也是如此，我並沒有權利阻止他們。我自以為順利趕走了大師身邊所有的女人，然而這一切都只是我愚昧的幻想罷了。兩人曾經在奈奈帶來的那本週刊裡，上演了一場愛恨糾葛的肥皂劇，如今卻在我面前氣氛融洽地談笑著。我所做的一切竟是一場空。莫大的無力感，讓我不禁放下筷子。

「水無月小姐，妳要不要一起點冰淇淋？」

當我回過神來，發現美代子遞了菜單給我。

「有香草、巧克力和抹茶口味，妳要哪一個？」

「……那麼，我點抹茶。」我回答。

大師向服務生說：「兩份抹茶，一份香草。」美代子微笑說聲「失陪一下」，起身離座。她走向化妝室時的優雅背影，有一種超越愛恨情仇、看破紅塵的從容自若。

「找我有什麼事？」

大師問起，我把視線轉向他。

「我待會兒還得回去趕稿，如果需要談很久，那就改天吧。」

「好的。」

我乖乖點了頭，大師心滿意足地吐著煙。

「對了，妳最近有沒有見到奈奈？」

大師假裝想起了奈奈問道。我恍恍惚惚望著面前這個男人，忽然有一種奇妙的感覺。這個人，原本就是長這個樣子的嗎？我不記得他是這麼老的大叔啊。

「這陣子都聯絡不上她，打電話到她家也都是答錄機。之前聽說有個法國朋友要來，該不會和那傢伙跑出去玩了吧？」

大師問起，我故作似懂非懂的樣子，歪歪頭。

「那傢伙好像是個男的呢，妳有沒有聽她說過什麼啊？」

「對方是她在那邊交往的男朋友啦。」

「啊？原來是這樣啊。」

大師像個小孩嘟起了嘴，擰熄剛抽完的菸。

「您在擔心她嗎？」

「多少會啊。當然我不會期望她是處女啦，不過，唉，畢竟是外國人嘛。我想看看對方到底長什麼樣子啊。」

「這您不用擔心。」

我笑著說。

「是嗎？」

「小奈奈沒有和那個男孩見面。」

大師直愣愣地看著我。

「小奈奈一直住在我家啊。」

「……啊，是嗎？」

大師用疑惑的眼神看著我，凝視了一會兒之後，猛然眨了眨眼。接著他的表情突然黯淡下來，聲音微弱地說：「妳……」

「妳對她做了什麼？」

我無視大師的問題，起身說：「謝謝您的招待。」

「喂！回答我！」

大師的聲音太大，戴著白色廚師帽及正在烤肉的店員都注意到我們。

「大師，」我緩緩地吸了一口氣，然後說道：「您早就知道我有前科，對吧？」

大師似乎想說些什麼，但無法發出聲音。陽子都知道這件事了，應該是大師告訴她的吧。仔細想想，其實要知道這件事並不困難。大師可以向便當店老闆打聽我的底細。

「謝謝您，明知道我有前科，還願意雇用我。」

我留下這句話，轉身離去。

我打電話到荻原的公司，公司的人說他已經離職了。打到他的手機，竟然是一個女人接起電話。我嚇了一跳，原來是荻原的太太。荻原太太的態度顯得過度親切，甚至有些不自然，不過她還是把電話轉給了荻原。荻原正好在洗澡，我對他說：「我剛好在你家附近。」荻原並未隱藏不耐煩的態度，但也沒要我立刻回去。他要我到他家附近的居酒屋連鎖店等他。那家店的生意不太好，我點了一杯檸檬氣泡酒慢慢喝。過了十五分鐘，荻原穿著毛衣和牛仔褲，出現在店裡。

一看到我，他開口第一句話就說：

「怎麼了啊？」

我記得上次他見到我的第一句話，也是這一句。不知是因為憤怒還是擔憂，他剛刮完鬍子的臉頰顯得有些緊繃。

「抱歉囉，把你從家裡挖出來。」

「又發生什麼事啦？」

「先坐下來嘛。」

「水無月打電話來，準沒好事。」

荻原語氣疲憊地坐到我旁邊。我拿沾滿油和灰塵的菜單給他，意思意思看了之後，他向店員點了黑啤酒。

「到底又怎麼啦？」

「沒什麼事啦，只是有一點……」

「有一點什麼啊？」

「有一點低潮嘛。」

荻原深深地嘆了一口氣，豪爽地喝下啤酒。
「我剛才還打去你公司呢，你什麼時候辭職的啊？」我問道。
「上週吧。不好意思，當時手忙腳亂，沒空告訴妳。」
「做這個決定，需要很大的勇氣吧？」
我把話題轉向他，他聊起辭職的經過，以及未來開設編輯工作室的規畫。一如往常，我們不停地點酒和小菜。
「水無月妳呢？最近怎樣？」
「沒怎樣啊。」
「辭掉創路功二郎的公司吧，到我的新公司幫忙如何？」
「咦？不錯喔，我考慮看看。」
「就這麼辦吧！」
不知不覺，荻原的心情又好起來，我們開始有說有笑。在這一點上，大師和荻原挺像的。他們沒辦法一直生悶氣，只要不理會他，他們會自動忘掉不愉快。我和藤谷正好相反。我和丈夫老愛記仇，一直把不愉快的事情記在心上。搞砸了自己心情的人，總是自己。
我上了化妝室回來，荻原也跟著說要去化妝室。我看準他把手機插在牛仔褲口袋裡，然後叫住他。
「小荻，你有電話卡嗎？」
「嗯，沒有耶。」
「我想聯絡大師，可是手機放在公司，沒帶來。」

「來，這妳拿去用吧。」
荻原毫不介意地把手機借給我。我說聲謝謝後收下。看著他進化妝室之後，我立刻踹開椅子站起來。我不顧店員在背後叫我，使勁全力奔向店外。我不清楚自己要跑去哪個方向，只是一個勁地往前衝。跑呀跑，跑呀跑，跑到筋疲力盡，躲進某個停車場，然後蹲坐在汽車後方的角落。
我喘得心臟都要爆炸了。我氣喘如牛，用顫抖的手指按下荻原手機裡的通訊錄。某家公司的名字、店名、不認識女孩的名字、英文字母……最後，我終於找到他。「FUJITANI[18]」底下登記的號碼，並不是我所知道的電話號碼。我按下撥接鍵。
三聲鈴聲後，對方接起電話說「是」。我一聽就知道，他確實是藤谷。
「是我。」
不知道對方認出了我的聲音，還是因為沒認出我，電話那頭只是一陣沉默。
「我是水無月。」
我盡量以冷靜的口吻說。「是。」他慎重地重複了這句話。
「你搬家啦？」
「是。」
「我有件事想問你。」
「是。」
藤谷堅持只說「是」。

18 「藤谷」的日文羅馬拼音。

「那時候，我應該怎麼做才對呢？」

很長的沉默之後，他咳了一聲，然後說：「別再打來了！」

藤谷的語氣凶狠。

「到底是為什麼？」

「妳鬧夠了沒？我就是受不了妳這點！」

「你從什麼時候開始討厭我？」

「我怎麼知道從什麼時候開始。」

「只因為丈夫的一次外遇，我就失去理智，所以你覺得我精神有問題嗎？」

「妳很煩，別再打來了！」

他立刻掛斷了電話。我急忙按下重撥鍵，但電話那頭只聽見鈴聲。不論我等多久，藤谷都不願意接起電話。或許他已經拔掉電話線了。

我在停車場的角落，一邊發抖一邊不斷地按下重撥鍵。

再過半個月，我的緩刑就期滿了。我只想告訴他這件事，他為什麼不願意接我電話？

除非他願意告訴我該怎麼做，否則我不肯罷休。然而，緊握在我手裡的手機，最後發出臨死前的慘叫聲：一個充電訊號。然後猶如一具冰冷的屍體，漸漸失去了溫度。

終曲

我打破了自己定下的原則。

我要自己決定放棄，就要能夠徹底放棄；決定不再見面的人，就真的不再見面。希望我不再背叛自己。與其愛別人，不如愛我自己。我曾經毅然下了這個決心，卻犯下同樣的錯誤。

這回，我是真的被判刑。

兩年半的牢獄生活，痛苦的程度超越了我的想像，那是一段難以忍受的煎熬。我被迫暴露在二十四小時監控的狀態下，依循每一個指令過日子。原本我就不能適應團體生活，因此不到三個月就已經受不了。我始終無法接受自己所處的狀態。我只會哭哭啼啼，自然不受同房受刑人歡迎。於是她們開始欺負我，雖然表面上不會做出明顯的動作。例如，勞動服務時，她們會趁擦身而過拿針刺我的手。或是就像小學生一樣譏笑我說：「好臭喔！」、「醜八怪！」。但最令我痛苦的是，時間。因為有太多時間讓我去思考。我不願再想任何事情，我也不願反省。

到底該怎麼做，要到什麼時候，我才能痛改前非呢？我差不多該看破一切了，但至今仍舊無法掌控自己。

出獄那天，迎接我的人是荻原。他似乎命中注定被我拖累一輩子。我們之間沒有絲毫男女情愫，卻也無法用友情形容兩人的關係。因為我已經給他添了太多麻煩。

「妳怎麼了？」

公司的新人疑惑地看著我。我苦笑。我是怎麼了？我怎麼會對一個年輕男孩談起離婚那天的事呢？今天，他的前女友鬧到公司來，或許是那個女孩不顧一切、失去理智的模樣刺激了我，敲開了平時緊閉的情感之門。

「沒什麼……不好意思，說一些陳腔濫調的故事給你聽。」

思考片刻之後，叫作井口的年輕人一副自以為是地說：「哪段戀愛不是陳腔濫調呢？」這時電話忽然響起，井口嚇得抖了一下肩膀。這不是我的手機鈴聲，應該是他的電話。

「白天那個女孩打來的吧？」我說道。

「啊？可是……」

井口急忙掏出手機，但不敢接聽。古怪的電話鈴聲，讓店裡的客人頻頻注視井口。

「我把井口的號碼，告訴那個女孩了。」

井口目瞪口呆，滿面愁容地接起電話。他小聲地說：「嗯，是我。」他起身離開座位，走到店外講電話。差不多是我下一個約會的時間了。穿上大衣付完帳之後，我拿著井口的皮包和大衣走到外面。井口躲在陰暗處講電話。他回頭看了我。我把大衣遞給他的時候，他說了聲：「那就這樣。」然後掛斷電話。

「你可以繼續講電話啊。」

「不……嗯，我待會兒要去見她。」

他的語氣疲憊，卻透著一股淡淡的喜悅。

「啊，剛才多少錢？」

「不用啦，算公司請你。」

「是嗎……謝謝妳。嗯，如果妳要去哪裡，我可以送妳。」

「不用，等會兒有人來接我。」

「妳要一個人在這麼冷的地方等嗎？我陪妳好了。」

不知是為了某種奇怪的使命感，還是只因為好奇什麼樣的人會來接我，總之他就是站在我身旁不肯離去。我們倆靠在欄杆上，仰望著寒冬的夜空。今天是入冬以來最寒冷的一天，天上的星星也比往常多。

「對了，我才剛進公司沒多久，不過年終獎金比我想像中多呢。」

「那是因為井口工作很賣力啊。」

「是嗎？」

「老闆對你寄予厚望喔！」

井口聽了喜形於色，於是我們開始聊起公司的種種。他是個討人喜歡的男孩。我想，就是他這種狠不下心的溫柔，深深吸引著白天那個女孩，卻也因此讓他逃不出那女孩的魔掌。

「井口，你過年打算怎麼過？」

「我打算回鄉下三天，因為去年沒回去。」

「你老家在哪裡？」

「名古屋。妳過年要怎麼過？」

「我只有除夕夜會回老家。」

「在哪裡呢？」

「群馬。」

這時，一輛汽車的車頭燈照亮了我們。我對著閃爍的燈光輕輕揮手。一個大塊頭男子下了車，他身穿羽絨外套，明明是晚上卻戴著墨鏡。

「謝謝你陪我，告辭了。」

正值寒冬，敞篷車卻沒蓋上遮雨篷。我留下神情呆滯的井口，坐上駕駛座。車上的男子沒有駕照，卻一路開車到這裡。他理所當然地換到駕駛座旁的位子，然後嬉皮笑臉地問我：「新男友嗎？」

這名男子曾經發誓不再見我，卻不知為何，一年總會來見我幾次。然而，見個三次之後，他又會說：「我再也不想看到妳的臉！」然後離我而去。等到氣消了，他又會若無其事地來找我。

我心想，既然無法遵守自己定下的原則，就別再發誓了，但沒說出口。正逢年底臨檢多，我擔心酒駕被抓，但還是踩下油門，驅車離去。

日本暢小說 6

戀愛中毒

作者｜山本文緒（Yamamoto Fumio）
譯者｜黃心寧
封面設計｜之一設計
責任編輯｜徐　凡(四版)

國際版權｜吳玲緯　楊　靜
行銷｜闕志勳　余一霞　吳宇軒
業務｜李再星　陳美燕　李振東
總經理｜巫維珍
編輯總監｜劉麗真
事業群總經理｜謝至平
發行人｜何飛鵬
出版｜麥田出版
115台北市南港區昆陽街16號4樓
電話：886-2-25000888
傳真：886-2-2500-1951
部落格：http://ryefield.pixnet.net
發行｜英屬蓋曼群島商家庭傳媒股份有限公司
城邦分公司
地址：115台北市南港區昆陽街16號8樓
網址：http://www.cite.com.tw
客服專線：(02) 2500-7718｜2500-7719
24小時傳真專線：(02) 2500-1990｜2500-1991
服務時間：週一至週五09:30-12:00｜13:30-17:00
劃撥帳號：19863813　戶名：書虫股份有限公司
讀者服務信箱：service@readingclub.com.tw
香港發行所｜城邦（香港）出版集團有限公司
地址：香港九龍土瓜灣土瓜灣道86號順聯工業大廈6樓A室
電話：+852-2508-6231
傳真：+852-2578-9337
電郵：hkcite@biznetvigator.com
馬新發行所｜城邦（馬新）出版集團
【Cite (M) Sdn. Bhd. (458372U)】
地址：41, Jalan Radin Anum, Bandar Baru Seri Petaling, 57000 Kuala Lumpur, Malaysia.
電話：(603) 90563833
傳真：(603) 90576622
電郵：services@cite.my
印刷｜中原造像股份有限公司
初版一刷｜2006年7月
四版一刷｜2025年4月
定價｜399元

國家圖書館出版品預行編目(CIP)資料

戀愛中毒／山本文緒作；黃心寧譯. -- 四版.
-- 臺北市：麥田出版：家庭傳媒城邦分公司
發行, 2025. 4
面；　公分. --（日本暢小說；6）
譯自：恋愛中毒
ISBN 978-626-310-835-6（平裝）

861.57　　113020494

恋愛中毒
RENAICHUDOKU
©Fumio Yamamoto 1998,2002
First published in Japan in 1998 by KADOKAWA CORPORATION, Tokyo.
Complex Chinese translation rights arranged with KADOKAWA CORPORATION, Tokyo through TOHAN CORPORATION, Tokyo.
Complex Chinese translation rights © 2025 by Rye Field Publications, a division of Cite Publishing Ltd.
All rights reserved.

城邦讀書花園
www.cite.com.tw

版權所有・翻印必究
ISBN 978-626-310-835-6
Printed in Taiwan.
本書若有缺頁、破損、裝訂錯誤，請寄回更換。